山东省作家协会2023年度重点扶持项目

中国铁路“蛙人”

解永敏　李恒昌　石　勇　著

U0800498

中国铁道出版社有限公司
CHINA RAILWAY PUBLISHING HOUSE CO., LTD.
2023・北京

图书在版编目（CIP）数据

中国铁路“蛙人”/解永敏，李恒昌，石勇著. —
北京：中国铁道出版社有限公司，2023. 12
ISBN 978-7-113-30628-1

Ⅰ. ①中… Ⅱ. ①解… ②李… ③石… Ⅲ. ①纪实
文学—作品集—中国—当代 Ⅳ. ① I25

中国国家版本馆 CIP 数据核字（2023）第 199548 号

书　　名：中国铁路“蛙人”
作　　者：解永敏　李恒昌　石　勇

策　　划：赵　静
责任编辑：郑媛媛　　　　**编辑部电话：**（010）51873293
编辑助理：弓维桢
装帧设计：刘　莎
责任校对：安海燕
责任印制：赵星辰

出版发行：中国铁道出版社有限公司（100054，北京市西城区右安门西街8号）
网　　址：http://www.tdpress.com
印　　刷：北京盛通印刷股份有限公司
版　　次：2023年12月第1版　2023年12月第1次印刷
开　　本：710 mm×1 000 mm 1/16　**印张：**16.25　**字数：**216千
书　　号：ISBN 978-7-113-30628-1
定　　价：68.00元

版权所有　侵权必究
凡购买铁道版图书，如有印制质量问题，请与本社读者服务部联系调换。电话：（010）51873174
打击盗版举报电话：（010）63549461

有人说过，爱是人生的重要部分，
它虽然不是生命的全部，却和生命的全部关联着。
懂得爱的人，也懂得人生。

前言

这是一部关于铁路“蛙人”与铁道战备舟桥处的书。

他们应该被大书特书，他们值得被大书特书！

铁路“蛙人”，是指铁路的潜水员。早些时候，有人把潜水员称作“水鬼”，还有很多地方称潜水员为“水夫”。一个“夫”字，便将其与车夫、马夫、伙夫、脚夫联系在了一起。而在古代，潜水员的名称则又成了“水底珠人”。据历史记载，早在周代，中国就已有潜水捕捞的技术，这是人类历史上有关潜水和潜水技术的最早纪录。

在这些称谓中，我们更喜欢“蛙人”这个名字。所以，我们也就喜欢上了写“蛙人”，喜欢上了一个又一个的“蛙人”故事。

刚一听说铁路“蛙人”的时候，我们甚是惊讶：现今时代还有“蛙人”？

“有！我们单位就有一批这样的铁路‘蛙人’。”

“他们能潜到水下几十米，将最难处理的水下问题处理好，保证了无数座铁路大桥畅通无阻，保证了一趟趟列车的安全……”

说这话的，是铁道战备舟桥处的一位领导。

这位领导的话引发了我们的好奇，我们便决定走近铁路“蛙人”，将他们的故事写出来，知会于天下。于是，我们去到浙江金华“蛙人”基地和分布于全国各地的施工现场，采访到了一个个身怀绝技的铁路“蛙人”。由此，我们便发现，大运河里，他们深潜作业保京沪高铁畅通；长江水中，他们勇搏暗流守护大桥桥墩安全；他们是水下世界的“铁路医生”，深入水底助力中国基建；他们是水中“摄影师”，为一座座铁路大桥“拍 CT”；他们是水中“工程师”，在冰冷的水中为服役几十年的铁路大桥桥墩“做维护”……

寒水不融热血，有祖国铁路跨过的大江大河，就有铁路“蛙人”在水下保驾护航。

我们还没想到的是，这样一支铁路“蛙人”团队，竟然有着七十多年的历史，是中国最早的成建制的一支潜水队。该队于1948年成立于东北，其基础是东北野战军铁道纵队第三支队桥梁大队潜水班，先后参加过抗美援朝以及在福建海域打捞“阿波丸号”沉船等重大潜水事件，颇具传奇色彩。

如今，铁路“蛙人”团队的母体——铁道战备舟桥处，则是中国唯一的铁道战备舟桥单位，他们同样有着光辉的历史，其前身是“兵改工”之前的铁道兵独立舟桥团。1976年参加唐山抗震救灾时，他们顶着强烈的余震，克服无数困难，用七天七夜，在蓟运河上架起了一座224.62米的铁路浮桥，开启了中国铁路浮桥之先河，其纪录至今都没被打破。所以，他们是“铁血舟桥”，他们更是“意志舟桥”。

当然，奇迹不仅仅是生命史的奇迹，还是人类精神史的奇迹。无疑，铁道战备舟桥处的前身——中国人民解放军铁道兵独立舟桥团是中国人民解放军的骄傲，更是中国人的骄傲！活在当今的我们，怎能不为此点赞！

作　者

2023年10月

目录

上篇　中国铁路“蛙人” / 解永敏　李恒昌

第四章 是“蛙人”，也是“医生”

第五章 故事还很多

第六章 他们正年轻

下 篇 1976：铁血舟桥——铁道兵独立舟桥团唐山抗震救灾追记 / 解永敏 石 勇 李恒昌

第一章 地震袭来时

第二章 全城大搬运

第三章 大战蓟运河

第四章 火车开过之后

第五章 精神永流传

跨过山坡，就有不一样的人生。

—— 题 记

蛙人

上篇

中国铁路“蛙人”

作者 / 解永敏　李恒昌

第一章
追踪刘钦岭

1. 老兵，你好

“从事什么样的专业并不重要，关键是要寻找最高等级，要寻找‘山顶’，‘山顶’也许永远不会到达，但光辉会一直照耀着你……”

笔者在一个夏天的夜晚，仔细阅读着余秋雨的文章，感受着每一个经典语句的诱惑。

寻找“山顶”？

“山顶”在哪里？

人生的“山顶”，谁又能看得见、爬得上呢？

这是2022年7月的一天，热浪漫卷。室内空调吹出的冷风，试图将酷暑制造出来的热浪驱赶出去。然而，热浪依然如火如荼，正如央视军事频道上的一档节目，登场就遇“中伏”，热到了极致。

央视这档叫作《老兵，你好》的节目，是中国首档反映退役军人的电视栏目，也是中央媒体落实习近平总书记“让军人成为全社会尊崇的职业”重要指示的实际举措。节目在5700万退役军人中，选取大时代、大事件中

铁路“蛙人”登上央视《老兵，你好》。
拍摄：芮曼玲

的老兵，遵循品德优秀、事迹突出、健康阳光、情感丰富的原则，通过访谈等多种形式，以轻松时尚的方式挖掘感人故事，展现真实情感，塑造新时代退役军人的群体形象。

2022 年 7 月 30 日，老兵刘钦岭，成为这档节目的主角。

“中国铁路近年来飞速发展，越来越多的城市进入高铁时代，这给百姓出行带来了空前的便捷。高铁穿越大桥只是一瞬间，然而大桥水下桥墩的检测和维护由谁来完成？有这样一支很特殊的队伍，他们积极参与铁路桥梁建设、维护和抢修，为确保铁路畅通作出了巨大的贡献，他们就是铁道战备舟桥处潜水段的‘中国铁路蛙人’团队……”

随着《老兵，你好》这档节目导语的播放，笔者不由得被不经意间捕捉到的“铁道战备舟桥处”“中国铁路‘蛙人’”等字眼所吸引。这样的字眼使笔者禁不住放下手中正读着的书，聚精会神地观看起了这档节目。

不看不知道，一看吓一跳。在许多人的眼中，江河是物产与富饶；在诗人的笔下，江河是浪漫与柔情；在游子的心底，江河是故乡与思念。所以，人们赞美江河，热爱江河。可刘钦岭和他的中国铁路“蛙人”团队，对于江河的情感却是复杂的。他们固然也欣赏过江河的平静与美丽，但更多的是领略江河的暴怒与狂躁。面对奔腾咆哮的江河，他们或行走在浪尖上，或悬停在水中，或潜入到深水底，怀揣着一颗勇敢的心与大江大河搏斗，只为开拓一方天地，守护一方江河的安宁。

老兵刘钦岭，可谓身怀绝技者。他曾是一名光荣的铁道兵，曾是铁道兵潜水大队里的一名优秀的“潜水兵”。当然，现在的他依然是优秀的潜水员，但他不再是一个“兵”。

刘钦岭经历过 40 年的桥梁及水利工程水下基础建设，经历过 40 年的水下桥梁检修及病害检测……大运河里，他深潜作业保京沪高铁畅通；长江水中，他勇搏暗流护住大桥桥墩的安全；他是水下世界的“铁路医生”，深入水底助力中国基建；他是水中“摄影师”，为 23 公里长的沂河高铁特大桥“拍 CT”；他是水中“工程师”，为服役 50 年的攸县铁路大桥 0 号桥墩“做维护”。

寒水不冻热血，有祖国铁路跨过的大江大河，就有中国铁路“蛙人”在水下保驾护航。

于是，刘钦岭惊着了笔者！

于是，这位老兵令笔者刮目！

笔者也曾是一位老兵，曾在部队服役多年，还曾经历过边境保卫战的烈火硝烟。如今，笔者被这位用四十载光阴书写出了中国铁路“蛙人”传奇经历的老兵战友吸引了。

于是，笔者对自己说：寻找刘钦岭，寻找中国铁路“蛙人”。

刘钦岭在哪里？

中国铁路“蛙人”在哪里？

多想读懂你们，以悟透绝技的神秘。

多想走近你们，以感受心灵的震撼。

2. 始于1982

刘钦岭竟然与笔者离得很近，近得令人欣喜。

笔者所居住的地方，离刘钦岭所在的铁道战备舟桥处不远。

也许，老兵都能创造奇迹，不然央视也不会把那档节目定为《老兵，你好》。

不过，既然是老兵，老兵对老兵，采访起来是不是也会更顺畅些？

既然我们曾经都是一个“兵”，说话当然带了兵的气韵。

好不容易找到刘钦岭的电话，笔者打过去把事情一说，他笑了：“想采访？有这个必要吗？”

“当然有这个必要，你是一个创造奇迹的老兵，得把你创造的‘奇迹’昭告天下。”笔者说话从来都很直接，也就没有必要绕弯子。

或许“老兵”两个字使我们彼此息息相通，笔者很容易就征得了刘钦岭的同意，说可以找个时间好好聊聊。他告诉笔者，一想起身上曾经穿过的绿军装，想起曾经有过的军旅生涯，他就有些激动，好像一切都还在眼前，可仔细想想竟然已经过去了那么多年。

没有哪个老兵不怀念军营，没有哪个老兵不回味军旅。所以，有老兵感慨：历经数载寒暑的绿军装，早已融为生命中的主题色；回想曾经的兵人、兵事、兵景……一切历历在目，恍若昨天。

刘钦岭工作太忙，采访一拖再拖。笔者不得不从铁道战备舟桥处驻地的齐河县，追到他们“蛙人”团队的施工所在地唐山，又从唐山追到另一处施工工地浙江金华，终于在一个秋日的下午见到了他，当时距最初应邀时已过去了两个多月的时间。好在，老兵和老兵的对话很畅快，三天的跟踪采访和聊天，使笔者深入了解了这名老兵的真实经历，深深感受到了一个中国铁路“蛙人”的艰辛与伟大。

“就是一份职业，有什么好说的呢？”

“老兄，你也是呢，咋就会想到要采访俺啊？”

刘钦岭一边说着，一边给笔者倒上一杯水，又递给笔者一本当年铁道兵司令部编印的《潜水》教材：“我们的一切都来自这部教材。当然，很多东西是在实践中不断学习、不断完善的。相对于国外，咱们中国的潜水事业起步较晚，而且条件也相对落后，如今几十年过去了，咱们也有了突飞猛进的发展呢。”

笔者注意到了一点，刘钦岭说话的时候，出现频率最多的一个词是“事业”。

“‘蛙人’这样的说法，只是一个很好的概念，真实的就是‘潜水’两个字，而‘潜水’是我们的一份事业。这么多年过去了，这份事业成就了我，我也为这份事业尽了自己应该尽的责任。别人工作的时候都是在陆地上，而我工作的时候大多待在水下，这也是一种有个性的人生经历呢。”刘钦岭说话很直接，像他的性格一样，从来不藏着掖着，有什么说什么。

正这样聊着，他又接了一个电话，说是近期他还要到安徽的一个工地去，那里有一座铁路大桥，大桥上的几个桥墩需要他去检测。

“是要去水下检测吗？”笔者问。

“当然，很多时候水下检测才需要我们，因为陆地上的检测别人都能做。”他说。

“你是把潜水当成了毕生的事业了吗？”笔者继续问。

“那当然啊，这是俺一生的事业，不然的话……”

说到这里，刘钦岭停住了。笔者等着他继续往下说，他却陷入了沉默中。笔者借机仔细观察，发现他的那双眼睛很大，而且特别有神，只是那一会儿他的眼睛却像定住了一样。

“不然的话，会怎样？”笔者只好接过他的话，想听他继续往下说。

“不好意思，走神了呢……”

刘钦岭冲笔者笑笑，脸颊飞出一抹红，看来像是突然想到了什么，所以“不然的话”后面也就一直是空白了。

“不然的话，现在我可能还在老家亳州农村的田野里，面朝黄土背朝天呢。”笔者又一次恍然大悟，刘钦岭“不然的话”后面并没有多少潜台词，有的只是自己对这份“蛙人事业”的情有独钟。

“你说对了，我还真就是对这份事业情有独钟呢。”刘钦岭说着，将一个塑料皮的日记本递给了笔者，说上面有些记载，可以从中看出他的很多经历。

日记本已经很陈旧了，天蓝色的塑料封面已然泛黄，是二十世纪七八十年代常见的、深受青年人喜爱的那种日记本，它和钢笔是当年知识青年们流行的标配。我打开那个陈旧的日记本，从上面看到了刘钦岭的第一篇日记：

1982 年 2 月 13 日：

从今天开始，我就是一名正式的解放军战士了，工作是学习潜水。潜水是什么？就是下到水下进行作业。怎么作业？还得在潜水队里进行训练，争取把自己训练成一个合格的、技术独到的、在水下熟练作业的潜水员。领导和老兵们都说，铁道兵的潜水员是特种兵，特种兵生活好，工作也很受重视。所以，我一定不辜负领导和同志们的希望，要好好锻炼，争取早日把自己锤炼成为一块“好钢”……

“是不是从这一天开始，你就成为一名真正的潜水员，也就是人们所说的铁路‘蛙人’了？”笔者问。

“是的，从此我就开始了我的潜水生涯，一口气干到了现在，如今我已经成为整个铁道兵的‘最后一个潜水员’了。”刘钦岭说。

随着那篇不长的日记，笔者与刘钦岭一同回到了四十多年前。

刘钦岭说，当兵的时候他正好十八岁。后来，他读过作家余华的一篇小说，小说的名字令他印象深刻：《十八岁出门远行》。如今回过头来看，十八岁的小伙子差不多还是一个孩子，但那时候的刘钦岭感觉自己已经长大了，再也不是之前在安徽亳州乡野上乱跑乱窜的那个毛头小子了。所以，他特别爱惜自己的军装，因为戴着红领章、红五角星的军装，赋予了他一个很特别的身份：中国人民解放军铁道兵潜水员。

刘钦岭说，刚当兵那会儿，他根本不知道潜水员是咋回事。他是 1981 年当兵的，先是到了铁道兵一师，在山东省平邑县的一个军营里进行了三个月的新兵训练。然后，就听说铁道兵总部要来人在他们那批士兵中选拔潜水员。

“一个分队长带着一个班长，来新兵连里专挑身体好、素质高的，感觉很神秘。后来，他们在那年的铁道兵新兵里挑了 20 多个人，我们一师选了 8 个。”刘钦岭说自己根本没怎么上心，因为当时他不会游泳，所以对下水也就没多大兴趣。但没想到的是，自己竟然成了那 8 个人中的一个。

接受采访时，刘钦岭对笔者讲了一件事，那件事不仅使他对当潜水员没什么兴趣，甚至造成他听到一个“水”字都会心生恐惧。他说读初中的时候，每天放学后他都要到河里去捞猪草。那时候，刘钦岭家里养着两头猪，猪每天得吃食，而那时候的农村缺粮，人吃食都成问题，不可能有饲料给猪吃。所以，喂猪的东西就是他每天放学后到河里捞上来的一种水草。有一天，刚刚下过一场大雨，他捞水草的时候不小心滑进了河里。刚开始，水只到胸口，他还能沉得住气，但三动两动，不但没能上岸，反而滑到了深水处。深水处水淹过头顶，不会游泳的他被淹进了河里。好在邻村有一个人推着独轮车外出换面粉，见有小孩子掉到了河里，马上跳下去将刘钦岭救了上来。因为被淹的时间有点长，刘钦岭喝了很多水，肚子鼓鼓的，救上来时已经不省人事了。救他的人有些经验，知道是孩子被淹喝多了水。于是，那人将刘钦岭扛在肩上，沿着河边的路来来回回地跑，直跑得自己满头大汗。终于，刘钦岭"嗷"地一声呕，嘴里哗啦啦地吐出了很多水。

"还有吃进肚子里的东西，都成了污物，一并被吐了出来。后来，有小伙伴告诉我，我吐的时候'嗷'得很吓人，他们听着以为我都活不成了。当然，小孩子们不知道，被淹后必须把肚子里的水控出来，不控出来很可能就真的活不成了。"

忆起当初，刘钦岭依然有些不好意思，他说肚子里的水和污物全部吐到了救他的那人身上，弄得人家浑身上下没个好地方。

有人说过，爱是人生的重要部分，它虽然不是生命的全部，却和生命的全部关联着。懂得爱的人，也懂得人生。回忆着那次滑进河里的经历，刘钦岭说，他第一次在内心里升腾起爱的情愫，望着救他的那个人，感觉十分可亲。

佛家有言，救人一命，胜造七级浮屠。救人的人一定是可亲之人，值得任何人去爱。因此，刘钦岭一直对那人爱得不得了。他说，毕竟是人家给了自己第二次生命，否则现在的自己早已经与这个世界无关了。

那天回到家，刘钦岭把自己被淹又被救的事情和父亲讲了，父亲立马拉着他，买上礼物，去感谢救命恩人。救命恩人摆手说没什么大不了的，谁看到孩子落水都会出手相救。尽管如此，"感谢"二字依然不足以体现对恩人的爱，干脆，刘钦岭的父亲让他跪在了救命恩人面前，当众认人家为干爹。之后，无论是当兵在外，还是探亲回家，他都没忘记过这个干爹。

"现在我都马上退休了，过年过节回老家依然要去看望干爹。"刘钦岭说。

"爱的力量很大。"笔者说。

"大到了以生命为代价。"刘钦岭说。

从此，刘钦岭内心里不仅有了一个"爱"字，还有了一个"怕"字。

怕什么？

怕水。

“你想啊，差点被水淹死，再一提到水，心里总是怵怵的。”刘钦岭说。

事情总是不以人的意志为转移，生活中也往往如此，怕什么来什么。刘钦岭怕水，结果刚当兵就被选拔上了潜水员，让他一生与水打交道。起初，他心里还是怵怵的：潜水员虽然是特种兵，生活好，受重视，可与水打交道，自己不会游泳，行吗？

“为什么不行？什么事情都是从不会到会，从不熟悉到熟悉。经过艰苦的训练，能不能成为一个好的潜水员，就是你自己的事了……”

经过领导的一番思想政治工作，刘钦岭坚定了做好潜水员的信心。

如今四十多年过去了，忆起当初，他说一个农村孩子，开始的时候没有什么理想，也不知道信念是什么，到部队后才明白，每一个人都有一双脚，但并不是在走自己的路；每一个人都会在明天得到一个清晨，但并不是谁的心里都有自己的太阳。

信心坚定之后，刘钦岭决心“走自己的路”，怀揣“自己的太阳”。

有句话这样说：“万里长征刚刚开始第一步。”很多时候，第一步很重要，虽然第一步只是“一小步”，却可能是人生的“一大步”。

刘钦岭说，他当初的“一小步”，就是坚定了干好潜水员的决心，从内心里再也不怕水。

丢掉了一个“怕”字，接下来便是几十年的光阴荏苒。

3. 温柔的钉子

听说笔者要采写中国铁路“蛙人”，一位在铁路行业工作多年的内部人士提示说，这是一个很好的题材，但写这个题材最跳不过去的一个人就是刘钦岭。

他十分敬仰刘钦岭，说一个人能够把一个水下的事业干到“这个样”，不得了。

⊙ 旱地里冒着高温训练，深水中顶着困难作业。
拍摄：朱砚茹

笔者注意到，这位铁路行业的内部人士所说的“这个样”，其实就是个时间问题。

时间怎么是问题呢？

一位哲人说过，把时间当作小溪，自己坐在小溪旁边看着它流去。但那小溪却应该是细小和绵长的永久延续，因为时间之河决不流向大海，决不依附于一切。

“其实，咱就是那么一分子，从来都没感觉自己有多重要过。”刘钦岭说，直到不久前央视军事频道拍摄《老兵，你好》专题片找到了他，他才意识到“坚守”两个字的重要性。

“如果没有这么多年的坚守，也不可能有自己

‘铁道兵最后一名潜水员’的身份。静下来的时候再想想，能够坚守出这样一个身份来，还是挺光荣的。”

刘钦岭说着，笑了，笑得很开心，笑得也很羞涩。

的确，光荣来自平常。

高楼凭借地基，绿水绕着青山，树木成群后才是壮观的森林。

潜水员最艰苦的就是训练，不训练就没有技能，没有技能，“潜水员”三个字只能是摆设。

刘钦岭说，潜水是一个很特殊的行业，按照呼吸气体种类，可分为空气潜水、氦氧混合气体潜水等。按照潜水性质，又可分为专业潜水和休闲潜水。专业潜水主要是指水下工程、水下救捞、水下探险等方面的潜水；休闲潜水是指以水下观光和休闲娱乐为目的的潜水活动，其中又分为用气瓶浮潜和用潜水器水肺潜。

“我们进行的当然是专业潜水，但这和潜水器潜水又不一样。潜水器潜水可以潜水几千米，比如我国自行设计并自主集成研制的载人潜水器蛟龙号，已经能潜水深达 7020 米。而我们所进行的专业空气潜水，60 米就是极限了。”刘钦岭告诉笔者，空气潜水有重、轻潜水装具和开式回路水下呼吸器等配套设备。重、轻潜水装具是借助一条弹性软管（也就是水面脐带），由水面向潜水员提供空气。重潜装具主要用于深水作业或潜水员需要高度防护和稳定性的水下施工作业，轻潜水装具一般用于浅水作业。开式回路水下呼吸器则由自携的气瓶供给空气，一般用于浅水作业和秘密行动。

刘钦岭被选拔为潜水员后，先在北京待了一段时间，又被拉到了铁道兵潜水队所在地金华。

到达金华的那一天，刘钦岭清楚地记得是 1982 年 2 月 13 日。

“当时，我的心情很激动，便将自己的感受记在了日记本上。”平时刘钦岭并没有写日记的习惯，但从那时开始，一些重要事件或亲自参与的重点潜水项目，他都会在日记本上记下来。用他的话说，多年之后翻一翻日记本，起码能知道当时的自己是怎么想的。

金华是个好地方，好山好水好风光。这么多年一直在安徽亳州过着乡村生活，一下子到了这样一个美丽富饶之地，刘钦岭和被选拔成为潜水员的战友们都很高兴。

⊙ 铁路“蛙人”刘钦岭。
拍摄：潘永明

到潜水队后吃的第一餐饭很丰盛，有鱼有肉，有花卷有馒头，还有白花花的大米饭。大家高兴地吃过第一餐饭，“不高兴”的事情就来了：训练！照死里训练！

忆起当初，刘钦岭情绪很激昂，像是又回到了当年的训练场上。他说，无论是领导还是老兵班长们，抓训练都往死里抓。大家也都明白，一个好的潜水员，不是吃出来的，而是训出来的、练出来的，不照死里训练，也就成不了好的潜水员。

潜水员首先面对的是水，是水下。

水是什么？

领导说，水是温柔的钉子！

不是说上善若水吗？

要知道，温柔的水还有很硬很硬的性格。

刘钦岭记住了训练时领导和老兵班长们说过的话，水的温柔很狂烈，它是钉子性格，不好好训练，不把潜水技能学到炉火纯青，作业时就很可能会把命搭上。这时候，大家都知道害怕了。但没办法，只能扑下身子，再苦再累也得把训练搞好，把潜水技能学到炉火纯青。

刘钦岭至今还记得，他第一次穿上潜水衣是在野地里。

“感觉很重，刚一穿上就透不出气来了，穿着重潜衣服，抬脚走路都困难。”刘钦岭说。

“为什么抬脚走路都困难？”笔者不解。

“重啊，一百四十多斤重呢，穿着在陆地上走路，抬脚能不困难吗？”刘钦岭说。

“为什么潜水衣要这么重？”笔者依然不解，想着潜水员下水用力往下钻就是了，为何还要穿着如此重的潜水衣？

“潜水衣不重不行，水的浮力很大，人没办法潜到深水里，只有潜水衣的重量够了，下水的时候才能自动往下沉。所以，潜水衣得有足够的重量。在陆地上穿着潜水衣，我们一开始只能走三四米，后来慢慢能走几十米。”刘钦岭说。

大家都是刚入伍的新兵，也都刚刚被选拔为潜水员，对潜水还一窍不通，只能先从陆地上开始训练。怎样穿潜水衣，怎样戴潜水帽，在水里如何通过潜水帽上的阀门来放气，以及到了水里应该怎样找方向，怎样做动作，怎样完成水下作业，这些都得先从陆地上开始，否则下到水里就会出问题。

刘钦岭经常会提到“问题”这个词。他说，刚开始提到“水”这个字自己就害怕，这本来就是一个问题；克服了这个最初的问题，就要面对此后潜水中所遇到的一个又一个问题。所以，平时训练，无论老兵还是新兵，都得时刻提醒自己如何不发生问题，发生了问题又如何去解决。这里面有技术问题，也有心理问题。所以，这么多年过去，刘钦岭最深刻的体会就是八个字：沉着冷静、胆大心细。

后来，刘钦岭的徒弟，二十七岁的铁路“蛙人”李壮接受采访时，同样翻来覆去地重复“沉着冷静、胆大心细”这八个字，说他们在潜水中遇到的无数个问题，都因为有了师傅刘钦岭传承下来的这八个字，才被一个一个地解决掉了。

陆地上穿着潜水衣适应之后，接着就是到江里河里水库里学习游泳。不管事先会不会游泳，都得从头学起。原来会游泳的战友这时候就有点沾沾自喜了，他们冲着刘钦岭挤挤眼睛说：“怎么样？之前你一点也不会游泳，而且还怕水，俺不怕水，会游泳，现在学起来就简单多了吧？”哪知道，他们刚刚沾沾自喜，一下就挨了一闷棍：因为他们游得不标准，一切都得从头开始，大家还是站在了同一起跑线上。

游泳训练是在金华的金兰水库进行的，那里是铁道兵潜水队的训练基地，水深差不多有三四十米。在这样的地方学习游泳，首先要克服怕水心理。那么深的水，风一刮，浩浩荡荡，看着就吓人。而这样的心理，你必须克服，否则当不了潜水员。

接下来是学习标准蛙泳，蛙泳比较省力，在水里易持久。而平时很多人都会的“狗刨”，是想怎么游就怎么游，这样不行，必须标准起来。

“什么样的动作、怎样呼吸，都是有规定的。说实话，刚开始学习蛙泳很难，后来学会了，也就不觉得难了。不过游完一万米考试才能合格，那可是十公里啊，平时在陆地上走十公里，是不是也得一两个小时啊？”为了达到合格水平，刘钦岭和其他新入选潜水员的战友们早上吃饭时不敢喝稀的，只能吃点干的。笔者问他为什么？他依然笑笑说：“明摆着啊，留着肚子游泳的时候喝水啊，如果早上就把肚子喝饱了，到了水里不就歇菜了？”

不容易，真的不容易！

有的兵坚持不下来，或身体条件不够，仅到了游泳训练这一关，就被退回到了原来的部队，或干脆改行干了其他行当，比如开汽车或机械修理什么的。

那些日子，刘钦岭的思想也“活动”了，他想着还是不合格的好，这样可以去学开车啊，那是技术活，将来复员回到地方还好找工作。

刘钦岭说，他从一开始就想学开汽车，有一阵子想得都发疯，甚至盼着游泳不合格。可自尊心又不允许，毕竟大家都在追求上进，一下子成了“不合格的人”，脸上也挂不住啊。

当时的分队长、后来的队长吴金炎看出了刘钦岭的想法，找他谈话说：“你想去学开汽车，对吧？可你身体各方面条件这么好，不干潜水员就可惜了，这是我们铁道兵的损失呢。你知道成为一个潜水员后，能为国家做出多大贡献吗？祖国大江大河上的桥梁，天南海北飞奔着的列车，有时候都在你一个小小潜水员的掌控中……”

一番折腾下来，刘钦岭明白了这样一个道理：当兵吃粮，当兵也是职业。吃粮由国家供应，职业是你自己的义务和责任。一个军人，什么时候都得为义务和责任去奋斗。于是，他没了其他想法，仅剩的想法就是要当好潜水员，成为一名合格的铁道兵。

强军是打出来的，强兵是练出来的。学会了游泳，接下来就是参与水下工作了。这时候，刘钦岭才明白，他们作为中国的铁路“蛙人”团队，主要工作有水下切割、水下电焊、水下爆破、河道疏通、援潜救生、沉船打捞、水下摄影以及浮筒作业等。

好家伙，一切都在水下，水下是潜水员的辽阔天地。

水伴随着潜水员的工作，水也伴随着人类的历史。

最早的神话或传说，都是在惊涛骇浪中浸泡过的，闪烁着智慧、博大以及敬畏，如《创世纪》里的诺亚方舟一般。在古老的传说里，水是某种化身，水是血肉生命。从此，刘钦岭和他新晋潜水员的战友们，在水的世界里碧波任纵横，长袖舞翩跹。

4. “放漂”的教训

刘钦岭最不能忘记的，是吉林省德惠市松花江上的那座铁路大桥。

如今刘钦岭参与过作业的铁路大桥已有上百座，而且很多都在中国桥梁史上留下了光辉的笔触。但吉林省德惠市松花江上的那座铁路大桥，对他来说，却具有极为特殊的意义，那是他铁路“蛙人”生涯的一个真正的起点。在这个起点上，他迈动脚步丈量出了人生之路上的艰险，更知道了作为铁路“蛙人”潜游江海的使命与担当。

在笔者看来，那时候的刘钦岭虽然刚刚“出道”，但已经跟着老兵们参与了一些施工项目的水下作业，已经有了一些水下作业的经验。然而，刘钦岭却认为，一个好的潜水员，必须得有十几年乃至几十年的水下作业实践才行，否则都不能算“出道”。

“在水下作业，还得接受老兵班长们的具体指导，因为我们自己的水下作业技术还没有完全过关。”刘钦岭很谦虚，即便如今的他已经作为中国铁路“蛙人”团队里的师傅级人物，参与过近百座铁路桥梁的水下作业，有过无数次的水下历险经历，他依然把自己放在一个小学生的位置上，翻来覆去地感慨“蛙人”团队的老领导、老战友们对他潜水事业的影响和帮助，从不居功自傲，始终低如尘埃。

当兵两年多的时候，刘钦岭已跟着老兵们去过江西、内蒙古等地的铁路大桥施工现场，也有过一些水下作业的经历。那时候的铁道兵很辛苦，在祖国的天南海北修铁路，还经常会遇到危险，对他们这些水下作业的潜水员，领导们都拿着当宝贝。尽管刘钦岭和他的战友们还都是战士身份，但无论走到哪里都能享受干部待遇，在师领导灶上就餐，住好地方，车接车送。所以，稍不注意就会有人翘尾巴，骄傲自满。对此，潜水队领导会随时进行敲打，教育大家潜水员只是铁道兵里的一个工种，合格的铁路“蛙人”需要千锤百炼。

那次在吉林德惠铁路大桥上施工，刘钦岭说就因为自己还没经历过千锤百炼，差点儿就酿出事故。当时他们正在往水下放置沉井，这是桥梁施工中的一种常见方式。一般大型桥梁桥墩基坑施工时都要使用沉井，沉井是井筒状结构，它依靠自身重力克服井壁阻力后下沉到设计标高，然后经过混凝土封底并填塞孔，最后成为桥梁墩台或其他结构物的基础。这项施工是需要潜水员下到水里进行作业的。

“沉井下沉过程中，我正在水下进行正常作业，没想到突然就‘放漂’了。”刘钦岭说。“放漂”是潜水行业的一个专业术语，指潜水员在水下作业时因浮力过大失去控制迅速漂浮到水面，甚至在漂浮过程中被阻挂在障碍物上，属于严重的潜水事故，很容易导致潜水员的重型减压病。潜水员出水后，需要尽快送入加压舱，在潜水医生的指导下进行治疗观察。

好在那次下水比较浅，只有七八米的水深，刘钦岭“放漂”上来后也没大碍。

“如果水深的话，突然‘放漂’浮出水面就会有生命危险。”刘钦岭事后认真总结了这次“放漂”的教训，发现自己在下沉过程中，没能通过潜水帽上的放气阀门及时往外排气。潜水帽上的放气阀门，是通过潜水员的头部随时顶一下来放气的。当时，刘钦岭忽视了这一点，导致潜水衣里气压过大，酿成了突然“放漂”的事故。

“这样的教训很深刻，如果不好好吸取，今后水下作业中说不定还会出现，甚至会出现更危险的情况。”事后，刘钦岭专门写下了一篇日记，将这次教训从头至尾地进行“回放”。很多年之后，他依然会拿出那天写下的日记翻看，思考当时为什么会出现那样的情况？为什么自己竟然想不到用头部顶着放气阀门放一下气？

“岸上通过压缩设备为水下充气，潜水服里被充的气会越来越多，过量的时候就得通过潜水帽上的阀门放一放，不然潜水服里的气压大了，就会出现‘放漂’的问题。”刘钦岭说，“这样的教训得永远记着，绝对不能把潜水中的问题当儿戏。”

接受采访时，刘钦岭把这次事故描述得非常详细，他把在水下时的每一个细微动作都讲了出来。他说，这么多年过去了，自己一直记着那次事故的发生过程，明明在水下作业好好的，就因为忘了放气导致出现了“放漂”。

“根本都是不应该的事啊！”刘钦岭说。

“‘放漂’之后害怕了吗？”笔者问。

“咋会不害怕呢？但害怕之后得想清楚这是为什么。当然，后来经历得多了，对自己的了解也多了，心也就慢慢放宽了，什么事情也都想明白了。”刘钦岭说。

刘钦岭还告诉笔者，铁道兵舟桥团编印的《潜水》教材上讲述得很明白，只要按照教程去做，就绝对不会出现问题。那次的问题，就是因为自己没按照教程的规定去做，忘了通过潜水帽上的阀门进行放气。

“每一次下水作业，不仅潜水员自己，岸上为潜水员进行保驾的各方人员都在经受着考验。一点点的差错，都可能给潜水员酿成致命的危险。所以，谁都不会把生命不当回事，谁在自己生命面临‘说不定’的时候，也都会产生一些想法……”

忆起当初，刘钦岭突然变得有些严肃了。向来一说话就笑的他，那会儿一点笑容也没有了。笔者问他是不是由此想起很多事？他说四十几年的潜水生涯，有很多经历终生难忘，有的是教训，有的是惊喜，但无论是什么，都只是众多潜水经历中的一个。淡化心理压力，直面人生现实，做到沉着冷静、胆大心细，这才是最好的。

写到这里，笔者突然意识到，每一次的潜水事故或潜水成就，都应该是刘钦岭的一次心灵铸造。不仅仅是刘钦岭，还有他的潜水员战友们，几十年的水下风雨，一定在心灵的某一个地方刻下了深深的痕迹。

“不是心灵的某一个地方，是整个心灵上刻满了痕迹。”听我说完，刘钦岭补充道。

经历本来就是一笔财富，可有时候想想，又觉得这样的财富还是少一些好。

刘钦岭给笔者讲了一个关于南京长江大桥的故事，也是与他们潜水队后来建设、修复、保护中国铁路桥梁相关的故事。刘钦岭告诉笔者，后来他们面对的很多桥梁工程，都像当初建设南京长江大桥时一样，危险重重，责任重大。

“这也是老领导和老一代潜水员们，为了激励我们新一代潜水员，经常对我们讲的故事。这个故事，对于我们潜水员来说，真的是惊心动魄。”刘钦岭说。

二十世纪六十年代初，南京的长江上还没有大桥。不光南京，那时候的万里长江上很多地方都没有大桥。为了加快社会主义建设，国家决定在南京建造一座当时世界上最大的跨江大桥。大桥建成之后，来往车辆无须轮渡，过江只需要十几分钟，比之前节省几十倍的时间。在货运方面，大桥通车十年就等于为国家节省 122 万个车皮。但是，想要建造南京长江大桥，我们面临着许多困难，不仅仅是巨大的经费方面的欠缺，更重要的是技术方面的难题。

南京处于长江下游，江面宽达 1500 多米，水深 70 多米，而且地质情况非常复杂。建设南京长江大桥最困难、最复杂的问题是深水下的桥墩基础工程。平时人们在江河上看到的大桥桥墩露出水面的部分，往往只是桥墩很小的一部分，桥墩的绝大部分都在水面以下，而这些桥墩需要穿过深水和泥沙覆盖层，在岩石层上牢牢扎根。每一个桥墩，都是下粗上细的形状，桥墩底部的面积往往会超过一个篮球场。二十世纪六十年代建造南京长江大桥的时候，根据各个桥墩的位置和不同的自然条件，相关部门设计出了四种不同类型的桥墩深水基础，其中的薄壁自浮钢筋混凝土沉井基础在我国还是第一次使用。要使这种沉井基础在江底的岩石层上稳固扎根，需要潜水员潜到基础的底部进行作业。

南京长江大桥施工中，位于江心的 6 号桥墩清岩工程遇到了深度大、任务紧、水下作业安全无保障的困难。同时，正在紧张施工的 3 号桥墩底部也出现了破碎带，大量泥沙翻入沉井，致使施工受到影响。据说，桥梁专家们查阅了几十个国家的桥梁建设资料，都没有找到关于这种地质结构以及相应对策的记载。3 号桥墩的最大深水处达 83 米，远远超过了重潜 60 米的极限。当时，潜水员可以下潜到 60 米处，但在 60 米深度的水下并不能停留，最多下去打个逛就得上来，根本无法作业。

“据说当时的铁道部也没办法了，只好把困难上报到周总理那里，周总理指示这个问题找海军帮助。海军也有一支潜水队伍啊，不过据说海军的潜水队伍建立时还来我们这里学习过，因为我们铁道兵的潜水队建立得最早，是中国第一支像模像样的潜水队，有些经验和资料，后来哪里建立潜水队有需要，我们都毫无保留地分享给人家。”说起这些，刘钦岭很自豪。同时，他也一直被海军潜水员在南京长江大桥建设中的英雄壮举激励着。

海军潜水员接受了任务，便急火火地赶到了南京长江大桥施工现场。

南京长江大桥的 2、3、4、5 号桥墩位于大桥的主航道，也是江水最深的地方，加上河床下的部分，深度达到 80 米以上。其中尤以 3 号桥墩水最深，但偏偏就是 3 号桥墩出了问题。根据设计，南京长江大桥的每一个桥墩都由 15 个管柱组成，每个管柱直径为 3 米，3 号桥墩的问题是河床下遇到了挤压破损带，管柱发生了塌方，之前用吸泥机清理管柱里的泥沙，结果越吸越塌。海军潜水员下水的任务是深入到3号桥墩的管柱里，清理掉底层塌方的泥沙，以便再一次进行管柱的重新灌注。

深潜水超过60米就会危及生命，当时国际上的空气潜水极限深度是60米，如果超过这个深度必须换成氦氧气体供气。第一个下水的海军潜水员叫吕波，刘钦岭作为后来的潜水员，和他的战友们永远记住了这个名字。这个人以超常的勇气和坚定的意志，勇闯水下“生命禁区”。

“下水到45米深的时候，就开始换用氦氧供气。呼吸氦气会让人口腔里有一种含了薄荷的感觉，清凉凉的，但越来越深的水对人的心理是个考验，不知道下去还能不能上来。第一个下潜的吕波，从入水到出水，一共用了6小时13分钟，水下工作时间50分钟，水下减压时间5小时23分钟。他将要出水时，第二个潜水员已经下潜了，第二个准备出水时，第三个又下潜了。这样一上一下地交替，最终完成了南京长江大桥3号和5号桥墩的水下清障工作。”整个过程和相关数据刘钦岭都记得很清楚，他说领导和老潜水队员们讲过这个故事，他又把这方面的资料找来看了很多遍。在南京长江大桥3号桥墩四个80多米深的管柱里，海军潜水员共下潜74人次，清除底部岩块及泥沙3.5吨多，这是多么英勇的壮举啊！

笔者惊讶于刘钦岭的讲述能力，竟然能把那么多年前的一个故事讲得如此之好。

讲过这个故事，刘钦岭那硬朗的眉宇间，锁出一个大大的“川”字。笔者知道，他又陷入了思考中。

孔子有言：“知者不惑，仁者不忧，勇者不惧。”一番思考之后，刘钦岭告诉笔者，当一个运动员追求金牌时，就要比别人付出更多的汗水；同样，一个潜水员若要追求不凡的成绩，就要承载生命更多的负重。作为中国铁路“蛙人”团队里的扛鼎级人物，刘钦岭始终不忘把前辈的壮举牢记心间。他很注意搜集国内外的潜水事例，特别是带有“奇迹性”的个例，他说那里面有经验，有教训，更有令人奋进的精神。要想在水下写好中国铁路“蛙人”的故事，仅靠勇敢是不够的，更多的还要靠智慧。

5. 好兵

⊙ 准备下水。
拍摄：芮曼玲

接受央视《老兵，你好》节目采访时，主持人问了刘钦岭几个问题。

在常人看来，那些问题还真是问题，但刘钦岭说那根本就不是问题，而是经验，什么事情你做得多了，也就了解得多，了解得多了经验也就多了。

东南西北的水有什么不同？

刘钦岭说，这种问题走南闯北的潜水员都知道，黄河的水浑浊，有紊流，一不小心就会出问题；长江的水流比较急，水也比较深，在长江里潜水和在黄河里潜水一定不一样。至于说有哪些不一样，有的能够说出来，有的就只能意会不好言传了。而国内其他内河的水，基本都差不多，只是水温不一样而已。比如冬天在东北的鸭绿江、松花江里潜水，水温特别低，十分考验潜水员的耐受力。而在南方一带，比如广东的珠江和武汉的汉江，江水相对暖和一些，水下温度高了，作业条件也就会好很多……

还有，东南西北的桥梁，有什么不同？

刘钦岭告诉笔者，桥梁大同小异，但无论什么样的桥，只要是在水下做桥墩，很多时候都会遇到复杂的地质情况。地质条件不同，桥梁施工方式也就不同，潜水员到水底下所要解决的问题也就不一样。

1984年，铁道兵撤销建制，集体转业并入铁道部，刘钦岭从一名部队潜水员，成了一名铁路潜水员。四十年如一日。刘钦岭练就了超强的水下作业基本功，对各种各样的潜水作业了如指掌，比如水下切割、水下电焊、水下爆破、水下打捞以及水下疏通河道等，他几乎到了样样精通的程度。

2016年以前，刘钦岭和他的铁路“蛙人”团队，主要工作是在桥梁建设中解决水下工作难题，特别典型的是在水下钻孔上打捞钻头。打捞时，钻孔内泥浆水比较深，一般是在一个封闭的容器内或一个封闭的管道内进行作业，作业空间非常狭窄，往往面临着极大的危险。

刘钦岭说，从被选拔为潜水员的第一天起，他所面临的就是危险。

2016年4月26日，铁路桥梁检测中心成立，从此刘钦岭带领他的铁路“蛙人”团队，在全国各地进行铁路桥梁检测。铁路延伸到哪里，水域覆盖到哪里，他们的工作范围就到哪里，北至丹东，南至广州，东至青岛，西至兰州，他们走过了大半个中国，对不同水域、不同年代、不同结构的各种铁路桥梁进行了水下检测。检测中，他们要克服各种各样的艰难困境：要克服黄河水质的浑浊，要征服长江水流的湍急，更要面对东北松花江、鸭绿江的酷寒。如今，七年过去了，刘钦岭带领他的铁路“蛙人”团队，足迹遍布大半个中国，先后水下检测全国重要铁路桥梁一百多座，摸清了它们在水中的剥蚀撞击和冲刷等病害情况，为祖国铁路桥梁安全运行提供了具有科学保障的基础数据。

“潜水作业不仅需要脑力和体力，更需要心力，而且还是一项悟性极强的工作……”

刘钦岭反复强调“悟性”两个字。他说，水下作业方案做得再好，各种不可预知的危险依然存在。水下出现问题只能靠潜水员自己解决，潜水员不仅要胆大，还得心细，而且很多时候会遇到从来都没遇到过的问题。

1997 年，在流经马鞍山的长江里，有个水下出水管道需要更换。刘钦岭下潜到接近工作地点时，潜水设备上的气管和信号绳被强大水流缠在了支撑管桩上。当时水流很急，流速超过每秒 2 米，他一只手抱住管桩，一只手慢慢捋着管绳，艰难地在水下进行自救处理。半个多小时后，他已经没有力气了，自救依然没有成功。但凭着多年的经验和过硬的素质，他告诉自己必须沉着冷静，千万不能慌。思考了片刻，他给水上作业的吴段长打电话，说自己在下边碰到情况，有可能上不去了。吴段长也是个经验丰富的老潜水员，他立即劝慰刘钦岭不要急，马上派潜水员下去救援。听到吴段长这么说刘钦岭立即拒绝，说千万不能下来，我自己能够想办法解决。

接受采访时，刘钦岭说当时的水流太急，如果再下去一个人，因为水下空间狭窄，两个人的供气管一不小心就会搅在一块儿，那样后果更不堪设想。真要发生不测，不是又白白搭上了一个人吗？

这就是刘钦岭，潜水潜出了境界！

从某种程度上说，潜水员是与孤独和危险相伴的一种职业。他们面对的水下世界，没有想象中的绝美风光和壮观鱼群，有的只是黑暗，有的多是危险。生死一瞬间，要在孤独中作出决定，没有任何人可以商量。

那次危险，刘钦岭在水下经过一个多小时的艰难自救，终于化险为夷。

事情过后，刘钦岭说，被死神亲吻一次就多一次特殊体验。他告诉自己的队友和徒弟，有时候奇迹看上去虽然是奇迹，但人的因素很重要，所以遇事不能慌，一定要想想如何把自己救出来，这才是最重要的。

关于潜水作业，刘钦岭说不仅仅要讲经验，更多的是应该讲教训。某些时候，教训比经验更重要，因为它随时能够警示你。接受央视《老兵，你好》节目采访时，他讲述了一次惊心动魄的水下爆炸的经历。

那是一次在长江里进行的水下切割作业，需要打开两条旧水下管道。管道铺设在水下已经很多年了，里面生成了大量沼气，切割时稍不注意就会发生爆炸，所以得先把里面的沼气放出来，但施工中潜水员恰恰忽视了这一点。一条管道切开后，因为密封得不太严，里面的沼气跑掉了一些，没有发生事故。然而，另一个潜水员下水切割另一个管道时，就发生了爆炸，因为那个通道密封性好，沼气没放出来。这一爆炸，潜水员的“重潜”服装被炸毁，潜水帽都破了，这等于潜水员溺水了。好在水只有七八米深，上面的人把这名潜水员拉上来时，他已经陷入昏迷，其他人马上把他送到上海的医院进行专业减压治疗，治疗了很长时间才好转……

“水下发生危险是常有的事，关键是如何处理好，更关键的是要事先想到发生危险时应该怎么办？当然，‘应该怎么办’很重要，但没有经验，没有好的潜水技能，‘应该怎么办’也只能是一个问题。真正遇到问题了却不知道‘应该怎么办’，这才是真正需要解决的问题。”

刘钦岭很会讲故事，每一次水下施工的情景，都能被他讲得活灵活现。

2002 年 7 月，福建尤溪大桥施工过程中，一台钻机钻孔时钢丝绳断裂，把一个 10 吨重的钻头坠入直径 2.5 米、水深 45 米的钻孔内，常规打捞无济于事，如果塌孔，这根桩就废了，不仅会造成近百万元的直接经济损失，而且最关键的是会导致大桥工期延误，影响全线通车的重大计划。于是，他们想到了潜水打捞。

这种情况潜水作业相当危险，而且45米深的泥浆水，理论上已接近20层楼高的水压。经过综合考虑，必须要找一个有勇气、思维清晰的人下水作业。而当时就整个铁道战备舟桥处潜水段来说，唯有刘钦岭最合适。

接受采访时，刘钦岭说，像这种在桩基孔里潜水打捞作业，是潜水行业的大忌，因为在高浓度的泥浆里下潜，零视线不说，45米深的泥浆下的压力相当于清水51米深处的压力。此外，更大的危险是随时有塌孔的可能，也就是人们俗称的“包饺子”。一旦塌孔，潜水员基本没有生还的可能。行内行外，想想都恐惧。业内人士都懂这是个风险、难度都极大的任务，刘钦岭作为队长，带领7名潜水员连夜从江西工地赶到现场，并亲自制定方案，提出三条防护措施：一是将泥浆比重从1.2降到1.14，在避免塌孔的同时减小下潜阻力；二是在重潜装具上再加一块12千克的铅块配重；三是加工一个钢护筒，把它下放到尽可能深的位置。一切准备就绪，刘钦岭第一个下水，按照制定的方案，尽可能减少水中作业时间，成功将钻头取了上来。

“那次潜到45米深的水下作业，一开始我心里也很忐忑，毕竟平时很少下到这么深的泥浆水里进行作业。空气潜水60米是极限，45米已经快接近极限了，稍有不慎就会发生危险。事后，我总结出了八个字：上下配合、速战速决。”刘钦岭说，深水作业不宜时间太长，时间越长，危险性越大。

2018年5月，刘钦岭在湖南麻阳施工时，工程开工不久就遇到了难题：四米深的锦江水底布满高低不平的岩石，给钢套箱下沉带来了极大的困难，所以必须把岩石炸开一个六米深的基坑，才能保证正常施工。但是爆破之后，河床底部出现了一个布满乱石的深坑，里面最大的孤石有七八吨重，无法从水下清理出来，因此必须进行第二次爆破。这个时候最危险，因为在往基坑周围的石头缝隙里放置炸药包时，稍有不慎，松散的乱石就会瞬间垮塌下来，后果极其可怕。刘钦岭凭着熟练的水下作业技能和丰富的经验，最后顺利完成了爆破任务。

一次经历，一次挑战；经历是财富，挑战是收获。

从某种意义上说，潜水员的工作就是与死神搏命，要承受高压与温差的影响，还会遭遇不可预知的危险。2019 年 1 月底，刘钦岭带领六个徒弟，随段到枣庄京杭大运河京沪高速铁路桥下作业。虽然当时刚刚下了一场大雪，水温也已降到零度，但为确保春运安全，他们必须尽快下潜到冰河中，在一天之内完成四个桥墩的水下部分检测。

提起这事，刘钦岭说徒弟们很争气，接到任务后没有半点畏惧，而且任务明确，除了枣庄那座高铁大桥，还要在春运前完成山东境内五座重要铁路桥梁的检测。当时，刘钦岭第一个下水，下水十几分钟后，他就在桥墩底部发现了第一条裂缝，但因河水温度太低，下水 20 分钟后他的双手便失去了温度，伸手都困难，他却依然根据船上监控人员的指令，清理掉了裂缝处的水草。双手被冻僵后，他凭着意志咬紧牙关，用冻僵的手拿稳摄像机，把稳定的图像传送给了船上的监控员。一个多小时后，一个桥墩完成了全面检测。刘钦岭浮出水面，摘掉湿漉漉的手套，两只手还一直僵着。吃午饭的时候，他的手依然没缓过来，连筷子都拿不住，他只好将嘴直接伏在碗上吃。徒弟们望着师父，一个个心疼得眼泪汪汪的，刘钦岭却笑着说：“这是咱们的事业，再苦再累，也得把任务完成好。”

四十年的坚持，强化了刘钦岭的事业观念。

还是铁道兵的时候，刘钦岭就下定决心：要当一个好兵。如今的刘钦岭早已不是兵，但他说，兵的观念依然深刻心间。

从“兵”到“工”，靠着对这份事业的赤诚之心，他把潜水兵不怕牺牲、不畏艰险的精神传承到了无与伦比的程度。从某种意义上说，当初的“好兵”就是如今的“良工”，但几十年过去了，“良工”与“好兵”已经有了层次上的不同，他对事业的要求更高了。与之前的潜水员队友们相比，他说自己算是幸运的，遇到过那么多次危险，却都能化险为夷，而且还能使自己的经验和技术在后来的实践中通过徒弟们得以传承和运用，想想就很欣慰。

第二章
一个“队”的传奇

6. 兵团直辖

采访刘钦岭时，他多次要求笔者少写他，多写这个“队”。

刘钦岭所说的这个“队”，当然是他情有独钟的“潜水队”。

关于这个“队”的历史，刘钦岭称能讲上三天三夜。这些历史里面故事多多，其中的动人之处颇具传奇性。于是，笔者按照他提供的线索，在济南局集团公司所属的铁道战备舟桥处宣传助理渠志纯和潜水段党总支书记潘永明的带领下，开始追踪这个“队”的历史足迹。

渠志纯陪同笔者一路南下，从山东到金华，一路上除了介绍刘钦岭和整个中国铁路“蛙人”团队的基本情况之外，就是介绍潘永明。他说，潘永明是个有心人，工作之余一直专注于搜集整理潜水段的发展史，有些资料已经十分珍贵，特别是他“抢救性”地对潜水段几个老领导、老潜水员的采访，对我们了解中国铁路“蛙人”团队很有帮助。

渠志纯告诉笔者，潘永明看上去不言不语的样子，心里却特别有数，待人厚道，工作踏实。段里每完成一次下潜任务，他都会通过影像、图片和文字留下备案资料。

“真的要追踪这个‘队’的历史足迹？”潘永明说。

“中国铁路‘蛙人’，不就是从这个‘队’开始的吗？”笔者说。

笔者注意到，潘永明虽然是铁道战备舟桥处潜水段的党总支书记，但他与笔者聊起这个“队”时，像是完全忘了他们现在应该称之为这个“段”。笔者求证“队”与“段”的问题，他带着一脸的思考状，说“队”的历史比“段”的历史要长很多，以至于人们平时说起来，感觉“段”与“队”都不是一个量级的了。

“其实，‘段’和原来的‘队’，在很多时候是一个级别。在战备舟桥处，现在的‘段’属于一个科级单位，而原来属于部队时的‘队’，很多时候是连和营的级别，在最初刚成立的时候甚至是班和排的级别。”潘永明说。

“你了解得好详细啊。”笔者疑惑。

“给你一些资料，你先看看？”潘永明说。

“是你们这个‘队’的资料吗？”笔者说。

“当然，近些年我们一直在搜集这个‘队’从成立到今天的相关资料，了解有些事情之后，我们很是感慨。这个小小的潜水队，竟然是新中国比较早的潜水单位，而且竟然与我们国家的一些大事件紧密相连。”潘永明说。

“大事件？”笔者疑惑。

“解放战争、抗美援朝、武汉长江抗洪与唐山大地震救灾等，这些事件是不是挺大的？这个‘队’都在其中留下过光辉灿烂的足迹。”潘永明说。

潘永明没有当过兵，他说自己不像刘钦岭那样是铁道兵撤销时“兵改工”留在潜水段的“兵式”的潜水员，他是地方学校毕业后分配来铁道战备舟桥处潜水段工作的。他不会潜水，只能做一些管理方面的工作。

“一转眼的工夫，我在潜水段也已经工作了二十几年。”潘永明说，二十几年的风风雨雨，他深深地喜欢上了这份工作，也深深地爱上了这个“段”。“当然，由这个‘段’，我同样也深深爱上了这个曾经的‘队’。”

“听说这个‘队’自最初成立时，就打上了深深的红色印迹？”笔者说。

“当然，这个‘队’当初是由部队组建的，红色印迹十分深刻。虽然它现在的建制是铁道战备舟桥处的一个‘段’，但不知道为什么，大家聊起来还总是不自觉地将其说成一个‘队’，似乎感觉‘队’比‘段’更准确。”潘永明告诉笔者，近些年通过对一些历史资料的收集，他感觉潜水队有着很深的文化积淀。

任何事情没有历史就没有根基。据历史记载，早在周代，我国就已有潜水捕捞的技术，这是人类历史上有关潜水和潜水技术的最早纪录。而我国第一支专业潜水队伍，也就是潘永明任党总支书记的这个“队”，于 1948 年 12 月在吉林陶赖昭组建，当时是东北野战军铁道纵队第三支队桥梁大队潜水班，1949 年 10 月新中国成立时改编为潜水排，1952 年改编为潜水队，1985 年 5 月更名为潜水段，一直沿用至今。

不得了，中国铁路“蛙人”团队，原来是中国第一支专业的潜水队伍。

笔者在潘永明收集的资料中，看到了这支铁路“蛙人”团队的相关历史记载：

位于浙江金华市西郊河盘桥路 186 号的铁道战备舟桥处潜水段，1948 年 12 月在吉林陶赖昭组建，当时称东北野战军铁道纵队第三支队桥梁大队潜水班。

1949 年 10 月，潜水班改编为潜水排，1950 年 8 月编入铁道兵团独立舟桥团。

1951 年 6 月，参加抗美援朝，编入新组建的铁道兵团第四师。

1952 年回国，改编为连级潜水队，辖五个潜水班，驻河北省石家庄市，归铁道兵团直辖。

“怎么样，厉害吧？”潘永明说。

“什么厉害？”笔者问。

“一个连级单位，竟然归铁道兵团直辖，难道不厉害？”潘永明说。

笔者从军多年，亦曾跟随部队参加过边境保卫战，当然能够从中感受

⊙ 铁路“蛙人”们的“娘家”：“兵改工”前的铁道兵独立舟桥团。

到潜水队的重要性。但没想到的是，潘永明这个从未当过兵的人，说到这些时脸上所呈现的表情，竟然也让笔者读出了自豪感和荣誉感。

“作为后来人，我们面对如此辉煌的历史，当然会生出自豪感和荣誉感。这个‘队’刚成立的时候，就参与了吉林陶赖昭松花江铁路大桥的抢修。一般来说，潜水队参与铁路大桥的抢修，主要是负责水下桥墩的抢修。那时候东北战事正酣，陶赖昭松花江铁路大桥又是被敌方给炸坏的，抢修起来十分麻烦，零下几十摄氏度的寒冬，潜水员们在江水里夜以继日地突击抢修，终于修复通车，有力地支援了当时的东北前线。有资料显示，陈云、吕正操等中共东北局及东北野战军的领导，对于铁路大桥的修复给予了高度评价，陈云还在讲话中称：‘松花江大桥的修复，为东北人民打通了一条胜利之路。’”潘永明说。

“是不是越了解这个‘队’的过往，自豪感和荣誉感越强烈？”笔者问。

“是啊，段里的老领导和老同志，说起这个‘队’的过往，无不豪情满怀。”潘永明说。

继续看资料，笔者发现，这个“队”还真是足迹辉煌：

1953 年再次入朝执行潜水任务，由铁四师代管；1954 年 6 月回国，扩编为营级潜水队，改名为铁道兵潜水训练队，下辖五个区队，驻湖北省武汉市；1957 年 4 月，由五个队扩编成了八个分队，迁往广西贵县，后又迁至福建厦门，改名为铁道兵潜水队。1958 年 10 月，为配合铁道兵八师修建金温铁路，又从福建厦门迁到浙江武义县；1959 年春，迁入金华市清波门，同年 10 月，又从清波门迁到河盘桥。1962 年 8 月，铁道兵八师撤离金华市，把市区的河盘桥材料厂和东关预制厂基地移交给潜水队。1952 年至 1970 年，先后受铁道兵石家庄干部学校、铁四师、铁三师、铁八师、铁十一师、铁十三师代管。1971 年，划入铁道兵独立舟桥团代管。1976 年，在河盘桥修建固定营区。1977 年 4 月，正式列入舟桥团编制，改称铁道兵舟桥团潜水队。1984 年 1 月，随着铁道兵集体转业并入铁道部的“兵改工”，改名为舟桥工程处潜水队，下辖四个潜水分队。1985 年 5 月，随着铁道战备舟桥处的机构调整，潜水队更名为潜水段，所辖四个潜水分队缩编为两个潜水分队。1994 年 6 月，又将两个潜水分队合编为一个潜水分队，增编一个劳动服务公司，全段定员 56 人，其中干部 8 人，工人 48 人……

这样一份资料，就是一段光辉的历史。

潘永明告诉笔者，隐藏在这份资料背后的，是一个又一个带着红色印迹的潜水故事。

的确，中国铁路“蛙人”团队的发展与历史，正是这一个又一个红色故事写就的。

多少年来，中国铁路“蛙人”团队脚步坚定，精神振奋，他们完美地传承了这支特殊队伍的红色基因，挑战了潜水行业的高峰，创造了一个又一个潜水奇迹，一次又一次让不可能成为可能。寒水不冻热血，哪里有祖国铁路跨过的大江大河，哪里就有他们在水下保驾护航。

面对铁路上一趟趟飞奔的列车，我们能说什么？

面对匆匆来去的列车上的乘客，我们又能说什么？

不错，乘客们的目的只是平安到达他们的目的地，铁路与桥梁和他们似乎没有任何关系，他们匆匆地来，没有一声问候；又匆匆地走，没有一句告别，而潘永明向笔者叙述着的这个“队”，却从未离开过。虽然乘客中没有任何人知道他们，但在他们心中，这些都不重要，只要祖国的铁路线一路畅通，祖国的铁路桥梁一直安全，他们也就知足了。因为这个“队”在建立之初，目标就是如此。于是，我们继续沿着这个“队”的足迹前进，探察这个“队”的足迹到底有多深，有多远……

7. 前辈王吉珍

接受采访时，刘钦岭曾经问过笔者，是否知道人们习惯把潜水员叫什么。

笔者摇摇头，还真是不知道。

刘钦岭便笑笑说，有些称谓挺好，有些称谓却很特别，比如有人把潜水员称作“水鬼”，有人把潜水员称作“蛙人”，更早一些的时候，在新中国成立前，潜水员被人称作“潜水夫”。“水鬼”也好，“蛙人”也罢，还都挺形象的，起码知道是一些与水打交道的人，听着还多多少少有点敬畏的意思。但潜水夫一个“夫”字，将其与车夫、脚夫、马夫、挑夫联系在了一起。而再往前追溯，那就是古代了，潜水员的名称是“没人”“泅人”，这两种称呼都有点不伦不类的感觉。“没”和“泅”两个字，一个是没入，一个是泅渡，听上去都很灰暗。

其实，潜水员真正被纳入重要位置，还是在新中国成立前后。

1948 年 7 月，东北野战军诞生了一个“新成员”——铁道纵队；1949 年 5 月，铁道纵队改为中国人民解放军铁道兵团，归中央军委铁道部直接领导；1953 年 9 月，铁道兵正式作为一个兵种，进入了中国人民解放军的序列。在解放战争中，铁道兵叫响了“野战军打到哪里，铁路就修到哪里”的口号，有力地保障了大兵团作战的部队调动、粮弹补给和重型装备的运送。抗美援朝战争中，他们创建了“打不烂、炸不断的钢铁运输线”，为战争的胜利提供了强有力的后勤保障。到了社会主义建设时期，铁道兵则圆满地完成了各个时期党和人民及中央军委赋予的任务，被誉为“铁道建设的突击队”。而铁道兵中的这个“队”，也就是潜水队，更是一次次给铁道兵长脸、争光。无论是东北解放，还是抗美援朝，有水和铁路桥梁的地方，都会有这个“队”的身影。这个小小的“队”，做了许多有助于国泰民安、世界和平的大事情。因此，这个“队”在当年的铁道兵行列里，成了一道耀眼的风景。

风景相对来说是恒定的，但从本质上说，它又是流动的、发展的。这个“队”同样如此，它也在不停地流动着，发展着。漫漫岁月里，它有风雨中的跌撞，也有阳光下的辉煌；悠悠征途上，它有波折和低谷，更有砥砺奋进和春华秋实。

采访中，每每说起这个“队”的历史，无论是老铁路“蛙人”，还是新一代铁路“蛙人”，都会提起一串串响亮的名字。这些名字与这个“队”的诞生相关，亦与这个“队”的发展相关。潘永明说，很多潜水段的“奠基性人物”都已经不在了，但他们与这个“队”的传奇历史，却一直被人们津津乐道着。

潘永明不断重复着“奠基性人物”这个词。他说，没有当年那些奠基者，就没有这个“队”的光辉历史，更没有这个“队”的今天。

王吉珍，就是其中的一位！

采访中，好几个老潜水员都提到了前辈王吉珍，说他是潜水段的“拓荒者”，在潜水段的历史上写下过浓墨重彩的篇章。于是，笔者四处寻找与王吉珍相关的人和资料。

潘永明得知后，说资料倒有一些，但想找到一个与王吉珍有交集的人，已经不容易了，不过，他们留在这个“队”的精神旗帜，却一直高高飘扬着。

的确，王吉珍是个人物！

相关资料记载，王吉珍系山东荣成市崂山镇斜口岛村人，祖辈都是渔民。他出生于1910年，12岁给地主当小长工，受尽了欺凌折磨。15岁那年，他辞掉长工，跟着哥哥一起下海捕鱼捉蟹，从而练就了一身好水性，成为当地闻名的潜水能手。1941年，王吉珍光荣地加入了中国共产党，并担任村里的民兵指导员。

解放战争开始后，王吉珍随华东支前司令部南下，因潜水技术好，被铁道纵队第三支队桥梁大队潜水班调用。1949年1月，淮海战役胜利结束，国民党军节节败退。1月16日，为阻止人民解放军南下，国民党军队将淮河铁路大桥炸毁。南下大军因铁路大桥被炸而行动滞缓，铁道纵队第三支队桥梁大队奉命赶到现场抢修大桥。为保证渡江战役的顺利进行，那年三月，第三支队开始抢搭淮河浮桥。

潘永明给笔者找到一份关于淮河铁路大铁桥的资料。从资料上看，这座铁路大桥始建于 1908 年，1911 年 5 月 15 日建成通车。1937 年，全民族抗战爆发，中国军队撤退时曾将这座桥的 1 到 7 孔桥梁炸毁。1938 年 9 月，日军为长期占领中国，修复了该桥的 1、2、3 孔，并将破坏严重的 4、5、6、7 孔的部分钢梁进行了更换。1949 年 1 月，解放战争时期，国民党军撤退时，又将这座桥的 3 到 7 孔钢梁破坏。1949 年 11 月至 1950 年 7 月，济南铁路局修复了遭破坏的桥梁。从新中国成立到 2005 年，蚌埠铁路分局曾多次对该桥进行修复加固。由此可以看出这座铁路大桥的重要性。

渡江前夕，陈毅、谭震林等领导同志到淮河边上视察浮桥，指示尽快修复这座铁路大桥。为制定出可行的淮河铁路大桥抢修方案，第三支队领导和有关专家对战士们集思广益提出的五种抢修方案进行了反复比选，最终确定在正桥上游 30 米处修建一座全长 500 米、能够使用三年的半永久性渡河便桥。便桥采用木桩、木笼填石及木笼填石固桩等方法修建，力争三个月完成任务。便桥于 1949 年 5 月 1 日正式开始施工，当时正赶上淮河汛期，因水深流急，施工中遇到了很多意想不到的困难。为保证每一个木笼沉箱准确沉放到指定墩位，第三支队抽出所有会潜水的战士组成潜水队，承担为木笼沉箱的吊装、定位拴挂钩、拴钢丝绳、水下正位的重任，王吉珍担任该潜水队队长。

王吉珍常对战友们说：“没有一条路是平坦的，没有一座山是毫不崎岖的。”

的确，人生的每一条路，都是荆棘遍地的，坎坷泥泞不可计数，唯有强者才能披荆斩棘。

当时，王吉珍屁股上的血瘤发作，不能穿潜水衣，不得不到部队医院切除。手术后的第三天，他就投入了潜水作业。按规定，潜水员每天潜水最多六次，而他带着未愈的伤口，每天潜水都在八九次以上。

1949年6月3日，在7号桥墩施工中，一条趸船在机动艇的推动下，运载着近百吨重的庞然大物——长10米、宽5米、高9米的木笼沉箱，缓慢驶向了设计位置。眼看快要到位，西北方向黑压压的乌云却瞬间盖过头顶，狂风卷着黄沙肆无忌惮地袭了过来。雨借风势，风助雨威，仿佛天要塌下来，趸船在风浪中大幅颠簸着。一个巨浪打来，船体失衡，木笼沉箱侧向滑落河中，趸船也险些被坠翻。

“糟了，沉箱掉到河里了，准备下潜处理。”在潜水船上的王吉珍，果断地下达指令。

狂风暴雨仿佛一场噩梦，雨停了，现实却依然在梦中。

接下来的任务，是潜水员潜入水底，在木笼沉箱四个角上拴钩—吊起—移位—就位。

“此处是河道主流，流速大，沉箱又是侧向坠入，情况十分复杂。你们配合，我来下潜拴钩。”王吉珍安排好船上的配合工作后，毅然潜入了水中。

汛期的淮河水含沙量很高，水下能见度不足30厘米，要想掌握木笼沉箱的方位和吊点位置，需要用手探摸感受。这一天，王吉珍连续下潜5次，在水下作业长达5个多小时，才拴上了两个吊点。支队领导怕他体力不支要求换人，战友们也都请缨要求替换，他却无论如何也不肯，对支队领导说：“水下情况非常复杂，基本看不见，我刚刚摸清了情况，再换人下水又得重新摸索，时间不等人。再说，吊点万一拴错，可就前功尽弃了。”

还没等体力完全恢复，王吉珍就再一次潜入水下，去拴第三个吊点。

这时候，致命危险来临了，一股暗流袭了过来，王吉珍被挤进木笼沉箱的空格里，潜水帽被挤到水桩缝隙间卡住，潜水衣也被挂破一个大口子，河水瞬时压进他的潜水衣内……当时，船上战友通过水下电话听王吉珍说出“不好”两个字，就再也没了声音。大家急忙向他喊话：“队长，发生了什么情况？”然而，电话那端再也没有了回应，大家意识到水下可能遭遇了突发险情，便急忙向上提拉气管和信号绳，却因王吉珍被挤进木笼沉箱，怎么也拉不动。就这样，年仅 39 岁的王吉珍牺牲在了新中国诞生前……

在困难和挫折面前，在生与死的考验中，把困难留给自己，把生的希望留给战友，这正是这个“队”的精神所在。王吉珍的英雄精神鼓舞着所有潜水队员，一个人倒下了，更多的人站出来了，大家纷纷请战，要求完成王吉珍未竟的工作。在之后的两个月，这个“队”的刘建国、李鸿顺、周福贵、周建武与任武志 5 名潜水员，在大桥抢修中相继献出了

⊙ 一步跃入江水，也跃入不一样的人生。
拍摄：朱砚茹

年轻的生命，终于使大桥建成通车，时间比原计划提前了一个月。火车经由津浦线过江，沿沪宁线直达上海，对人民解放军继续南下追歼残敌，恢复和发展江南新解放区，特别是对大上海的经济和生产，起到了决定性的作用。

那座淮河便桥通车的时候，解放军铁道纵队第三支队已经更名为解放军铁道兵团第三支队。第三支队司令部、政治部当即决定在蚌埠市淮河铁路大桥南端，为六名英勇牺牲的潜水员修建纪念碑和烈士墓。

如今，纪念碑和烈士墓依然坐落在淮河铁路大桥桥头，已成为镌刻着铁道兵红色印迹的一处教育基地。

潘永明告诉笔者，多年以来，每一位新入队的潜水员，第一课就是听领导或老同志讲述王吉珍和那些“水底英雄”的故事。听着一个又一个刻着红色印迹的故事，新入队的潜水员们无不泪流满面，无不精神振奋。

泪泉的干枯，是情感的凝结。

有“声”的泪水，亦是精神的传承。

发生在过去的潜水队，如今的潜水段里的一个又一个的红色故事，无一不使人精神振奋，无一不使人荡气回肠……

8. 王东源的抗美援朝

还有一个“奠基式人物”，潘永明说一定要好好写写他。潘永明很有心，他知道一些老前辈、老领导年事已高，便在几年前就注意进行了“抢救式”采访，把关于这个“队”的一些宝贵资料保存了下来。这个“队”的老队长王东源，就是潘永明最早进行“抢救式”采访的对象。

拿到潘永明采访王东源的记录本，笔者很是感慨。任何一个单位的“拓荒式”人物，都代表着一段光辉的历史。哪怕这段历史过去 70 年、80 年乃至 100 年，也都应该被小心珍藏。

在王东源的人生历程中，记忆最深刻的那段往事，语言还没有打开，历史便已走到了我们面前。而随着他的讲述，这个“队”发展中的每一个细节、每一个故事，都真实地表达着这个“队”的历史。

“1948 年 4 月到 5 月间，苏联的四五名潜水员在吉林松花江大桥上，挑选了我们的五六名老兵，教成了国内第一批空气潜水员。这批潜水员，隶属于东北野战军铁道纵队第三支队。苏方的潜水员，还同时给我们交付了两套潜水设备：三螺旋和手摇三缸气泵。1949 年，从北平到浦口，解放军一路南下，解放了很多地方，修复了被国民党炸毁的一些铁路和桥梁。我记忆最深刻也是最关键的一个地方，就是位于安徽蚌埠的淮河铁路大桥。当时在现场仅有一个潜水班，抢修这座铁路大桥的人员不够，又从胶东调来了一个潜水组，这个潜水组里有 3 名潜水员，是抗日战争时期的老党员。他们带的设备与苏式的不一样，用的是无线电话，信号连接也不是太好，时断时续……”

以上是王东源的一段回忆。潘永明告诉笔者，出生于山东蒙阴的王东源，是潜水队驻地金华时期的第一任队长，2019 年王东源接受采访时已经 90 岁了，于 2021 年去世。

铁道战备舟桥处综合档案馆里有一个老物件，那是一台手摇三缸气泵，生产于 1948 年的苏联，是潜水装具的重要组成部分。它的作用是以人力摇转摇轮，通过活塞运动的原理供给氧气，可使潜水员的最大潜水深度达到 25 米。一般来说，潜水深度 12 米以内需要两个人摇，12 米以上需要四个人摇。

“随着潜水技术的不断发展，二十世纪八十年代中后期，电动气泵应运而生，手摇三缸气泵便光荣退役了。2018 年底，铁道战备舟桥处征集老物件，这件手摇三缸气泵又从浙江金华坐着高铁来到了位于山东齐河的舟桥处驻地。如今，它静静地陈列在这里，向前来参观的人们讲述着潜水队的历史和故事……”综合档案馆的付翔如此讲述的时候，笔者看到他眼睛里饱含着深情，两只手在设备上不住地爱抚着。

那件设备上没有热量，但从付翔的动作上，笔者分明感受到了一股巨大的能量。正是这些没有热量的老物件，为中国的潜水事业拓荒，为这个“队”的历史创造了辉煌。潘永明告诉笔者，将这件潜水设备的照片拿给王东源看时，老人家越看越激动，看到后面竟然热泪盈眶，颤抖着说：“对！这就是那时苏联支援我们的，我从事潜水工作三十多年，潜水供氧全靠它，这位老朋友可是为我们的潜水事业立下了大功……”

老物件牵着王东源的心，更展示着这个“队”的精神气质。

接受采访时，王东源说淮河铁路大桥的成功抢修，不仅激励着战士们对国民党军队的奋勇追击，更激励着潜水员们解放全中国的决心。当时，刚刚参军两个月的王东源，还是一个正接受着潜水专业训练的新兵，因受到英雄事迹的感召，他主动递交了请战书，要求到前线去，到最危险的地方去，但因新兵训练还没有结业，组织上没有批准他的请战，王东源便暗自铆足了劲，决心传承先辈们用血肉之躯铸就的“潜水精神”，下苦功学好潜水技能。1949年10月1日，新中国成立当日，他在日记中写道：“以潜水英雄为榜样，为新中国潜水事业不懈奋斗！”

“一年以后，也就是1950年，21岁的王东源凭借过硬的潜水专业技术，作为新中国第一代潜水员，光荣参加了抗美援朝战争。”潘永明告诉笔者，采访王东源时，老人家回忆着往昔，激动的情绪一波又一波地涌起。当时，潜水队有两个班，共二十来人。王东源所在的潜水班，班长姓崔，特别能吃苦。

铁道兵跟随中国人民解放军第四野战军开始从丹东渡过鸭绿江，技术连都上了前线，押运着枕木和钢轨，一气就到了朝鲜的大同江。往前开的路上一直都有美军的飞机轰炸，火车站到处都是防空的高射炮。再往前是坐的火车，平板车厢，一路不停，大家无论性别，都在车上憋着尿。途中有个战士被炸牺牲，大家望着美军的飞机很是气愤。

朝鲜的大同江铁路大桥，是中朝军队重要的铁路运输线，以美国为首的所谓的“联合国军”为切断这一重要运输通道，经常派飞机轰炸。到前线时间不长，王东源就跟随铁道兵志愿军潜水班接受了抢修被美军飞机炸毁的大同江铁路大桥的任务。

王东源说，当时桥墩被敌军炸得面目全非，只剩下了小半截，抢修起来十分困难，但他们还是很快制定出了桥墩基础抢修方案。朝鲜的冬天异常寒冷，凛冽的北风夹着雪花打在战士们的脸上，像刀割一样。王东源和战友们的双手都被冻僵了，几乎拿不了设备，但大家相互配合，迅速穿好潜水衣，跳入冰冷的河水里探摸水下状况。

大桥抢修很紧张，也很危险，敌机一次次过来轰炸，江里的水被炸起一二十米高。

“有好几次，弹片擦着耳朵飞过，但这些都没能挡住志愿军潜水班连夜进行水下和水上作业。”潘永明说采访时王东源一次次陷入回忆中，情绪甚是激动。说到经过中朝军队的联合抢修，仅用1天时间就抢通了大同江铁路大桥时，王东源甚至不顾自己年事已高、腿脚行动不便，激动地站起来，用双手比画着描述当时的情景。

敌人自然不想让大桥顺利抢通，更不想让志愿军和各种战斗物资不停地向前方运送。天刚一放亮，敌机就又来轰炸了，王东源和战友们只好紧急疏散至桥头隐蔽。听着那震耳欲聋的爆炸声，望着江里被炸起一二十米高的水柱，王东源和战友们揪着心，祈祷着敌机扔下的炸弹千万别再落在桥墩上。然而，桥墩是大桥的支撑点，敌人炸的就是大桥桥墩。因此，敌机刚一离开，王东源和战友们就划着渔船去检查水中的桥墩基础。这次是王东源和班长一起下潜，好在桥墩损坏并不严重，但他们却在水下发现两枚尚未爆炸的定时炸弹。经过进一步探查，他们在桥头也发现了未爆炸的炸弹。原来敌机在丢下常规炸弹的同时，还投下了一些定时炸弹。这可是更大的隐患，谁也不知道这些家伙何时会爆炸。整整一个上午，王东源和班长都在七八

⊙“蛙人”双潜是一种配合，更是一种技术。拍摄：程文胜

米深的水下忙活着。水温极低，他和班长透过能见度不足一米的头盔护目镜，一边配合着修复大桥，一边在水下四处寻找着定时炸弹。他们不清楚炸弹设定的爆炸时间，可他们知道炸弹随时有爆炸的可能，牺牲随时会到来。

明知道下一秒就有可能爆炸，明知道再靠前一步就可能粉身碎骨，但为了胜利，为了正义，为了中朝两国人民的友谊，王东源和战友们义无反顾，用生命书写着人生传奇。那天上午，经过不懈的努力，他们共找到 15 枚定时炸弹，并小心翼翼地进行排除，让敌人的定时炸弹计划全部落了空。

前后两年多的时间里，王东源和他的潜水员战友们始终守护着大同江铁路大桥。敌人什么时候炸，他们什么时候修，无论是白天还是晚上，敌人轰炸不止，他们抢修不息，终于保住了这条打不断、炸不烂的钢铁运输线！

长期潜水、高强度作业、严寒侵身无法正常减压恢复，给潜水战士们带来了不少的伤痛，有的关节变了形，有的腿脚扭曲，但是他们根本不放在心上，依然坚定地完成着一次又一次的抢修任务。1952 年 10 月，志愿军首长安排他们回国休整一段时间。第二年一开春，完成休整的王东源和他的潜水员战友们，再一次奔赴抗美援朝前线。

这一次奔赴抗美援朝前线，他们守护的是清川江大桥。当时，朝鲜战场已进入“绞杀战”时期，“联合国军”的飞机可谓不惜血本，倾巢出动，对朝鲜北部的铁路、公路、桥梁昼夜不停地轰炸，意图给志愿军后勤补给线造成彻底的毁灭性打击。有时候，敌人会针对一个目标，在一个月内连续发动十多次进攻。

清川江大桥，就是这样一个目标。

清川江大桥位于朝鲜满浦铁路线上，是朝鲜北部重要的交通要塞，更是连接抗美援朝战争前线和后方的主动脉。为了切断这条主动脉，美军先后派出了数千架次飞机轮番轰炸，投下的炸弹足有几万枚。

针对敌军的大举来袭，志愿军奋起反击，围绕这座大桥展开了火力全开的对空防御，这场战斗在当时就被定义为“清川江大桥保卫战”。虽然有时也能打下敌机，但我们的防御效果依然十分有限，清川江大桥被多次炸断，抢修的重任就落在了志愿军铁道兵战士们的肩上，王东源和他的潜水员战友们也在其中。

1951 年 7 月，清川江大桥遭敌机炸毁，车辆物资被阻塞，不能前进，上级命令立即修复。

每到夏季，朝鲜北部就会洪水泛滥。在浊浪滚滚中抢修一座被炸得面目全非的大桥，困难重重。但王东源和战友们敢于攻坚克难，冒着危险，一次次潜水抢修桥墩，一次次排除定时炸弹，一次次在水下打捞战友们的遗体，每一次都能出色地完成潜水任务。

很快，三号桥墩得以修复，清川江大桥提前顺利通车。当美军再次派飞机飞临清川江上空时，眼前通行无阻的铁路大桥让他们感到匪夷所思，中国人民志愿军难道会魔法吗？他们是怎样抢修成功的？对于占尽空中绝对优势的“联合国军”来说，志愿军带给他们的是一个又一个的惊骇和不解。他们不明白，白天铁路刚刚被炸毁，到了夜里火车照样通行，白天公路和大桥被炸毁，可夜里汽车还是一辆接一辆地走，江岸上堆积如山的粮食、弹药等物资，一刻也没被耽误，源源不断地送上了前线。

在“绞杀战”计划中，美国陆军上将李奇微曾经狂妄地说：“我们就是要用空中力量这根绳子，一下子把中国巨人勒死。”然而，他不知道，无论是在地面还是在水下，都有王东源这样的志愿军战士与他“相克”，他再狠毒的计划，也会被“克”掉。他更不明白，钢铁的队伍有钢铁的精神，他们以血肉之躯筑起了“钢铁大桥”，用生命维护着钢铁动脉，为前沿部队输血供氧。

在两次赴朝作战中，王东源荣立二等功一次、三等功一次。1953 年回国后，王东源作为战斗英雄，在北京怀仁堂受到朱德总司令和时任北京市委书记彭真的接见。

经历过战争的人都会对人生有新的理解。忆起过往，王东源曾经感慨地说：“一般来说，三等功是站着领，二等功是躺着领，一等功是家属领，在那样的战斗氛围中谁都不去想能不能活着回国，比起牺牲的战友，我很幸运！”

从朝鲜战场回来后，王东源接受的第一个任务是到武汉参加长江抗洪抢险。当时，部队首长准许每个归国战士回家探亲10天，王东源却没有回家，他给领导写了一份请战书，要求即刻去武汉。他在请战书上说：“作为穷人家的孩子，从参军那天起，我就把自己的一生交给了国家，如今国家需要我去抗洪抢险，不能犹豫，等抗洪抢险结束后再回家也不迟。”

请战被批准后，王东源急急忙忙赶到武汉汉江铁桥执行抗洪抢险任务。在武汉的一个多月的时间里，他多次完成艰巨的潜水任务，为防洪工作作出了突出贡献，被誉为“潜水尖兵”。后来，他作为抗洪抢险功臣到北京参加了铁道兵第三届庆功大会，又一次受到了表彰。

1954年9月，王东源第二次到武汉参加抗洪抢险。那一年，武汉长江水位高过了城市雨污排水管道口，江水倒灌，若不及时堵住出水口，整个武汉市区将会是一片汪洋。

大船运来了封堵材料，但水下封堵的具体操作需要潜水员配合完成。面对吸力巨大的管道口，潜水员稍有不慎就会被吸进去，牺牲是瞬间的事。王东源和他的潜水员战友们，冒着生命危险，用了三天两夜的时间，终于把所有出水口堵了个严严实实。

随后，王东源又和战友们在长江沿线堤坝内排查管涌。

那是一个皓月当空的夜晚，王东源和两个潜水员战友站在长江堤坝上，望着长江，望着奔腾的江水，沉浸在如银似水的凄情中。

天涯孤旅，冷月清辉。每一次潜水都可能是一次永别，即便只是被一个小小的管涌吸住，也很难获救。王东源和两个战友久久地望着滔滔长江，谁都不愿意先开口说话。他们知道，任务会越来越重，但无论什么样的艰难险阻，都得想办法克服，哪怕以命相抵，也得完成抗洪抢险的任务。

过了一会儿，王东源从衣兜里掏出不多的几块饼干，给两位战友分了分。但他们谁也没先吃，而是不约而同地将饼干举过头顶，祭奠明月，祈祷平安。然后，几个人冲着长江大声地喊道：“洪水，来吧！有我们在，你会永远胆怯的！”

然后，王东源和两位战友将饼干小心地掰开，放进嘴里咀嚼着。胆气在咀嚼中升腾着，凝固着……

那一年，王东源被武汉市防汛总指挥部授予二等功；到年底，他又被第四野战军兼中南军区政治部、司令部授予了二级模范。1968 年 2 月 10 日，王东源光荣地参加了铁道兵积极分子代表大会，在人民大会堂受到了毛主席和周总理的亲切接见。

第三章
“蛙人”是些什么人

9. 一种精神

英雄眼中没有越不过去的高山，勇士脚下永远是攀登的足迹。中国铁路“蛙人”团队的传奇历史，所体现的是以大无畏的英雄气概和崇高的理想谱写出的一曲“为有牺牲多壮志，敢教日月换新天”的壮丽诗篇。

有人说，如今的人没有信仰了，因为信仰都被金钱打倒了。

亦有人说，在金钱面前，信仰又算得了什么呢?

写到这里，笔者想对这个“队”说点什么。

说点什么呢?

精神!

必须是精神。

如果没有一种精神支撑，这个“队”走不到今天，也创造不出传奇。

正是有了这种精神，这个队的每一位曾经的或现在的潜水员们，才胸怀信仰，不为金钱所动，不为诱惑所动。

刘钦岭告诉笔者，“逢山凿路，遇水架桥，铁道兵面前无险阻；风餐露宿，沐雨栉风，铁道兵面前无困难”是铁道兵的精神，也是这个“队”的精神。有了这种精神，路可以从没路的地方踏出来，桥可以从荆棘中架起来。

七十多年的历史征程，这个“队”愈挫愈勇，艰而弥坚。

纵有山峦，横有冰川，始终禁锢不了这个“队”下潜的步伐。

改革开放之初，这个队曾经有过一段无所事事的日子，也曾经有私营单位以重金挖过这个“队”里的潜水员，但没有任何人为金钱所动，他们想到的依然是中国铁路的“蛙人”事业，想到的依然是这个“队”的历史。

历史同样蕴满了精神。

蕴满了革命英雄主义的精神！

蕴满了“敢教日月换新天”的精神！

如此，信仰在金钱面前还会被打败吗？

如此，金钱在信仰面前还会有光泽吗？

于是，笔者又想起了有人问过的一句话：“蛙人”是什么人？

是啊，“蛙人”是什么人？

告诉你吧，他们没有三头六臂，他们都是一个又一个的普通人。

当然，这些普通人和其他普通人不一样，他们的性格里有一种东西叫“韧劲”。不错，他们中的一代又一代潜水员，均被称为中国的铁路“蛙人”，而这个铁路“蛙人”团队里的每一名潜水员，又都有着坚毅能忍的刚强性格，无论遇到什么样的困难，他们都会咬着牙完成任务，都会冒着生命危险在水底书写人生。

其实，这个“队”的历史前面，还有历史。

人类在水中的活动，神话传说中便已有之，而中国四千年前对“采珠”的记载，则是历史上最早可考证的潜水实录。历史还有记载，秦始皇统一中国后，曾经察巡至彭城，耳闻“泗水”里沉有一古鼎，即令人下水寻找此鼎，下水人数多达千人以上，也动用了众多潜水夫，那是我国潜水打捞的最早记录。到了明代，南海的渔船已普遍以潜水方法采集珍珠等海产品了。

而在古代的日本和朝鲜，亦记录有潜水技术高超的“海女”。

还有近些年发展着的中国“蛙人”部队，亦是指担负水下侦察、水下爆破和执行特殊作战任务的部队，因其装备中有形似青蛙脚形状的游泳工具，所以被称为“蛙人”。

有资料表明，中国“蛙人”部队在水下可谓本领高超，各种战术射击、爆破、敌后渗透样样精通，其高强度的训练毫不亚于外军特种部队。刘钦岭曾告诉笔者，潜水段是专业的潜水单位，不能与执行特殊任务的中国“蛙人”部队相比，但新中国最初的专业潜水，正开始于铁道战备舟桥处的潜水段，也就是这个曾经的“队”。

笔者拿到一份《1960、1970 和 1980 年代潜水兵名单汇集》，这份汇集材料中记载着 204 位潜水员的名字，上面有他们的入伍时间、籍贯、在部队或转地方后的职务。

记载中最早的是 1946 年入伍的一名姓金的老教导员，他曾参加过解放战争和抗美援朝战争，也是这个潜水段的奠基性人物。而其中最年轻的，则是 1982 年入伍的 20 名潜水员。1982 年以后，因为铁道兵的建制已经被决定撤销，所以就没再征过兵。而“兵改工”之后，潜水段又陆续选拔了一些潜水员，现在最年轻的出生于1990年后，大多都是刘钦岭带出来的徒弟。

潘永明用手指着“名单汇集”上的一个个名字，说这都是一些有故事的人。

循着这份“名单汇集”，笔者采访到了几位老潜水员，他们的故事无不令人感慨万千。

10. 孙文彬的愿望

已经75岁的孙文彬，同样是中国铁路的一个老“蛙人”。然而，一说到潜水，他这个曾经的潜水队老队长，却冲笔者摆摆手，笑着回答：“‘蛙人’这事与我没太多关系，俺从事潜水的时间很短，大多是在做后勤工作，不过‘蛙人’们的很多故事，俺还是知道的。”

接受采访时，孙文彬很爽快，反复说自己喜欢潜水段，虽然退休了，但依然感觉自己还是一个“兵”，即便已经“兵改工”这么多年，内心里的铁道兵情结依然很重。许多时候，他会翻开家里的一本老相册，看当兵时的老照片，回忆曾经的铁道兵岁月和曾经的“蛙人”经历。如今，他有一个女儿也在潜水段工作，每天看着女儿上班下班，总感觉自己依然没离开潜水段。

“刚退休那会儿我很落寞，知道自己年龄大了，不能继续干了，感情上却还是接受不了，总想从此自己就不是潜水段的人了吗？后来，女儿参加工作到了潜水段，看着她每天忙碌的身影，我心里就又踏实了。”孙文彬告诉笔者，退休后他每天上午都跑出去锻炼，结识了一群喜欢游山玩水的老朋友。每一次走到江边或是大型的水库边，他都会给朋友们讲述潜水队的“蛙人”故事。从中国铁路“蛙人”团队的最初，讲到如今对全国一百多座铁路桥梁进行的维护和检修，用他的话说，每一次说起中国铁路“蛙人”团队，他内心的自豪感都溢于言表。

孙文彬是河南商丘人，1970年入伍，刚当兵时在铁道兵第12师，1971年被选拔为潜水员到了潜水队。他说想到自己的“蛙人”经历感觉很遗憾，他只有两年多一点的时间从事潜水作业，后来就根据需要到了潜水队的司机班。

虽然从事潜水作业的时间很短，但有些经历至今仍令孙文彬记忆犹新，而且对他坚毅性格的养成，也起到了至关重要的作用。他说深水里黑暗、高压、低温的恶劣环境，对身体的伤害令潜水员防不胜防。还有水下断气、装备绞缠、面罩破裂……作为老潜水员，孙文彬遇到过多次意外，稍有不慎，就有生命危险。所以，“蛙人”故事乍一听很新鲜，其实就是在水下从事生命救助、工程打捞、铁路桥梁检测、铁路桥梁施工等方面的工作。当然，“写”在水下的故事确实精彩而鲜见，“工匠”一般的水下作业很需要技术，完全是“没有金刚钻，就揽不了瓷器活”的工作。比如1977年开始的“77·13工程”，也就是打捞日本“阿波丸号”沉船的工程，虽然他做的工作不多，但能够参与其中就觉得很荣幸了。

那可是百年不遇的事，作为参与其中的潜水员，孙文彬至今说起来依然倍感荣耀。

“阿波丸号”沉船是一艘建造于20世纪40年代的日本万吨级货轮。1945年3月底，该船在新加坡运载大批从东南亚撤退的日本人驶向日本。4月1日午夜，行至中国福建省平潭牛山岛以东海域时，该船被正在该海域巡航的美军潜艇“皇后鱼号”发现，遭到数枚鱼雷袭击后沉没。除一人外，船上2008名乘客和船上相关物资全部沉入海底。

1972年，美国总统尼克松访华时，向我国赠送了一份珍藏多年的绝密档案，这份档案堪称世界级的藏宝图，它记录的是著名的“阿波丸号”沉船事件，其中不仅有沉船的位置，还有船上具体装载的货物清单。对当时的中国来说，这确实是一件珍贵的礼物。根据档案统计，“阿波丸号”装有40吨黄金、12吨白金以及数十箱珠宝文物，这都是日本从中国和东南亚等国搜刮来的，他们想把这些东西带回日本。此外，船上还有橡胶等重要物资，整个“阿波丸号”就是一个巨大的宝库，这些宝贝加起来估计价值50亿美元，即使只打捞出其中的一部分，都足以令世人惊叹。更重要的是，船上可能还有“北京人”头盖骨化石这样一件无价珍宝。这是考古学家1929年在北京周口店挖掘出土、距今几十万年前的完整的猿人头盖骨，历史学家称之为“北京直立人”，属旧石器时代。抗日战争爆发后，该化石被学者带走，原准备存放在纽约自然历史博物馆，结果太平洋战争爆发后落入日本人手中，从此不见踪影。当然，尼克松将这份重要藏宝图交给中国，并不是他发善心，而是当时国际上有明确规定，海域内的沉船宝藏，所有权归主权国家。这艘船在中国海域沉没，打捞权自然归中国。

1977 年，国务院和中央军委作出决定，组织力量发起打捞“阿波丸号”沉船工程。打捞沉船的第一步是清除缠绕在沉船上的渔网。多年以来，沉船躺在海底，渔民撒网时渔网经常会被沉船所缠绕，清理工作历时数天，光渔网就捞上来 2 吨多。而“阿波丸号”船体最浅处距海面 45 米，考虑到海洋天

⊙ 检查潜水设备，也要过几道关。
拍摄：芮曼玲

气原因，每年只有五月至九月可以进行打捞作业。潜水员们非常辛苦，经常连班倒，穿着近 200 斤的笨重潜水服，绕过密密麻麻的障碍物，穿行在如同迷宫般的船舱中，清淤泥、割渔网、搬锡锭、捞橡胶……整个打捞行动从 1977 年开始，到 1980 年结束，共有 600 多名潜水员参加了水下作业，最终打捞工作顺利完成。

孙文彬还参加了芜湖长江大桥桥墩钢围堰的清基与封底作业。他说大桥所处位置水深达 50 多米，几乎接近空气潜水的极限。清基需要采用两台吸泥机按方格网坐标划分区域，由潜水员水下引导逐块进行吸泥，将基岩面以上的泥沙清理干净后，还要在水下检查围堰刃脚斜面外露的高度是否达到清基标准，最后在方格网坐标点测出基岩面各点标高。这些前期工作完成后，再引导钢围堰下沉。

孙文彬说，这两次重要事件之后，他就不再进行水下作业，而是主要负责潜水装备的管理配置和更新。“那些年，听说哪里的潜水装备有了新突破，我马上就会跑去学习，潜水事业的快速发展也可以归纳为五个字：装备现代化。”

这事说起来容易，做起来却很难。当时，装备还很难实现现代化，所配备的发电机、压缩机、电焊机对潜水作业很重要，却都十分落后，为水下供气的压缩气泵是手摇的，需要两个人摇或四个人摇，摇慢了不行，摇快了可能也不行。后来，随着经济和科技的发展，有些设备慢慢开始更新，比如水下切割机、大型发电机、大型压缩机和摩托艇、汽艇等，潜水段的整个装备水平和海军潜水队也差不了多少，但与国际先进水平相比，依然有很大差距……

孙文彬对各种潜水设备了如指掌，他说，1975 年之后增加了轻潜设备，之前无论是深水施工还是浅水施工，一律是重潜，潜水服和设备非常笨重，比较落后。作为潜水队曾经的队长，他一直有个心愿，那就是真正实现潜水现代化。

孙文彬告诉笔者，历经几十年的奋战，我国潜水事业得到了迅猛的发展，特别是近几年深海载人潜水器“蛟龙号”横空出世，连续经过深海 1000 米、3000 米、5000 米，直至在世界最深的马里亚纳海沟创造了深潜 7020 米的世界纪录。不过，60 多米还依然是人工空气潜水的极限，不确定这方面能否有更大的突破。目前来看，铁道战备舟桥处潜水段已经很不错了，但还有很多方面的现代化没能实现，比如深水上浮问题。在 50 米的水下进行作业，上浮时要有几个站点的停留，这需要好几个小时才能完成，否则溶解于潜水员体内的气体（如是空气潜水，则为氮气）不能从呼吸循环系统里排出，会在身体内形成气泡，引发减压病，严重者会瘫痪甚至死亡。今后随着科技的发展，希望能有更好、更快的解决方法。

采访结束时，笔者又与孙文彬聊起了好莱坞电影《泰坦尼克号》。很多人被大西洋深处泰坦尼克号沉船残骸的神秘、被美国深海考古遥控设备的科幻色彩所震撼。电影所呈现出的深海沉船画面以及高科技设备画面，直观地带给人们一种遥不可及的感觉，仿佛那一切都近在眼前。看这个电影的时候，孙文彬同样被电影所表现出来的深海水下作业迷住了，但在现实中真的能实现吗？还真是不得而知。

11. 吴金炎的“铁血之旅”

今年 69 岁的吴金炎，也曾经是潜水大队的老队长。他 1972 年入伍，三个月的新兵训练是在铁道兵第 12 师 59 团进行的，训练一结束就被选拔到了潜水队，没想到一下子“潜水潜了十几年，看到了岸上的风光，也见识了水底的风景，在长江，在黄河，在珠江，在大运河……在有铁路的共和国辽阔的大地上，很多事情缠绕心头，久久不去”。

听说要对其进行采访，吴金炎主动跑到了潜水段办公室。笔者本来约他在家等着，他却说退休多年，特别愿意回单位，并幽默地说：“嫁出去的闺女回娘家，谁不激动呢。”

吴金炎说，最令他激动的还是回忆几十年的“蛙人”经历，多少年如一日，他练就了超强的水下基本功，对潜水作业了如指掌。比如水下切割、水下电焊、水下爆破、水下打捞、水下疏通河道等，他可以说是样样精通。

“退休了，我想起过往依然很激动，回忆着潜到水底后带着几十公斤重的装备作业的感觉。水下一片漆黑，看不到、听不到，水冰凉，只能凭着触感一寸寸地摸索……”

在“蛙人”生涯中，吴金炎参加过很多铁路大桥的建设和抢修，有的令他终生难忘。比如 1976 年唐山大地震，在蓟运河上架设 200 多米长的铁路舟桥；还有 1997 年建设芜湖长江大桥，那都是“中国铁路‘蛙人’团队的‘铁血之旅’”。

1976 年的唐山大地震，牵动着所有国人之心，吴金炎和战友们在蓟运河上抢建的铁路舟桥虽然仅仅通行了 50 天，但却在特定的时空节点上发挥出了特定的作用，铸就了一座历史性的精神丰碑。

吴金炎清楚地记得，一场大雨过后，在蓟运河畔的一个三岔路口，刚刚落下的雨水被大顶的烈日暴晒，白咧咧的地面渐渐从水洼里露了出来，像极了癞头上的疮疤。此时，空气中没有雨后的清新，反而散发出热雨浇注过的腐臭味。

这是一年中最热的日子。随着唐山大地震的发生，本来是通途的京山线上的铁路大桥，此时却成了一道“天堑”。正是这样的“天堑”，给唐山抗震救灾造成了极大的不便和损失。因此，铁道兵战备舟桥处要在最炎热的日子里，以最快的速度，在蓟运河上建一座铁路舟桥。

有资料显示，蓟运河位于唐山西南方，是海河流域北系的主要河流之一，干流河道始于蓟州区九王庄，流经天津市蓟州区、宝坻区、宁河区、滨海新区，全长316公里，经北塘口入海。值得注意的是，蓟运河入海处水深、地形复杂、弯多岔多，河、海两水潮汐相交受阻形成急流漩涡，有“小百慕大”之称并因此而闻名。大地震发生时，蓟运河水犹如发狂的龙，翻卷着，咆哮着，浪涛一波接一波地冲向两岸堤坝，两岸堤坝亦发狂般地颤动、移位，蓟运河上的这座铁路大桥，因此也无可避免地遭到了破坏。

吴金炎和铁路“蛙人”团队从黄河之滨一路急行，赶到京津地区的蓟运河畔。

没有停歇，没有抱怨，没有迟疑，他们七天七夜没睡过一个囫囵觉，没吃过一顿安生饭，甚至连白开水都没喝足。在缺少现代化机械、缺乏科学数据指导的情况下，他们硬着头皮，在蓟运河上抢建

为保江河湖海上的铁路大桥安全，铁路“蛙人”们时刻准备着。

拍摄：朱砚茹

铁路舟桥。

天气非常热，头顶的太阳火辣辣的，大家干劲冲天，不怕牺牲，英勇奋战。挂在树上的高音喇叭，不停地播放着男高音歌唱家贾世骏演唱的《大海航行靠舵手》，鼓舞着大家的士气，激发着大家的干劲。

“蓟运河水下情况很复杂，又不断有余震，余震震级有时很强烈，而且河道里很多方面并不可控。所以，每一次潜到水下摸情况都很危险，稍不注意就可能会缠绕上什么东西。”吴金炎说，“架设铁路舟桥不需要建桥墩，却依然要把水下情况摸清楚。从这岸到那岸，舟桥要靠一个一个的桥厢连接，而靠近岸边的桥厢必须有好的水下基础。”吴金炎和他的“蛙人”战友们，一次次潜入水下，一次次排除险情，在极度困难的情况下，最终完成了任务。

“每一次经历都是成长，经验就是在特殊经历中摸索出来的。”吴金炎说当年因为地震，人们心生悲怆；因为地震，人们刻骨铭心；因为地震，人们声声叹息。而他和铁路“蛙人”团队的战友们，因为地震，多了一种经历，有了经验，也有了教训。在向死而生的日子里，英勇的人民解放军，是抗震救灾最坚强的力量！而他和铁路“蛙人”团队里的战友们，就是这坚强力量中的一分子。

风雨人生路，青山夕照明。经历过那些岁月淬炼的人，身上往往有种理想主义情怀，吴金炎也不例外。虽已双鬓斑白，但忆起过往，他依然精神矍铄，斗志不减。他说，如果祖国需要，他还能重披战袍，还能重潜水底。不能不说，勇于担当的中国铁路“蛙人”，在用生命书写对生命的担当，对祖国和人民的忠诚。

12. 李庆余的“五段式记忆”

将要结束这部纪实文学写作的时候，笔者又接到了潘永明的电话，他说可以再提供一位可供采访的铁路老“蛙人”，这位老“蛙人”叫李庆余，他身上的故事很多，能够进一步展现这个“队”的历史。

“他在哪？”笔者说。

“在东北锦州，已经退休了。”潘永明说。

“一个老兵？”笔者说。

“对，老‘蛙人’，是潜水段的一段历史。”潘永明说。

笔者通过视频电话采访到了这位老“蛙人”李庆余。他很高兴地告诉笔者，他对潜水队感情深厚，即便转业回到东北锦州，并且已经退休多年，但他还时常跟朋友和家人回忆起潜水队里的点点滴滴。

李庆余告诉笔者，潜水队里有一部《潜水》教材，1978年他带人做过一次修改，费了很大劲。当时，全军都在搞大练兵，各种训练大纲不合适的地方都要进行修改，他接受了领导交给的任务后，跑遍了海军三大舰队的潜水队，还有北京和上海打捞局的潜水队，学习借鉴了人家的一些经验，然后对《潜水》教材做了深入的修改。

“修改后的《潜水》教材，现在潜水段好像还在用着，而且对当时铁道兵潜水事业的发展也起到了重要作用。”李庆余说。

李庆余于1969年底入伍，三个月的新兵训练后，他被选拔为潜水员。

忆起曾经的铁路“蛙人”生涯，李庆余说，他记忆深刻的事可以归纳为“五段式”。

“什么是‘五段式’？通俗的说法是五件大事，而这五件大事使我一生都忘不了曾经的潜水岁月，忘不了我们那个有着光荣历史的‘队’。”李庆余说。

李庆余在微信战友群里发过一篇《往事随风》的文章，里面配有一张身穿潜水服、手抱潜水帽的照片，他说照片拍摄于1970年3月初，地点是在福建顺昌一条江的潜水船上，那时他还不满18周岁。当时，潜水队还很穷，连个照相机也没有，这照片还是配属施工的铁11师53团宣传干事给拍的。

潜水训练，是李庆余铁路“蛙人”生涯记忆深刻的“第一段”。

被选拔为潜水员后，李庆余先在队里政治学习了一个星期，然后乘火车到达福建顺昌的一条江上开展以工代训的潜水训练。当时，铁某师某团正在那里搞浮墩实验，就是在江上架一座铁路桥，大约有五六个木头桥墩，桥墩上面架钢梁、铺钢轨，能通火车。河中间的主桥墩可以移动，不用时用操舟机拖走，用时再拖过来。桥墩固定在水面以下的水泥桩基上，为使桥墩稳固，活动的桥墩四面用四束钢轨做锚，抛到水底河床上，一共有240多吨重。进行这个实验的目的是解决朝鲜战场上敌机屡屡炸断桥梁、断绝运输线的问题。不通火车时，我方相关人员就将桥墩拖走，伪装成桥没修好的样子，迷惑敌机避免再被轰炸。

实验时，桥梁架通后火车能通过，上级总结说浮桥实验获得圆满成功，但后来没有发生战争，此项技术也就没有运用于实战中。

“我们那批新潜水员一共15人，分成了三个班。我的班长叫陈林胡，是1965年入伍的兵，福建莆田人，后在一分队当副分队长，1972年退伍了。陈班长不爱说话，人很好。”

“那次在福建顺昌山沟里以工代训的潜水作业很艰苦，不过大家一想到从战场上走来的陈班长，都会咬牙克服困难，努力把每一项任务完成好。”李庆余说，当时的潜水装备很简陋，潜水船是两个铁壳船临时拼接起来的，顶棚是几根竹竿蒙一块帆布做成的，潜水气泵一种是苏式三缸手摇式的，一种是国产两缸手压式的，潜水服一种是苏式三螺栓的，一种是国产旋转式十二螺栓的，大家比较喜欢穿苏式三螺栓的，因为其安全性好，操作也

⊙ 穿戴潜水设备，必须一丝不苟。

拍摄：潘永明

简单。如今潜水装备和各种配套设施有了突飞猛进的发展，这也是新时代潜水人的幸福。

李庆余铁路“蛙人”生涯记忆深刻的“第二段”，是 1971 年他参加的襄渝铁路桥梁水下施工。

襄渝铁路始于湖北襄阳，终于重庆，全长 803 公里，是二十世纪六十年代中期在党中央号召建设大西南的背景下开建的。这条铁路建设非常艰难，东段为鄂西北丘陵低山区，中段为秦岭巴山区，西段为四川盆地丘陵区，沿线山高谷深，河水湍急，悬崖峭壁，地势险峻，地质复杂。全线桥梁多达 716 座，隧道 405 座，桥墩高、隧道长，施工条件极差，而且交通闭塞，人烟稀少，物质缺乏，其中 300 多公里长的铁路沿线没有公路，没有电力，施工初期工程和生活物资主要靠肩挑背扛。

“1971 年 9 月，我们潜水队二分队一行五人去四川参加襄渝铁路施工，原先队里已有部分人员在那里，我们是充实人员。” 李庆余说，大山里的条件非常艰苦，他们临时驻扎在一条小河边，岸上有几间简易房。安顿好行李，大家就到河边洗衣服和洗漱，没想到发生了很讨厌的事情：当地夏秋季节有小米粒大小的黑色飞虫，落到皮肤上起初感觉不到啥，不一会儿可怕的事情来了，腿上、脸上、胳膊处都起了手指甲大小的包，奇痒无比，问老兵们才知道这小飞虫咬人厉害。米粒大小的东西，竟有如此大的威力，咬得人又痒又疼，还会起很大的包，这是他第一次知道，除了蚊子、大牛虻，竟还有这样一种咬人厉害的小飞虫，从此就特别小心提防它们了。

“我们的潜水任务是在沉井里水下挖基础，使沉井快速下沉到达指定位置，然后在水底打好水泥，筑成桥墩。我们作业的工地有四五个沉井，那时机械施工程度低，有用抓斗机的，有用风力吸泥机的，大部分都需要潜水员下水配合，施工速度比较缓慢。施工到了一定程度，得将沉井的刃角封起来，再浇筑水泥。封刃角时，我们必须围绕沉井刃脚筑一圈围堰，围堰是用小麻袋装上沙子，在沉井刃角围成一圈。

“这是我第一次潜到水下干这种活。当时水深有 15 米左右，潜水员要按照要求用脚抵住沉井刃角里边，头冲着沉井中间方向，水面配合的人用拴着绳子的小铁钩子钩着麻袋包，麻袋包重 80 斤左右，慢慢从水面放到水底，潜水员在水下接到沙包拉到指定位置后就喊放，水面人员将沙包放到底，潜水员摘下铁钩子，水面人员再将铁钩子拉出水面。

“如果沙包没有放好需要调整，潜水员就在水下喊‘提一下’，岸上人员就再将沙包提起，调整好后将沙包沿着沉井刃角均匀排成一圈，垒成一道高一米左右的沙包墙。如此循环，潜水员在水下作业明白，水面上的人也明白，但干起来却很费劲，因为水下漆黑一片，眼睛看不到东西。

“下水后，我一般是闭着眼睛，全凭手摸索着干活。刚开始手忙脚乱的，有时脚抵不到刃角，有时沙包落不到指定位置，有时沙包放快了砸到脑袋上，砸得头低脚高，就得赶紧往外排气，不然潜水员就会从水下‘放漂”。‘放漂’是很危险的事，潜水员会像火箭一般‘噌’地一下浮上来，对内脏损伤很厉害。我在水下常常被沙包砸得晕晕乎乎的，所以操作起来要格外小心，而且还得注意铁钩子，勾破了潜水服同样有危险。另外还要用手摸索着围堰看看垒到了什么程度，直还是歪。刚开始我还有些顾此失彼，几次被沙包砸到头上，砸一次来一个头拱地，慢慢地就入了门，干活的速度也就快了起来。按照潜水规则，我潜水一次要干两个多小时，感觉特别累。”李庆余说，这件事过去了很多年，他现在想起来身上还冒虚汗。这活儿太不好干，水面和水下都不好干，当时的机械化水平很低，不像现在一个搅拌机就顶几十个人。那时，在水面上随便搭个平台，铺上几大块铁板，在铁板上搅拌好水泥沙石，通过一根直径20厘米左右的大铁管子直通到水底，铁管子的水面头部安装个大漏斗，一漏斗差不多能装半吨水泥，再从铁管子里放进去一个圆的木球，木球不能太大，也不能太小，球上拴一根绳子固定在铁管子上部没有水的位置，挡住从大漏斗里放入的水泥，岸上还要准备许多搅拌好的稀水泥，以保证能源源不断地通过铁管子放到水下。

“为了干活方便，把水泥灌到位，在水下作业时，我常常摘掉手套。有一天我在水下作业了两个多小时，出水后十个手指全被水泥和沙子磨破了，严重处甚至形成了小洞，隐隐往外渗血，在水下不疼，出水后特别疼，去卫生所上药包扎处理，好几天不能干活……”

忆起当初，李庆余说，那才真的叫艰苦，但大家都咬着牙坚持下来了。干了一个多月，他们转到另一个工地后条件更差，因地质不好，沉井下不去，按照技术要求，他们要在水下使用凿岩机，也就是风枪，打眼、装炸药，进行岩石爆破。

“作业很紧张，有四个人给潜水队做饭，潜水员水下作业四班倒，简易房里总是有吃饭的，睡觉的，上班的，下班的。在水下操作风枪难度很大，第一次是老兵带着我，风枪一开震得我脑袋疼，东西南北都辨不清，而且风枪排出的气吹得人直往上飘。老兵手把手带着我，他掌控风枪，我扶住钻杆对准岩石位置，结果风枪连震带气流吹，我稳不住身体，只好拼命放气以求稳定。炮孔打完后，还要用木棒塞住，不然会被沙子填满。打好几个眼后要装炸药，那是防水的胶质炸药，像干的面团，直径 2 厘米，长 20 厘米，一个炮孔放四到五管，电雷管起爆，用四到五节电池连在一起，两根导线一对就能起爆。炸药装进炮眼里，还要用石头将药孔压实，防止炸药被水冲出来，然后出水到达潜水平台，起爆后再下去检查，如有哑炮还要取出来。水下放炮爆破岩石后，再用抓斗

⊙ 铁路“蛙人”用笑容迎接每一次出水。
拍摄：朱砚茹

机把碎石抓出来，好使沉井下沉。这样的工作节奏，我们坚持了两个多月，下水几百次，放了几千炮，白天黑夜从工地沉井里传来隆隆不绝的炮声，最终将这个硬骨头啃了下来……”

回忆着过往，李庆余感慨万分，他说大家真的发扬了一不怕苦、二不怕死的精神。水下爆破有人能干，有人不能干，有个 1971 年入伍的新战士，身体单薄些，在陆地上很聪明，到水下就糊涂，有次出水休息时，透过潜水帽的玻璃，李庆余看到他满脸大汗，眼角还有几颗大大的泪珠。几十年过去了，李庆余依然清楚地记得他眼角带泪、满脸汗水的样子。因不适合潜水，这名新战士 1972 年底就退伍了，结果他当兵的情结很重，退伍后又重新应征入伍，去了另一个部队服役。

在襄渝线奋战中，李庆余得了一种额头疼痛的怪病，每天下午三点准时发作，多次去医院也没治好，吃止疼药也不管用。后来才知道，这是感冒时潜水高压气体压迫所致。那时冬天他们全都在带着冰碴的河里洗脸，感冒也不休息，坚持下水作业。他又刚刚入党，想用行动实现入党时的誓言，结果被病痛折磨了三个多月，撤回金华后才慢慢好起来。

李庆余铁路“蛙人”生涯记忆深刻的“第三段”，是水下电焊、电弧氧气切割训练。

李庆余说，现在看，那算是一种科研项目，起码当时在部队还没开展过。

1972 年夏天，带李庆余他们训练的是 1966 年入伍的老潜水员叶宜莲，时任一分队副分队长。那时副分队长还不是干部，但他很优秀，队里干部没职缺，提不起来，后来他被调到了铁 11 师，在二十世纪七十年代中期当上了营教导员。

“我们在金华婺江边的一个码头上训练时，老百姓时常驻足围观，有时是白天，有时是晚上。金华的夏天气温很高，白天都在 40 摄氏度左右，晚上相对好一些，所以大家都喜欢在晚上训练。那时设备很简陋，技术也比较落后，只是在潜水帽上加了一个 20 厘米左右的伸缩胶皮筒，胶皮筒的一头连接在潜水帽外部前窗处，另一头是一个喇叭口。在水下焊接时，将喇叭口罩在需要焊接的铁板处，用手摁住，开启送风开关，就能将胶皮管与铁板间的水排出来，形成陆地无水状态，再将电焊条一端从胶皮筒一侧插入，焊条的另一侧连接在电焊把手上，水面电焊机给电后，潜水员就能实施水下焊接了……”

这个操作说起来容易，做起来却很复杂，要兼顾几个方面：一是要稳住身体，不能乱晃；二是要将铁板或焊接物与排水胶筒连接好；三是潜水员持焊枪要稳，移动要均匀。这几个方面哪方面做不好都会影响焊接效果。还有岸上的电焊机电流也要稳定，不能时大时小。此外，潜水员使用的是专用防水焊条，价钱贵，焊接成本高不说，技术要求也高。

电气焊在陆地上就是技术活，在水下技术要求更高。李庆余说，他第一次下水电焊十分不适应，根本稳不住手，电焊枪时不时地灭火，焊得不成道，时断时续，操作时排水胶筒和焊枪的控制配合得也不好，虽然只是在铁板上焊道，但焊渣常堆在一起，惨不忍睹。好在在岸上做了几次练习之后，第二次下水就好了很多，他首先稳住持焊枪的右手，点火后轻轻移动，保持焊条充分燃烧不灭，右手轻轻推动排水风筒。练习的次数多了，技术也就掌握得好了，从焊平道到焊钢板连接缝，他实际操作七八次后就有模有样了。

李庆余还参加过水下电弧氧气切割训练，陆地上的电氧切割是用电弧烧割开钢板或材料，水下的是用特制的切割条，直径两三毫米，20 厘米长，中间有一笔芯状的通氧圆孔，切割条和电把手连接后打火燃烧，将铁板烧化，靠气孔排出的强气流将其吹开，完成切割。如果是晚上训练，站在江边看水下操作，可以看到电弧火焰从透明的水中映出，橘红色的光芒直透夜空，将潜水服映成白色。潜水员的一举一动，在岸上看得清清楚楚。如果天气晴朗，夜间训练时常会突然从水底映出缕缕彩虹般的光带，在夜空中扩散开来，如烟似雾，摇曳不定，有的像飘带，有的像面纱，有的如云朵，还有的呈放射线状，颜色变化无常，有红紫的，有浅绿的，还有蓝紫的，有时一闪即逝，有时却会闪耀好几分钟，最后化成一个硕大无比的光环，宛如皓月沉入水底，看上去很神奇。不过，在水下操作，稍不注意，手指或手掌就会被电流和焊渣烫起串串血泡，疼痛难忍。

“水下电焊和电氧切割技术后来运用到了施工中，效果都很好。如今想想，任何一门技术的掌握都得通过反复训练，正可谓‘千辛万苦学一技，千锤百炼成一器’。”为此，李庆余还将水下电焊和电氧切割的情景写成了一首诗，真切地表达出了自己的感受：“骊龙吐焰烧云起，水衣飞花涪日红。电闪雷鸣惊仙界，弧光灿烂耀长空。”

李庆余铁路“蛙人”生涯记忆深刻的“第四段”，是 1974 年到 1976 年的白河铁路大桥水下作业。

资料显示，1977 年 9 月建成的白河铁路大桥，是河北沙城至内蒙古通辽铁路线上的一座重要桥梁。位于北京密云水库白河主坝上游约十公里的山间峡谷段，是控制全线工期的重点工程，也是全线桥梁工程中施工难度最大的大桥。大桥全长 404.77 米，桥式为三孔 128 米连续栓焊桁梁。钢梁架设第一孔采用半悬臂拼装，第二、第三孔为全悬臂拼装。河中两个桥墩基础用沉井，其钢刃脚为自浮式浮运就位，采用“沉船法”下水，建设时克服了大型起重设备和导向船只不足的困难，是比较成功的方法。

“白河铁路大桥在密云水库那里，中央领导和铁道兵领导进行过多次视察，当时苦过累过，但感觉很值得。”李庆余说，大桥施工设计为沉井基础，沉井基础是一种古老而常见的深基础类型，它的刚性大，稳定性好，与桩基相比，在荷载作用下变形移位甚微，具有较好的抗震性能，尤其适用于对基础承载力要求较高和基础变形移位敏感的桥梁。他们的任务就是负责大桥桥墩沉井的下沉，白河铁路大桥共有两个桥墩，一个难度小，一个难度大。难度大的桥墩，要先在水底打好围堰，再将沉井下到水下近 40 米的地方。沉井像一个无盖的大茶杯，下到水底后再在底上浇灌水泥，最后在水泥上再起墩桩。

“我们遇到的困难是水太深，工作量太大，大沉井里面还有9个小沉井，大沉井30多米，9个小沉井每个三四米。近40米深的水下至少有三个大气压，当时科技水平还不高，潜水服是老式的，在水下作业不仅什么东西也看不见，耳朵也压得受不了，技术不好的潜水员都很难潜到水底，声音从水底下传上来就完全变了声，像动画片里的儿童音。到了冬天，我们还要砸开厚厚的冰层，把冰块捞上来，然后再下水。下去后手很快就会冻僵，出水后脱潜水服都很困难。”李庆余说，大家在水下干活都是跪着或仰躺着。有一次，他在水下和上面没配合好，上面开气早了，“放漂”了，他如火箭一般蹿出水面。“好在那时年轻，身体也好，我又及时潜入水下，才避免了身体的损伤。”

李庆余说，回想当年，大家争先恐后奋战在冰冷刺骨的水底，没有一个人叫苦，精神境界甚高。而且战友之间相互关爱、和谐相处，这也是部队凝聚力和战斗力的具体体现。如今，我们也要乐观地看待历史，乐观地对待人生，年轻时多吃苦、多流汗，才会为自己积累一生的财富。

李庆余铁路“蛙人”生涯记忆深刻的“第五段”，是唐山大地震抢修蓟运河上的55号铁路大桥。

当时，李庆余正在白河铁路大桥上施工，住的是野地帐篷，虽然感觉到了大地的摇动，却不知是怎么回事。过了两三天，他才知道唐山丰南一带发生了大地震，不过当时他们除了做一些抢险准备工作，还是继续正常作业。过了几天，命令来了，让他们去京山线55号铁路大桥参加抢险。那天晚上10点多，他们到达汉沽附近的蓟运河边，铁某师某团也在那里，他们被安排住到了一处临时帐篷里。本来他们应该能早些到达，但司机开车走错了路，多走了几十公里，路过唐山市丰润县时，看到县城已经成了一片废墟。车开到县委大院，大院里有三个废墟堆，分别插着县委、县政府、人武部的小木牌，边上有两三张办公桌，代表着这些机构还在办公，旁边围着一些男女工作人员。他们停车问路，对方告诉他们走错了，多走了70多公里。

第二天一早，他们去实地查看情况。从驻地到河边工地差不多500米，沿途都是部队的帐篷和机械，中间一小段低洼处，是临时堆起的小坟堆，大约有几百个，里边埋的都是刚刚在地震中逝去的人，卫生人员戴着口罩，忙着在周边打药消毒。

“当时余震不断，吃早饭时就发生了两三次，大家蹲在帐篷外边围着菜盆、端着饭碗吃饭，突然大地一阵晃动，菜盆都晃了起来，厉害时人蹲不住，只好坐在地上。这样的余震每天都有三四次。”李庆余说，蓟运河上京山线55号铁路大桥损毁严重，桥上钢梁有三孔被甩到河里去了，三个水泥桥墩，河中间的那个还直立着，其余两个像被人用手掰断了一样，一头插入河中，一头搭在露出水面的部分上，断得一点筋骨都没连着。河岸边路基上的铁轨，被扭曲成了麻花状，可谓九曲十八弯。一米多厚的水泥码头裂开了数道大大的口子，像巨兽张开的嘴，人掉进去都不见踪影。

忆着当初，李庆余很是感慨。人在自然灾害面前，有时真的是很无助，但人又必须发挥出最大的能力来战胜自然灾害。他说蓟运河上被毁的大桥位于汉沽火车站上行1000米处，始建于清光绪十三年，也就是1887年，1900年毁于八国联军入侵，1904年重建，长164.59米，为单线桥梁。

“当时，舟桥团已在蓟运河上架起一座临时舟桥，每天只能通过几列应急火车。京山线是大动脉，是主要运输通道，桥一断，人员、物资运不进也运不出，抢险部队和医务人员进不去，伤员出不来，北京以南的出关货物和人力运输也全都中断，因此修复京山线是刻不容缓的大事。国务院下令七天抢通京山线，铁11师和铁14师严阵以待，上万人在全力抢修岸上的铁路线和河边的桥梁。可陆地上能采取人海战术，昼夜兼程，水下工作就不行了，只能靠我们潜水队的几个人，特别是中间的主桥墩，水上部分挺好，但水下部分有无损坏，能否继续使用，需要对其勘察再做定夺。抢修工程师交代我们摸清桥墩水下情况后才能施工，又要求我们马上下水，因为岸上几千人在等着，桥不修通，京山线就通不了。事情重大，责任重大，我是分队长，决定亲自下水，不能把责任推给别人，如果摸不准情况出现严重后果，轻则入狱，重就不好说了。这个任务难度不大，但责任重大，因为是国务院下令，京山线又是全国的运输大动脉……”

李庆余潜入水中，按照工程师的要求，对桥墩水面以下部分进行了细致的检查。他先围着桥墩绕了好几圈，仔细探摸桥墩情况，之后用手插到桥墩下的泥土里检查，然后提升浮力一个高度一个高度地探索，那天水下视线也好，他能看清桥墩表面水泥的情况，看到外镶的石头也全部完好，只有一两块掉落下来，没有裂缝，光滑如镜。

“真是天意，桥墩竟然没有太大的损毁。检查完了，出水后我仍然不放心，又让 1971 年入伍的潜水员季永福下去做进一步核查，他检查的情况和我检查的情况一致，他出水后，我们才在检查单子上签了字。”

李庆余说，这座大桥采用了美国的钢梁及配套设备，施工中发现，有个桥梁减震装置被震掉到了水里。不把它捞出来，抢修完了也不能通车，那是个关键部件，我们国家没备件能够替代，但具体掉到了哪里，没人知道，这又是一个极大的难题，只能派潜水员潜入水底，围绕桥墩在周围继续探查。

李庆余派 1973 年入伍的潜水员周发西下潜探摸，周发西曾获铁道兵游泳比赛第六名。

周发西潜入水底，在既定范围内把手插入稀泥中，一寸一寸地探查。那时没有先进的水下探查设备，只能用原始的办法，经过一个多小时的探摸，周发西的手套磨破了，手磨出血了，终于在水底摸到了那个重达 400 多公斤的减震部件。

“把它捆绑好后吊出水面安装到原位，我们的任务才算完成。”李庆余说，那次探摸工作量不算太大，但责任重大，如果他们在水下检查不细，有问题发现不了，一旦通车，就会桥塌车毁，损失不可估量。

13. 孙庆顺的“经验说”

“我生于1958年，1976年入伍，有两个孩子，妻子和孩子早已从老家唐山跟了过来。我虽然退休了，但有时还会跟着潜水段外出作业。干了一辈子潜水，一下子让我放下，还真是有点舍不得，起码一些水下的经验，一些水下的技能，我还想慢慢传授给年轻一代……”

接受采访时，孙庆顺告诉笔者，他不久前读了一本名叫《蛟龙逐梦》的书，写的就是潜水，是在海里潜水，如同中国版的《海底两万里》或海洋版的《哥德巴赫猜想》，是以潜水员唐嘉陵的成长故事为主线，融合了海洋传说与前沿科技，全面真实地记录了中国海洋深潜探索的发展，再现了深海世界令人眼花缭乱的风景。

“这些年的人工空气潜水，同样有前沿科技方面的东西，但水底的一些实际经验，很可能是科技知识都提供不了的。”

孙庆顺从入伍到现在，已经干了几十年的潜水工作。他说，很多东西是书本回答不了的，只有在实际作业中才能体会出来。接受采访时，他不仅谈了自己从事潜水事业的一些体会，还谈到要放眼世界，通过各种方式考察国外的潜水技术，多方面认识人工空气潜水方面的问题。

孙庆顺告诉笔者，他出身于唐山农村，父母都是老老实实的农民，一家人在祖辈生息的小村里，很少能够看到外面的世界。所以，当兵后他被选拔为潜水员，成了一家人面子上增光的大事。当初，他到潜水队学习，父母从家里捎信来，要他不要惦记家里，好好学，争口气，做一个能够对国家作出贡献的潜水员。所以，这么多年他不仅努力地把每一次潜水作业做好，还不断总结经验教训，积累潜水知识，及时传授给“新来者”。

“我们那批兵开始是由单位自己训练，后来被送到了广州潜水学校进行专业培训，要求特别严格，考试不合格就拿不到上岗证。即便拿到了上岗证，回到单位后，还要继续以工代训。国家培养一名好的潜水员，要花费很大的人力物力，自己必须好好珍惜才行。”

孙庆顺参加过很多水下施工项目，他说水下的安全就两个字：配合。

“潜水作业是水上和水下人员相互配合的过程，潜水员要通过对水下环境的勘测和对作业物的了解，及时把信息传达给水上人员，使他们能够快速了解水下环境，与水下人员实现信息同步，以便及时作出各种应急预案。如果没有彼此间的信息沟通，水上对水下环境一无所知，就很难对突发事件做出及时的反应和处理，所以团队间的信息互通很重要。再就是潜水员间要合作默契，有时两个或三个人同时下水，水下作业过程中需要潜水员们对彼此的情况充分了解，才能做到配合默契，一个手势或一个眼神，就能了解对方的意图。”孙庆顺说，水下安全主要还是靠自己，水下遇到问题别人很难帮，潜水员要有好的潜水技能和好的心理素质，还要能快速制定出应急方案脱离困境。

有人比喻潜水员的工作就是在走钢丝，戏称他们是“以身试水”。但是，真正对潜水员有所了解的人都会明白，他们是以自己生命的轨迹，为人们勾画便利生活的范围。比如长江或者黄河上的一座宏伟的大桥，水下的每一个桥墩，都得靠潜水员潜入水底探摸，不然桥墩不结实或有什么偏差，整座大桥就不可能是安全的。

在这么多年的水下作业过程中，孙庆顺遇到过两次危险，这两次危险深深地刻进了他的记忆里。一次是在 1982 年，建设兖石铁路上的沂河特大桥时遇到的。大桥坐落在 9 度地震区，地质情况极其复杂。用钻头开挖桥基时，钻机很容易被卡住或掉进溶洞无法打捞，就连加藤钻机都无能为力，但铁道兵通过科研攻关，硬是克服了重重困难，把大桥建了起来。其间，一个桥墩的水泥沉井没下正，水深十五六米，需要潜水员下到水底进行清理。孙庆顺接受任务下到水底，完成任务后却遇到了流沙，他的一条腿陷了进去。

想象一下，假如你在海边沙滩上玩耍，突然不小心踩入软绵绵的水坑，试图把脚拔出来，却发现越陷越深。不知不觉中，身体便也陷入沙坑，这就是我们经常在电影里所看到的流沙。流沙是饱水而处于流动状态的沙子，是一种自然现象，就像一个能把人吸入无底洞的怪物。孙庆顺费了很大力气也没把腿拔出来，他知道挣扎只会让事情变得更糟糕，便冷静地调动起所知道的水下脱险的所有知识，想到了让身体慢慢往后靠，以便将重量分布在更大的区域里。

“缓慢地来回运动，让水进入被困肢体周围的空腔，从而放松流沙的保持力。但是，把腿拔出来需要一段时间，不能着急，要慢慢来。”孙庆顺说，物理学家有过计算，以每秒一厘米的速度从流沙中提出一个人的腿脚，所需的力量相当于提升一辆中型汽车。所以，不能硬生生地往外拔，那样只会让危险不断增大。

那次脱险后，孙庆顺将整个经过写了下来，并一点点地讲给战友们听，他说教训很深刻，经验也很重要，这些都是在实践中摸索出来的，不然就不会说“实践是检验真理的唯一标准”了。

另一次危险是“兵改工”之后的事，是2002年建设安徽滁州明光市公路大桥时发生的。

“桥墩建在一座十几米深的水库里，水下放炮后我们下到水底清理石块，将桥墩墩基整平，以便把沉井下好。一个战友先下去的，他叫顾庆华，没想到水下是个斜坡，一块大石头从斜坡上滚了下来，正好把他压住，根本没办法自救。多亏是在水下，如果是在岸上，那么大的石头可能会把人砸死。顾庆华把信息传上来后，我穿上第二套设备下去营救。下到水底后，我发现压着他的石头太大，差不多得一千多公斤，根本就弄不动，只好慢慢地将周围的小石块清理干净，又顺着斜坡一点点地移动。做这些的时候，既要镇定，又要胆大，还得细心，要防止斜坡上面再有石头滚下来。在水下折腾了一个多小时，才终于将顾庆华救了上来……”

孙庆顺说，他和顾庆华出水后，领导和战友们全都聚集了过来，二十几个人的目光组成了一条期盼的光带照向他们。看到他们安全出水，大家激动地拉着他们的手，欢呼不止。

回忆着往昔，一次次出动，一回回下潜，一次次奉献，心灵总在震颤。

孙庆顺说，心灵为什么震颤？有时候是因为顺利，有时候是因为危险。经历过一些特殊的水下作业，得到的自然是特殊的收获。陪同采访的潘永明告诉笔者，因为工作突出，无论是在部队，还是后来“兵改工”了，孙庆顺都受到过很多次表彰。对此，孙庆顺很是感慨，他说，受表彰未必就是“杰出”的证明。就个人来讲，他平时一直是这样工作的；就团队来讲，战友们同样干得很出色，只是当一种精神需要以表彰的方式提倡的时候，有人就会被选出来当代表，而他不过是被选中了而已。

第四章 是“蛙人”，也是“医生”

14. 前无古人的事

在对中国铁路“蛙人”团队的采访中，笔者不止一次想起央视《老兵，你好》栏目纪录片导语中的话：

大运河里，他深潜作业保京沪高铁畅通；长江水中，他勇搏暗流护大桥桥墩安全；他是水下世界的“铁路医生”，深入水底助力中国基建；他是水中“摄影师”，为23公里长的沂河高铁特大桥“拍CT”；他是水中“工程师”，为服役50年的攸县铁路大桥0号桥墩“做维护”。寒水不融热血，有祖国铁路跨过的大江大河，就有“蛙人”在水下保驾护航……

近十几年来，中国铁路飞速发展，越来越多的城市享受到了高铁时代的便利，高铁给百姓出行带来了便捷。随着高铁的快速发展，一座座大桥拔地而起，横卧于大江大河之上。虽然高铁穿越大桥只是一瞬间，但其安全性却异常重要。因此，铁路大桥水下桥墩的检测和维护，也就成了“高铁时代”的重中之重。这样一项艰巨而繁重的任务，是由谁来完成的？

“我们能够肩负起如此重要的使命！我们有条件，有人才，又是铁路系统里的一支有着光荣传统和光辉历史的英雄团队，所以，这样的重任，我们责无旁贷……”

铁道战备舟桥处相关领导告诉笔者，他们这支铁路“蛙人”团队，在战争年代有着辉煌的历史，在和平时期同样成绩显著。近些年，随着改革开放和经济建设的不断发展，他们围绕“强基达标、提质增效”的工作主题，坚持问题导向，在全路率先开辟了桥梁水下检测这一崭新的市场，并通过前移安全关口，防患于未然，实现了由被动抢险向主动防范的转变，有效地填补了中国铁路的这一空白。

“铁路‘蛙人’和其他方面的‘蛙人’不太一样，得围绕‘铁路’二字做文章。他们身着潜水服、头戴潜水帽、手持摄像头，身后有时还拖着一个氧气瓶，定期潜到水底为铁路大桥桥墩做‘体检’，保护大桥的‘健康’，保障铁路大动脉的畅通。而其他方面的‘蛙人’所做的，则更多的是救援、军事、探秘、科研……”

说起铁路“蛙人”近些年的工作转型，潜水段党总支书记潘永明很激动。他问，CT这个东西大家应该都不陌生吧？当然，一般都是医院里给人做CT，检查人的身体到底有没有毛病，而我们潜水段的潜水员，却能给铁路大桥的桥墩做CT，检查桥墩存在什么问题，是“病”得厉害，小“病”小“灾”，还是“健康壮实”……

铁道战备舟桥处宣传科科长渠志纯也一直强调铁路“蛙人”团队的“医生”作用。他说在某种意义上，潜水段就是一所医院，不是给人看病的医院，而是给一座座铁路大桥看病的医院，这是前无古人的事。

“人病了得找医生，大桥病了也得找医生，只不过为大桥查病的医生是咱们的铁路‘蛙人’，这支铁路‘蛙人’团队是中国铁路系统的第一支‘蛙人’医生团队。”

这样的比喻很形象，也让人很好理解。

在对潜水员们的采访中，笔者一直有种面对医生的感觉。

⊙"蛙人"们不分春夏秋冬，随时保护着江河湖海上的铁路大桥安全。拍摄：朱砚茹

有数据显示，我国现有铁路桥梁8万多座，其中建成25年以上、进入老化期的铁路桥梁近3万座。部分铁路桥梁水下基础因使用年限长、周边环境变化大、人为采砂等原因，以及受暴雨、洪水、浮冰撞击的影响，不同程度地出现了安全问题，必须通过桥梁水下检测找准并及早消除病害。同时，随着我国交通运输的不断发展，尤其是近些年高速铁路的快速发展，大量铁路新桥应运而生。许多铁路大桥的水下部分属于隐蔽性结构，其承台施工质量、承台与桩基结合部、桥墩基础周边回填以及桥位处建筑垃圾和构件清理等方面存在较多问题，平时在水上很难发现。因此，铁路大桥的一些重点部位，如果不定期开展检测验收工作，就会影响桥梁基础的使用寿命，甚至会给铁路运输带来安全隐患。

2016年，铁道战备舟桥处根据需要组建了铁路桥梁水下检测队伍，中国“蛙人”团队成了这支队伍的重要力量。

“为开展好铁路桥梁水下检测工作，我们领导班子选定副处长兼总工程师王振军和副总工程师兼技术科科长陈永勇出任技术带头人。”铁道战备舟桥处的相关领导告诉笔者，铁路桥梁检测是一项综合性的业务，不仅需要“蛙人”们潜入水底进行检测，还需要其他多方面的配合。比如一个大桥的桥墩，应该从哪几个方面进行检测，什么“病”是大桥桥墩的“病”？“病”到什么程度才真正算是“病”？这些都需要技术方面的支持。

据了解，铁道战备舟桥处具有长年水上施工、桥梁基础配合的施工经验，具有多年桥梁应急抢修、抢架经验，但铁路桥梁水下检测是一项新任务、新挑战，也正因为“新”，才激发起了王振军、陈永勇的攻关热情。他们在时间紧、任务重的情况下，夜以继日、废寝忘食地进行科研攻关，从多方面为水下检测做好准备。

“我国公路桥梁水下检测已经走在了铁路的前面，据不完全统计，我国公路桥梁接近80万座，多年前公路系统就开展了桥梁水下结构检测，并取得了一定成效，积累了很多经验。所以，学习借鉴公路桥梁水下检测经验是一条捷径。”因此，王振军、陈永勇接受任务后，马不停蹄，南下北上，实地走访、考察了六七家参与过公路桥梁水下检测的机构和单位，最终确定了以浙江交通运输科学研究院为铁道战备舟桥处的合作伙伴。

2016年春节期间，铁道战备舟桥处技术科全体人员与潜水员们一道，抽出专门时间，专注地学习桥梁水下检测的相关业务知识，用最短的时间掌握了解了目前国内桥梁水下基础检查检测的主要技术手段、检查检测方式和所采用的仪器设备情况，并精心编制出了《铁路桥梁水中基础墩台检查检测实施方案》。节后上班第一天，陈永勇就与技术科工程师邹利军背起行囊，踏上了考察检测仪器市场的征程。五天后，他们带着价值200万元的测深仪、RTK定位仪、水下摄像系统、轻潜装置等仪器设备满载而归。

“我们是全国铁路系统第一支‘吃螃蟹’的队伍。原来全国铁路系统从来没有进行过桥梁水下检测，有些桥梁即使用了几十年，水下桥墩到底什么情况，根本都不知道。”潘永明说，铁路桥梁水下检测是一项颇具挑战性的工作，干好了红红火火，干不好没法交代。所以，大家倾尽全力，在关键点上一项一项进行科研攻关，在计划书上一次一次做修订。

老“蛙人”刘钦岭也说，给铁路大桥做体检是一个新生事物，和以往的水下施工不一样，很多方面都得重新认识，重新掌握。因此，他鼓励大家要敢于拼搏进取，经常说“要活到老学到老，何况我们这些‘蛙人’还不老”。因为职业的原因，潜水员55岁必须退休。已经53岁的他，再干两年就要退休了，但铁路桥梁水下检测让他焕发了第二次青春，也更让他认识到了“传帮带”的重要性。他注意把自己几十年的潜水经验和桥梁水下检测经验传授给年轻的潜水员，决心在退休前多带出几个出色的“蛙人”徒弟。

面对给大桥做体检所用的新型轻便双式潜水装具，刘钦岭带领大家一边对照产品使用说明书，一边穿上mz300-b型轻便双式潜水装具下水进行实际体验。多年来，“蛙人”团队水下作业一直采用重潜下水。轻潜和重潜工作方式的区别很大，重潜状态下潜水员在水中是站立作业的，轻潜时潜水员在水中是漂浮作业的，需要极强的平衡感。潜水员在水下又多是单独作业，这就需要头脑冷静、胆大心细。

首个检测目标，也是潜水员们的首个“病人”，是京沪线禹城徒骇河铁路大桥。

“这座大桥是一座老桥了，始建于二十世纪四十年代，平均每10分钟就有一趟列车通过。所以，给这座大桥做检查，看看它到底有没有‘病’，可谓十二分重要。”刘钦岭要求大家水下作业必须一丝不苟。潜水员在水底，只有一根安全绳与岸上相连，视线范围内几乎看不清别的东西，但他们仍然能够通过目视和探摸，采用时钟点位的方法，快速检查出桥梁水下结构有没有裂痕、孔洞、破损等“病害”。有时候，他们还要在水底摘掉保护手套，一寸一寸地探摸，对发现的“病害”重点检测部位进行水下摄像或拍照，再将拍到的影像或图片通过携带的水下传输仪器设备传送给水上监测工程师。在这个过程中，潜水员要一边工作，一边与水上负责监测和记录的工程师通话，随时通过电话与岸上沟通，并报告大桥桥墩水下“病害”的具体方位和尺寸大小。

在对徒骇河大桥的检测中，两个年轻“蛙人”潜入水中，在水下作业40多分钟后浮出水面。刘钦岭告诉笔者，一般没有太多问题的话，一个桥墩的水下检测时间也就几十分钟，如果桥墩“病情”严重，所需时间就会长一些。

冬季水温太低，如果做不好保暖，潜水员的身体就会很快失温，严重时甚至会危及生命，而衣服穿多了又会影响作业，他们通常一层保暖衣、一层薄棉袄，再在外面套上潜水衣。潜水衣是连体隔水的，只有手露在外面。有时候，手冻僵了，像木头一样没有任何感觉，但依然要在水下进行探摸，这种情况下很多时候都要靠“蛙人”们的水下经验进行判断。

铁路桥梁水下检测，不仅需要优秀的“蛙人”，还需要优秀的冲锋舟驾驶员。

张国亭是出了名的多面手，在徒骇河铁路桥梁水下检测现场，领导把驾驶冲锋舟的任务交给了他，他“一下感受到了责任和压力”。因为用于河床断面测量的多波束探测仪就安装在冲锋舟上，冲锋舟的行进速度、船体倾斜程度会直接影响多波束探测仪对河床地形地貌扫测的精确程度。保持平稳驾驶，是对冲锋舟驾驶员的基本要求。因此，每天上班，张国亭都仔细观察河水水位变化情况，测量河水流速，并根据这些情况的变化更改行船路线。一天，徒骇河下游大坝开闸泄洪，导致河水水位突然下降，细心的他及时汇报情况，现场重新安排了作业工序，避免了因水位过低而造成冲锋舟搁浅的问题。

经过两周的精检细测，他们终于完成了徒骇河铁路大桥 8 个桥墩的水中检测。

“有什么问题吗？”笔者问。

“当然有问题，那么多年的桥梁，不可能没问题。”刘钦岭说。

“有问题怎么办？”笔者问。

“交相关部门，该加固的加固，该整修的整修。”刘钦岭说。

笔者有些疑惑，全国那么多铁路大桥，为什么将徒骇河铁路大桥作为他们的第一位“病人”？是不是这座大桥“病”得厉害，还是这条铁路干线十分重要？

“无论检测哪座大桥，都要根据上级的安排来，再就是要按照轻重缓急来。徒骇河铁路大桥坐落于京沪线上，每天上百趟列车从上面通过，安全问题十分重要，而且它又是一座 70 多年的老桥，所以上级让我们将其作为第一个‘病人’来诊治。”王振军告诉笔者，谁也没想到，进入改革开放深入发展的新时期，铁路“蛙人”团队的水下作业也开始与时俱进了，由服务于桥梁建设开始转为进行桥梁检测。

京沪线禹城徒骇河铁路大桥水下检测的成功，引起了济南局集团公司的高度重视。随后，济南局集团公司将管内京沪线大汶河铁路大桥、小汶河铁路大桥和新兖线泗河铁路大桥等20座铁路桥梁的河床断面水下测量任务相继交给了铁道战备舟桥处。通过水下检测，他们发现了被检测桥梁水下墩台砌缝开裂、墩身腐蚀剥落、风化，基础掏空、腐蚀、空洞等病害23处。通过对大桥所处河床地形地貌的扫测作业，济南局集团公司掌握了河床的地形地貌变化及冲刷情况。这些珍贵的资料，为济南局集团公司工务部门及时安排整治、防止洪水毁坏桥墩、确保铁路桥梁安全提供了可靠依据。

15. 机器“蛙人”

随着市场的变化，铁路“蛙人”团队成了一群特殊的“铁路医生”，在没有围墙的“水下医院”里，急“病人”所急，送“病人”所需，尽心尽力地为铁路大桥做着检测。

“这座铁路大桥有‘病’吗？”面对鲁南高铁线上的沂河特大桥，笔者问。

“能没‘病’吗？一直劳累地超负荷工作，再强壮的身体也会出毛病。”刘钦岭说。

“这不是一座刚启用不久的桥梁吗？”笔者说。

“关键是繁忙，一座桥梁繁忙了就和人一样，也有受不了的时候。”刘钦岭说。

又是刘钦岭！

刘钦岭是铁路“蛙人”团队的主角。

有中国铁路“蛙人”团队的地方，就有刘钦岭！

这是铁道战备舟桥处领导的愿望，也是刘钦岭这个老“蛙人”自己的愿望。

站在鲁南高铁沂河特大桥上，望着一列列快速驶过的高铁，笔者听刘钦岭述说着检测这座大桥的经过，有惊险，也有喜悦；有劳累，也有快乐。

2020年初，这座大桥启用后第一次迎接春运。那几天，每隔几分钟，就有一列高铁列车从全长23公里的大桥上快速驶过。而大桥下面，就是铁路“蛙人”们检测的主战场。

“这是‘蛙人’团队该年水下检测的第二个‘病人’。”刘钦岭说。

“能给这样的大桥‘查病’，是不是很愉悦？”笔者问。

“不是愉悦，是紧张。”刘钦岭说。

军人出身的刘钦岭，将每一次的水下作业都称为“战斗”。他说军人的职责就是“战斗”不止，

⊙ 铁路“蛙人”检测鲁南高铁沂河特大桥。
拍摄：渠志纯

而且必须要战无不胜。

即便如此，忆起三年前高铁沂河特大桥上的那场“战斗”，刘钦岭说他至今心里还很忐忑。

高铁沂河特大桥是一座颇受关注的大桥，自开工之后，一直受到人们广泛的关注，而位于这条铁路线上的高铁沂河特大桥更是人们关注的焦点。这座大桥一共有700多个桥墩，其中29个矗立在河水中。交付使用后，这还是“蛙人”团队第一次给它做体检。用刘钦岭的话说，是要看看水下桥墩有没有冲刷，冲刷到了什么程度，有没有“病害”。

“这就像对待一个新生婴儿，虽然出世的时间不长，但也必须要给他做体检，如果发现身体的哪个部位有疾病，可以提前进行预防。”刘钦岭还欣喜地告诉笔者，这次给沂河特大桥做检测用上了水下机器人，也就是大家俗称的机器“蛙人”。

据了解，水下机器人又称无人遥控潜水器，是一种工作于水下的极限作业机器人。很多时候，水下环境恶劣危险，而且人的潜水深度有限，所以，水下机器人便成为开发海洋、拓展江河工程的重要工具。一般来说，无人遥控的水下机器人主要有两种，一种是有缆遥控，一种是无缆遥控，其中有缆遥控水下机器人又分水中自航式、拖航式和能在水底结构物上爬行式三种。

有资料显示，中国使用水下机器人开始于2009年。当时，“大洋一号”科学考察船在东太平洋海隆“鸟巢”黑烟囱区观察到了罕见的巨大黑烟囱，并用机械手准确抓获了约7千克黑烟囱喷口的硫化物样品。这一发现，标志着我国成为国际上少数能使用水下机器人开展洋中脊热液调查和取样研究的国家之一。依靠“大洋一号”的精确动力定位，中国自主研制的水下机器人“海龙2号”，准确降落“鸟巢”黑烟囱区，并展开了摄像观察、热液环境参数测量作业。

“说到底，机器‘蛙人’不是人，但很多时候能够帮助人完成水下作业，这也是科研发展的必然趋势。”刘钦岭说，相比于“水下机器人”，他更喜欢“机器‘蛙人’”的说法，它能够替潜水员承担危险，还能配合潜水员很好地完成任务，绝对是一个好东西。

高铁沂河特大桥的水下检测，下水的是年轻的潜水员李壮。当时，小伙子刚满 25 周岁，是刘钦岭手把手教出来的爱徒。不久前，笔者与李壮有过一次交谈，他首先说的就是对高铁沂河特大桥水下检测的感受。

“说实话，我是第一次见到那么雄伟漂亮的大桥，想着就要下到水底为大桥‘查毛病’，既激动又感慨。激动的是自己这么年轻，就能够担负起如此艰巨的任务，多多少少有些压力；感慨的是我们国家发展得如此之快，不仅高楼大厦遍地是，雄伟壮观的大桥也很多。所以，无论有多大的困难，我都要完成任务，把上级交办的事情做到极致……”

李壮站在雄伟的大桥上，极目晴空，浩浩无际，云山邈远，树海苍茫。于是，他激情满怀，意气风发。下水的时候，他背着安全背带，戴着潜水面罩，还加上压铅和氧气瓶，光装备就重达四五十斤。而陪着他一起下水的，还有团队里的那个新成员：机器“蛙人”。

“我是第一次在水下与机器‘蛙人’进行配合，它可以帮助潜水员进行摄像，或者进行探测等方面的作业。水质情况比较差，比如水污染严重、水特别浑浊等的时候，相比于潜水员，它更有优势，而且能够更长时间地在水下进行作业，不太受水下环境和时长的影响。”李壮告诉笔者，尽管那次下水已经过去了两年多，但忆起当时的情景，他依然很激动。

李壮对那次的水下作业情景记忆犹新，特别是“机器‘蛙人’”与他一起工作，他一想起来就很兴奋。他说，他原来在网络上搜索过“水下机器人”，看到有关水下机器人参加的各类比赛，就想着不知道什么时候水下机器人也能帮助自己在水下作业，没想到，还真就有了机会。

李壮还给笔者介绍，水下环境恶劣危险，人的潜水深度有限，造成水下搜寻和探摸难度大、时间长、危险性高，潜水员在工作中容易受到次生伤害。而水下机器人，却具有实时响应、扩展性强的优势，能延长水下探潜时长，满足潜水深度需要，减少了潜水员的下水危险。

“潜水员潜水有好的方面，也有不足的地方，机器‘蛙人’同样既有优势，也有很大局限性。水流过大或水下环境太复杂，比如水草、树枝较多的时候，它就很难进行作业，而且还无法方便地处理水下突发情况，所以一般机器人只在污染比较严重的水域或没有水流的情况下应用。”

李壮说，那次下水后，他先让“机器‘蛙人’”将作业范围扫了一遍，看看大概的情况，然后自己再进行作业。“冬天太冷，机器人这样做，能够配合着潜水员缩短工作时间。”

尽管有“机器‘蛙人’”的辅助，但因水下条件不同，水位深浅不一，在那次下潜中，李壮还是遇到了麻烦。下水 5 分钟后，他尝试了很多次，依然没能完全沉到水底，而是浮在水中。后来，经过两次上浮，他又加装了压铅增重，才沉到了水底。

忆起当初，李壮说，下到水底后，呈现在眼前的是整齐地矗立在河床上的桩柱，密密麻麻一大片，颇为壮观。它们就像一根根的“定海神针”，支撑起了大桥。那几天，沂河里的水面温度在零摄氏度左右，而水下温度，也就是三四摄氏度。为了精细检查桥墩有没有裂痕和孔洞，他有时不得不摘掉手套，一寸一寸地用手进行探摸。在岸上同事的配合下，他围着 591 号桥墩转了一圈，臃肿的潜水服加上水中浮力，每走一步都很艰辛，而氧气也在剧烈地消耗着。在岸上负责保障的同事张骞，专注地注意着氧气的消耗量，根据情况随时切换气瓶。

“李壮身上还背着一个‘回家气瓶’，为什么呢？因为水下作业氧气消耗太大，万一出现主气瓶没气的情况，‘回家气瓶’能让他有回‘家’的时间。”接受采访时，张骞说，当时水下不仅温度低，还有一些线管缠绕和水流湍急的情况，这都需要李壮在水下冷静处理。

“在机器‘蛙人’的配合下，我在水下坚持了半个多小时，总算摸清了桥墩的基本状况，完成了对桥墩的‘查体建档’。”李壮说。

“高铁沂河特大桥的启用时间不是太长，你发现问题了吗？”笔者问。

“通过检测发现，服役才6个多月的高铁沂河特大桥，健康状况是良好的。”李壮说。

“这样一座刚启用不久的大桥，为什么还要进行检测呢？”笔者问。

“最近几年高铁太过繁忙，每天通过的高铁上百列，而且速度又快，即便是启用时间不久的重点大桥，也得注意它的健康状况。”李壮说。

几个月前，笔者有幸坐上了由济南开往临沂的G5557次高铁。高铁风驰电掣，一路欢歌，时间不长，就经过了鲁南高铁线上的沂河特大桥。大桥巍峨，气势磅礴，如一道彩虹，壮观地连接起沂河两岸。

那一刻，笔者感受着奔腾前行的高铁速度，想象着李壮和机器“蛙人”在水下为这座大桥细心“查病”的情景，桥上桥下，演绎着闻所未闻的故事，犹如水之经风之纬编织的神话，使中国铁路“蛙人”团队的壮举，越来越充满英雄主义的传奇色彩……

16. 东岗之战

东岗是一个地方。

东岗是一座大桥，一座黄河铁路大桥。

东岗黄河铁路大桥，坐落于兰州的东岗区。

据悉，包兰铁路是中国少有的沿着黄河前行的铁路，全线共三次跨越黄河，其中最著名的一跨莫过于兰州的东岗黄河大桥。

虽已过去好几年，铁路“蛙人”团队的潜水员们，却一直对东岗之战津津乐道。

有哲人说过，世界上任何一个创造了伟大文明的民族，都与江河有关。

江河奔腾，文明潮涌，绵延赓续，生生不息。

铁道战备舟桥处潜水段，从最初的“班”和“组”，到后来的“队”，再到如今的“段”，无不是关于江河的宏大叙事。

他们是中国铁路“蛙人”，他们是一群虎将骁骑，他们是一群水下尖兵。

他们敢于战天斗地，他们敢于攻坚克难，他们无畏地展开一场场江河会战，他们在水中铺展着生命中最辉煌的篇章。

作为一支铁路舟桥方面的专业保障队伍，他们具有从事桥梁水下检测的独特优势，并拥有铁路舟桥制式专业器材，还有各类浮箱、机动舟、冲锋舟、浮吊、浮龙门等水上专用器材设备，能够满足内陆各类水域的水上水下作业。他们还担负着国家重要保障点的水下航道确认、探摸打捞、水下排障、器材水下安装的重要任务并负责拆除和水下切割、电焊、捆绑、爆破、摄像等项目。“兵改工”40年来，他们参与过无数桥梁基础施工，对水上和水下作业，都积累了丰富的经验。如今他们的多波束探测仪、RTK定位仪、水下摄像系统、轻潜装置等先进检测装备，又为铁路大桥的安全通行提供了技术支持和专业力量保障。

“完成舟桥方面的施工，离不开铁路‘蛙人’们的水下作业。近年来，我们开展的桥梁检测工作，更是由铁路‘蛙人’们当尖兵、打头阵。”铁道战备舟桥处副处长兼总工程师王振军告诉笔者，桥梁检测虽然是一项新业务，但新业务创造出了新业绩。截至目前，铁道战备舟桥处的铁路“蛙人”团队，已对路内100多座铁路桥梁水下结构成功进行了检测，完成了对60余座铁路桥梁桥位处河床断面的勘探测量，摸清了水中桥墩的风化、冲刷等病害情况，为工务部门维修加固提供了科学依据。

“黄河水下情况比较复杂，一是水质浑浊，能见度低；二是水深流急，暗流漩涡多，稍不注意就会发生危险。所以，只要在黄河里作业，大家都会倍加小心。”身经百战的老“蛙人”刘钦岭，深知“黄河”两字的个中滋味。成为“蛙人”几十年来，他几百次完成水下排险、水下工程服务、潜水技术咨询及潜水公益援助任务，总是不负众望，一次又一次出色地完成任务，但每每与黄河打交道，他总是小心了再小心。他对所带的徒弟们说：“江河也是有脾气的，作为一个潜水员，一定要与江河搞好关系，熟悉它们的性情，知道它们的高低，顺着它们来，什么时候都不能与江河犟。”

2017 年冬天，铁道战备舟桥处桥梁水下检测队伍接到任务，要对兰州局集团公司管辖的东岗黄河大桥、河口黄河大桥和靖远黄河大桥展开近一个月的水下检测。

冬月的兰州，朔风凛凛，冷彻心骨。铁路“蛙人”团队和舟桥处的相关检测人员，在王振军和副总工程师兼技术科科长陈永勇的带领下，一路奔波，昼夜劳顿，刚刚赶到兰州东岗铁路大桥，就马不停蹄地在黄河上展开了作业。

没想到在对大桥进行水下检测作业时，受桥位处深水、大流速、暗流以及水下能见度低等因素的影响，潜水员穿戴轻潜装备无法下潜到预定位置，更无法对桥墩墩身病害进行水下探摸和摄像。经过反复研究，他们决定采取设置定位绳、移动绳以及增加配重等方式，协助潜水员下水作业，但效果均不理想。

这似乎应了刘钦岭的话：江河是有性格的，江河也是有脾气的。有时候，即便是顺着江河的脾气来，也很难把江河驯服。

怎么办？

没办法，只能用科学的方法，好好与江河对话！

王振军和陈永勇没有气馁，他们暂时停止作业，反复组织相关科研和潜水人员召开专题攻关会，针对黄河水深、流急、暗流漩涡多等问题给潜水作业带来的困难，让大家开动脑筋，集思广益，研究制订出安全可靠的水下检测辅助方案，并快速研制出了深水、大流速环境桥梁水下检测辅助装置，推动了潜水作业技术和水下工程检测技术的开展。

不久之后，西北大地依然寒风凛冽，雪花飞舞。检测队伍使用最新研制的装备，再次对宝兰线东岗黄河铁路大桥实施水下检测。尽管天气寒冷，滴水成冰，但他们的内心却充满了火一般的热情，决心要把潜伏在这座黄河铁路老桥水下的病害彻底摸清查明，提交一份明明白白的“病情诊断报告”，帮助根治桥梁安全隐患。

“咱们是‘蛙人’，也是‘医生’，既要把‘蛙人’的事情干好，也得把‘医生’的职责尽到。”事情虽然已经过去了好几年，回忆起当初的情景，王振军幽默地说，对着那座可能“有病”的老桥，自己把脚都跺疼了，而到底为什么要跺脚，当时自己也不知道，现在想想，就是因为着急啊。

王振军告诉笔者，第二次回到东岗黄河铁路大桥进行检测，正好是冬季黄河冬灌之后，这个季节的黄河流速相对较小，可以大大降低水下作业风险，而且这时候的黄河水质较清，便于潜水员在水下摄像。可以说，这个季节正好顺了黄河的脾气。而且检测作业还使用了 6 节多用途浮箱拼组成浮平台，并布设了锚碇设施，利用新型 994 机动舟作为浮平台的顶推设备，为潜水辅助装置的安装、使用和潜水作业等，提供了安全稳定的工作平台。

“为防止潜水员在气温较低的环境下被冻伤并提高水下作业时效，我们选择了重潜开展检测作业，同时以轻潜为应急救援。”王振军说。

“黄河上的水下作业，是不是比其他河流难度要大？”笔者问。

“有时候是这样。”王振军说。

王振军还告诉笔者，在砂卵石覆盖的空旷河滩上，凛冽的风从两岸的峭壁间吹来，仿佛冰刀划过肌肤，检测人员靠着坚定的意志，战冰霜、斗严寒，各司其职，整个施工现场忙而不乱。领队陈永勇一刻也不停地奔波在现场，从容指挥调度着所有人员。

“因为天气太冷，陈永勇指挥的时候声音在空气里是颤抖的。”王振军说，穿着重达 75 公斤潜水服的潜水员，站在浮平台的导向框装置内，在队友们的帮助下缓缓潜入水中，他们要潜到水底进行探摸和摄像，再通过

⊙ 穿戴潜水设备，做好各种准备。
拍摄：吴　军

水下传输仪器设备传送给监测工程师，并随时向记录人员报告检查路线、方位及大桥桥墩的病害情况。

铁路“蛙人”团队的每一次下潜，都需要同事们的相互配合。

“合力，是一种效应，没有合力也就没有成功。”王振军说。

黄天军，一位有着34年安全驾舟经验的老舵手。当时，他在黄河奔腾的河水里沉稳地操纵着机动舟，顶风破浪运送检测人员和设备。而在场的所有检测人员，有的用多波束探测系统扫测河床，对河床的地形、地貌生成的三维图像进行分析记录，有的用三维图形图像声呐扫测，通过桥墩及基础形成的三维图像查找基础与基床冲刷、掏空病害和桥墩结构病害。

现场最年轻的“蛙人”孙继文，是一位“90后”，他带着机器“蛙人”下水，在水流较小时对水下基础、桥墩部位进行摄像，进一步查实病害……

“水下机器人的确帮了不少忙，但无论多么灵活的机器人，还是都得听从人的指挥。所以，你得熟悉它的性能，能够和机器‘蛙人’在水下熟练地进行配合。”孙继文告诉笔者，经过多方面的检测之后，他们为东岗黄河铁路大桥诊断出了“病情”，发现大桥的墩位侧有两个近5米大的深坑，而且河床冲刷严重，冲刷线已接近基础底，并形成了涡流。随即，他们向兰州局集团公司报告了这一情况。

接下来，他们再接再厉，又相继对兰州局集团公司管辖的河口黄河铁路大桥和靖远黄河铁路大桥进行了水下检测，均圆满地完成了任务。

写到这里，笔者突发奇想，我们这个社会是充满着各种“规格”的，住房有“规格”，坐车有“规格”，甚至连办公室里写字台的大小也要按照级别定出“规格”。现实中的“规格”，可谓不一而足。那么，给每一座大桥的水下结构做检测，是不是也应该有“规格”？

“有，当然有！规格还不低呢。当然，这是一个新课题，但新课题也得有高标准。”王振军说，桥梁水下结构检测技术，首先得取得资格证。

2017年9月，一份来自中国铁路总公司的文件——《2017年科技研究开发计划》，赋予了铁道战备舟桥处一个新的使命，把铁道战备舟桥处桥梁水下桥墩检测评估技术作为工务基础设施养护维修技术研究的一个重要课题，列为总公司重点科研项目，由铁道战备舟桥处与中国铁道科学研究院联合攻关，共同研究探索铁路桥梁水下检测的标准、规范和流程。之前，铁道战备舟桥处已经取得“潜水服务能力与信用评估三级”证书和“水下工程检测机构能力等级评估二级”证书，以及“职业健康安全、环境、质量”三体系认证，成功获得了桥梁水下结构检测的“通行证”。

第五章
故事还很多

17. 水下放“烟花”

接受采访时，一名年轻的铁路“蛙人”对笔者讲过一个故事，说他们刚刚成为潜水员的时候，有一天被拉到了江边训练。

“刚开始都是在岸上进行训练，先学会怎么穿潜水服，然后再学会穿着沉重的潜水服在陆地上行走……”

江边的风很轻，江里的浪很急，经过一天的潜水基础训练，他们就要被“赶”下江了。

“被赶下去？”笔者不解。

“对！按说已经到了傍晚，应该收工了，但领导还是要赶我们下水，说越是劳累，越要锻炼大家的个人意志。”这位年轻的“蛙人”说，他当时在柔软的沙滩上，对着几个裸露背膀的同事，突然想到了早先读过的一部名字叫作《水手》的小说，小说里的主人公是一名勇敢的人。从此自己就要成为一名“水手”了，在江河湖海里搏击，会不会很酷啊？

然而，这位年轻的铁路“蛙人”，不但没感受到酷的滋味，反而在踏入江水的那一刻心生恐惧。

这位年轻的铁路“蛙人”，有生以来第一次接触大江。面对汹涌的波涛，他忽然有了一种恐惧感。当领导下达下水的口令后，他竟然畏缩着不敢向前了。

“怎么了？”领导不解地问。

“我怕！”他嗫嚅着说。

“开什么玩笑？跟我来！”说着，领导拽着他就向江水里走。

这时候，随着一阵风，江水掀起一个不大不小的浪，他心里一慌，便又向后退去。领导失去了耐心：“这点勇气都没有，还当什么潜水员？”说着，领导猛一下将他推向江里。他一紧张，呛了一口水，更害怕了。领导看他再次不进反退，便忍无可忍了，吼道：“你可以不练了，去沙滩上晒太阳吧。”说着，领导拂手而去。

这位年轻的铁路“蛙人”本身就怨恨自己不争气，加上领导的讥讽和轻视，眼泪不觉夺眶而出。而这个时候，他似是失去了理智，伸开脖子冲着领导吼道：“我不是孬种，谁是孬种谁混蛋！”他这一吼，把领导给吼愣了，瞪着眼睛望着他。他突然就意识到了，自己站着虽然不比别人高，但用秤称起来也不比别人轻，人家能做到，为什么自己做不到？于是，他一闭眼睛，鼓起勇气向江中的浪涛冲了过去。这一冲不要紧，冲出了江水里的浪花，也冲出了生命里的浪花，他说从此再也不怕水了，而且潜到水下就感觉像是到了温柔之乡。

“其实，大江大河并不可怕。”这位年轻的铁路“蛙人”坐在笔者面前，两手伸开，做了一个轻轻划水的动作。他说那次在江里，就是这么轻轻一划，身体就浮出了水面。又一个浪打过来，他再一划，浪破了，人又浮出了水面。

年轻的铁路“蛙人”说：“生命中有许多障碍都是自己设置的，战胜了自己就战胜了障碍。”

的确，无论什么时候，首先得战胜自己，然后才能战胜敌人。

“如今我们面对的敌人只是江河湖海中的水下障碍，而‘蛙人’前辈们面对的敌人是真正的敌人，前辈们比如今的我们要艰难无数倍。”潘永明告诉笔者，2021 年 4 月，他有过一次广州之行，没想到的是，竟然在那里遇到了与曾经的潜水队有关的人和事。

那人那事，令潘永明心灵震颤，令他再一次从历史的铿锵脚步中，感受到了中国铁路“蛙人”团队的勇猛与坚强。

那个人叫姜长贵，那件事是在珠江水下放“烟花”。

谁都知道，广州有一条珠江，珠江上不仅船只川流不息，而且还有很多座形式各样的公路铁路大桥。正是这些桥梁，维系着这座不夜城两岸之间的日常交通。

广州相关部门告诉潘永明，解放前珠江上仅有一座桥，就是这座海珠桥，而且海珠桥还是中国第一座钢结构开合桥。海珠桥与“9”有缘，1929 年开建，1933 年 2 月 15 日通车，主桥全长 182.90 米。

桥因水兴，城因桥盛。

海珠桥的兴衰悲欢，是千年羊城现当代史和新中国辉煌岁月的见证。

潘永明听后很是感慨，他说没想到海珠桥竟与潜水段的“蛙人”老队长姜长贵有着特殊的联系。如今想想，无论内地还是边疆，祖国所有的江河湖海上，都有潜水段老“蛙人”们留下的足迹。那时候，老“蛙人”们讲得最多的是奉献，是献身，不管有多大困难，只要祖国需要，他们就会卖力气，就会找重活累活危险的活去干。

1949 年 10 月，为修复这座临解放被炸毁的海珠桥，铁路老“蛙人”姜长贵快速学会并实施了新中国首轮“水下切割”技术。之前，姜长贵还是一个“水下切割”的门外汉。

据相关资料记载，广州的海珠桥有“民国四大桥”之称，以孔开合的设计，代表了近代中国桥梁建筑的最高水平。为便于大船通行，建造者还开创性地安置了电动拉锁，利用电动拉锁能够把中段桥身分别拉起来，开放上空，以供大船通过。而 1949 年 10 月 14 日，广州解放之战打响，国民党当局败退前夕，提出了“总撤退、总罢工、总破坏”的行动口号，妄图变城市为废墟，当时他们在广州的主要目标就是破坏海珠桥。

那天下午的5时50分，国民党军队开始了对海珠桥的施“爆”行径。随着一声巨响，大桥中孔钢梁沉没江中，南北两孔大梁也被折断，东南桥墩与西北桥墩皆被炸毁。更可恨的是，国民党反动派炸毁海珠桥时，竟然未通知桥上人员撤离，造成了400多名市民死伤，沉毁民船100多艘，震损房屋数百间，受灾居民达3000多人，损失惨重。

按照上级批示，潜水员姜长贵接受了任务，配合相关施工单位抢修海珠桥。

潘永明拿给笔者一份资料，资料上清楚地记载着姜长贵的生平简介：姜长贵，男，生于1927年9月，系吉林省大安县人。20岁以前，他一直在家乡读书、务农；1948年3月，在前郭旗独立三团自愿入伍。此后，他一生没再与部队分开过，直至1982年12月离休，2013年1月17日与世长辞，享年86岁。

姜长贵的生平简介还显示，他从1948年8月开始，就在铁路纵队第三支队潜水队任潜水员。1949年，他参加了淮河大桥便桥的抢修。当七号墩出现故障，全桥只等这最后一个桥墩抢修完毕的关键时刻，他不顾危险抢先下水，最终完成了战友王吉珍未完成的部分，荣立小功一次。

姜长贵历任潜水队技术教员、技术员、工程师、副队长、队长等职，并多次立功受奖。

当一名士兵要追求不凡业绩时，就要承载生命更多的负重。

姜长贵亦如此。

几十年的军旅生涯，他从万米泅渡到深海潜水，从擒拿格斗到警械使用，从特种爆破到悬崖攀登，从步枪射击到手枪、机枪、冲锋枪射击，掌握了多种作战本领，可谓部队里的全能潜水员。

接受海珠桥的抢修任务后，姜长贵及时赶到潜水现场，发现除了水下探查、打捞、排障等他所擅长的水下技能外，还遇到了一项他根本没接触过的新潜水作业技术：水下切割。

海珠桥被炸后不少钢梁落在水中，局部扭曲变形严重，现场起重能力不足，必须在水下将钢梁整体进行分解后才能起吊。姜长贵当时并不明白水下切割的操作规程，更没有任何实践经验。

一般来说，依据各种水下切割的基本原理和切割状态，水下切割分为两大类，即水下热切割和水下冷切割。水下热切割是利用热源对金属进行加热，或在纯氧气中燃烧，使金属熔化，并采取某种措施将熔化金属或熔渣去除而形成切口的切割方法。而水下冷切割，则是利用某种器具或某种高能量，在金属处于固态情况下直接破坏分子间的结合而形成切口的切割方法。

对此，没有任何基础切割经验的姜长贵暗下决心，要在最短的时间内掌握这门特殊的潜水作业技术，为修复海珠桥作出贡献。然而，愿望非常美好，过程却十分艰苦。在那个潜水员稀缺的时代，会水下切割的人凤毛麟角。没办法，姜长贵跟这门水下切割技术较上了劲，他凭着好学和不停向人请教的韧劲，经过三天三夜的苦熬、摸索与攻关，终于掌握了切割设备的操作原理，包括直流电焊机、切割把手、切割条的使用等。但是，真正下水进行实际操作时，姜长贵却又费了九牛二虎之力。其一，在那个年代，水下割条很贵，每浪费一根割条，都十分可惜；其二，割把使用不当会损坏，现场没有备用的，真把割把弄坏了麻烦多多；其三，水下切割设备使用不当，潜水员还会被电伤或者烫伤。这三个方面，任何一个方面出了问题，都会影响大桥的修复进程。

当时，上级帮着请来有过“水下切割”经验的香港潜水员做指导，但谁也没想到与香港潜水员的沟通极不顺畅，而且香港潜水员根本无法给予有效的水下切割技能传授。

这真是把人逼到墙缝里了！

姜长贵没再依靠香港潜水员，一咬牙，说道：“我自己干！”

面对堆成山的切割任务，姜长贵真就自己干了。

自己干说起来容易，做起来实在太难。

不知道有多少次，身体被电击，手臂被灼伤，姜长贵始终咬牙坚持着。他偏要在火与水的炼狱里塑造自己，在光和影里证明自己的存在，用行动塑造出一个革命战士的魂魄……

一个多月后，操作基本学会。

两个多月后，平割、竖割、圆弧割完全掌握。

姜长贵屏息望着切割条在水下钢构件上嗤嗤燃起，绚烂阵阵，点亮珠江，犹如水下燃放的“烟花”，自豪感便油然而生。

在海珠桥的修复中，看到吊出水面钢构件的切口平整度，作为指导老师的香港潜水员，禁不住冲着姜长贵竖起了大拇指。那一刻，姜长贵深深地感慨道：“意志坚强者，总能打好技术攻关仗！”

姜长贵在最短的时间里，克服了夏日炎炎、材料紧缺等困难，终于完成了海珠桥的水下切割任务。海珠桥修复工程完成时，时任广州市市长的叶剑英主持了浩大的通车典礼。听着欢庆的锣鼓声响起，姜长贵站在桥头，凝目细看，大桥气势如虹，巍峨壮观，如一道彩虹飞架南北，他顿生一种从奴隶到将军，由客人变主人的感觉。

随着海珠桥的胜利修复，水下切割技术也由姜长贵在潜水队一路传授下来，并在以后的朝鲜战场及其他任务中发挥出了重要作用，直到如今，“90后”年轻“蛙人”们依然深受其益。

18. 黄河战冰凌

伟大的科学家牛顿曾说：我之所以能够取得成就，是因为我站在了巨人的肩膀上。

在对铁路老“蛙人”和铁路新“蛙人”们的采访中，笔者不止一次地听到这样的话：事情是大家一起干的，一个人仅仅是一台机器上的一颗小小螺丝钉而已。

铁路“蛙人”们都很谦虚，他们说潜到水下做“蛙人”，就是一份工作，没有什么好神秘的。所以，他们要求笔者写作的时候，一定不要忘了两种人：一是那些离开战斗岗位的老“蛙人”，他们是前辈，也是开疆拓土者，没有他们的过去，也就没有铁路“蛙人”们的今天。二是那些为“蛙人”们完成水下任务、创造水下奇迹的后勤人员。他们的工作同样很辛苦，有时候站在岸上，却比身在水下

⊙“蛙人”们在水下细心探查，岸上服务一丝不苟。
拍摄：朱砚茹

的“蛙人”们还着急，因为他们不知道水底下到底是啥情况，不知道“蛙人”们是否遇到了危险，他们担心“蛙人”们的安全，他们期盼“蛙人”平安归来。

人生就像一堆干柴，有时候一颗火种就能点燃其终生的热情。铁路老“蛙人”王吉珍、姜长贵、王东源、盛桂法、吴金炎、孙文彬，他们将火种燎原，这么多年培养出了200多名优秀的潜水员。后来，这些潜水员分散在了祖国各地，分散在了各行各业的不同岗位上，为国家建设奉献着，战斗着。

当然，这个“队”虽然从历史中走来，一路风华，却仍然有无奈的现实。比如老“蛙人”们依然想保留曾经的青春和活力，为祖国的潜水事业继续潜入水底拼搏；比如一些因为各种原因到了其他岗位上的“蛙人”，依然眷恋着水底的风光，他们想重操旧业。

现实就是现实，铁路“蛙人”们因战斗而生，向江河而生，他们身上有着讲不完的江河故事，他们神奇而又神秘，于无声中演绎出一幕幕动人心魄的场景。

黄河上战冰凌，什么时候都少不了铁路“蛙人”团队的英勇进击。

时钟拨回到1991年3月24日上午10时左右。

内蒙古自治区，呼和浩特市，清水河县，岔河口村。

黄河在丰准线黄河铁路大桥上游约400米处拐了一个大弯，从起伏的丘陵中蜿蜒而出，然后与浑河相汇，自北向南如蛇形一般朝着山西方向流去，也从此开启了黄河这篇恢宏乐章中最为激越惊险的部分——晋陕大峡谷的前奏。

这个后来被发现并命名为岔河口新石器时代遗址的地方，经历了无数次历史风云后，又一次目睹了惊心动魄的一幕。

初春时分，寒风料峭，黄河已经解冻，日渐宽阔的水面上漂浮着尚未融化的浮冰。

丰准线黄河铁路大桥建设工地上热火朝天，铁道战备舟桥处十几名职工正在河中忙碌着拼组运输船。他们的下一步工作是利用运输船把在岸上加工好的钢围堰运到桥墩处就位。

机动舟司机刘华细、胡黄金在项目经理俞光印的指挥下，把泊在岸边的浮箱推送就位，曾经的老“蛙人”，如今的副处长廖宗斌，此刻站在正进行拼组的运输船上，神情专注地指挥着大家安装连接板。从岸上伸过来的一根缆绳，如一只强壮的手臂，紧紧拽着还未完成拼组的运输船。

然而，令所有人想不到的是，此时在黄河拐弯处的上游，铺天盖地的浮冰正如坦克兵团一般，借着丘陵地形和弯曲河道的掩护悄然而来。

巨大的危险，正以每秒近 2 米的速度向他们逼近。

事后他们才得知，这是上游爆破开河后顺流而下的碎冰。

正在聚精会神指挥拼组的廖宗斌，听到有人惊喊了一声：“不好，有冰凌！”他抬起头来，突然发现上游几百米处，冰阵露着狰狞的面目，气势汹汹地朝着他们逼近。其中，前面的大冰块有十几个平方，闪着寒冽的光芒，被周围的小冰块簇拥着，从弯曲的河道里迤逦而来，大有不可阻挡之势。

曾经无数次潜过水的廖宗斌知道，冰阵在几分钟的时间内就会冲到跟前，此时拆除运输船并把浮箱拖到岸上已经来不及了。他脑子飞速转动着，首先对大家喊了一声：“赶快上岸！”继而又下意识地想到，这是一场遭遇战，必须保持镇定，保持清醒。

廖宗斌 1963 年入伍，1964 年舟桥团成立时从铁道兵二师调入，是建团的元老，历任排长、连长、营长、副团长，还曾是一名名副其实的老“蛙人”。

大家相继上了机动舟，但廖宗斌依然站在浮箱上，有人急声喊道：“廖副处长，快上舟啊！”廖宗斌挥了挥手，对机动舟司机刘华细说：“你先把大家送走，我在浮箱上，不能让器材冲走。”就在刘华细把大家送上岸想再次返回时，冰阵已经轰然“杀”到，在巨大冲力的作用下，直径两厘米粗的缆绳被冰碴生生剪断，还没有完全拼好的运输船，顿时成了无依无靠的孩子，被冰凌裹挟着，浮萍一样顺着河道漂流而下。廖宗斌一个人赤手空拳地站在运输船上，望着面目狰狞的冰块，有些不知所措。岸上有附近的村民目睹过无数次黄河冰凌，知道其中的危险，便扯起嗓子向廖宗斌大喊：“快跳河，船上太危险！”

廖宗斌好像没有听见，回头看到运输船上有支不知从哪里来的木桨，便拿起木桨，奋力撑着不断涌来的冰块，尽量使运输船不受撞击。

见廖宗斌被冰凌围困，与水打过无数次交道的俞光印焦急万分，他伸着脖子大喊：“廖副处长，快跳河啊——”

廖宗斌大声回了一句：“我在，器材就在！”

当岸上的村民喊着让廖宗斌跳船时，他脑子里迅速算出一笔账：跳河，曾经的“蛙人”水性好，河水又不深，游到岸上没有问题，但浮箱就只能任由冰凌摧残了，上百万元的国家财产，必定遭受灭顶之灾，而且要重新从几千里的舟桥处驻地调拨器材，建桥工期延误不说，这争分夺秒的工程方方面面的损失，真的是不可估量啊！

如此想着，廖宗斌手里紧紧拿着那支木桨，像战士紧握钢枪一样，时刻准备迎击来犯之敌。

来犯之敌是谁？

是冰凌！

冰凌比真正的敌人还无情！

冰凌没有生命，廖宗斌有生命，但那一刻的他，根本没想到自己生命的重要性。

廖宗斌是舟桥处的一个老“蛙人”，他和黄河打了半辈子交道，无数次潜入黄河底。他相信自己利用丰富的水上水下经验，能够保护好这些器材，把损失降到最小。

此时，被冰凌围困的，除了廖宗斌，还有机动舟上的司机胡黄金。

胡黄金本来想驾驶机动舟来接应被困在运输船上的廖宗斌，结果也被困在了冰阵里。

机动舟被冰块包围着，已毫无动机可言，胡黄金几次试图发动机动舟向运输船靠拢，都没有成功。看到廖宗斌没有跳水逃生，胡黄金打消了弃舟的念头，与廖宗斌前后相跟，跟冰凌斗争着，开始了极其危险的黄河漂流。

赶来救援的人，爱莫能助，只能在岸上跟着运输船跑。

运输船被冰凌挟持着，顺着弯曲的河道漂流而下。站在船上的廖宗斌，始终保持着高度的警觉，一旦发现大的冰块靠近，他就赶忙用木桨撑开。同时，他寻找着机会，设法向岸边靠近。他用尽所有的力气，与冰凌缠斗着，总想找到一个突破口，却一直没有成功。

此时，天已中午，廖宗斌感到身体又累又饿，他的注意力也开始分散，而且口渴得厉害。无奈之中，他俯身捧起一捧浑浊的河水，一仰脖子倒进嘴里。冰凉的河水一入肚，激得他打了一个冷战，突然之间，身上就增添了一股力量。

这时候，同事和闻讯而来的附近村民，一直在岸上跟着他们跑，大家都在想方设法营救廖宗斌和胡黄金，这其中也包括项目经理俞光印。

“我们在岸上跟着浮箱跑，只见大大小小、层层叠叠的冰块，挟持着浮箱往下游漂，不知什么时候就可能发生意外，特别担心廖副处长遭遇不测。当时，我真是害怕极了。不过，大家也由衷地钦佩廖副处长镇定自若的风度和为保护国家器材横刀立马的豪气。那个年代，通信条件不像现在这样发达，我派人通过甲方工地的电话，把情况向处领导作了汇报。据说，中国铁道建筑总公司的领导接到舟桥处的紧急报告，已经在考虑租用直升机进行救援了。当时，用十万火急来形容我们的心情，真是一点也不为过。现在想起来，那情景仍旧历历在目，就像发生在昨天的事情。”回忆起三十年前的事情，俞光印依然激动不已。

廖宗斌的运输船和胡黄金的机动舟前后相跟着，漂流得越来越远，岸上的人也越来越提心吊胆。因为他们知道，更大的危险正在逼近。

运输船已经过了蒙晋陕三省交界的老牛湾，到了水流相对和缓的小牛湾。过了小牛湾，就是著名的晋陕大峡谷，也就是九曲黄河上落差最大、水流最湍急、河道最曲折那一段，其束口处，就是令无数游人惊叹的壶口瀑布。

熟悉黄河的人都知道，壶口瀑布地处晋陕大峡谷中段，两岸夹山，滔滔黄河到此被两岸苍山挟持，束缚在狭窄的石谷中，600 多米宽的洪流骤然收束为 30 多米。这时的黄河水，奔腾怒啸，山鸣谷应，形如巨壶沸腾，最后从 20 余米高的断层石崖飞泻直下，跌入 30 余米宽的石槽之中，如万马奔腾，如巨龙鼓浪，惊涛怒吼，声震数里。如此之地，廖宗斌再不抓住这个机会，一旦漂到下游，就只能去闯一去难返的"鬼门关"了。

作为曾经的铁路老"蛙人"，廖宗斌熟悉黄河的每一段，所以他心里很明白，这是最后的机会，一定要抓住。于是，他抖擞起精神，一面躲避着冰块的撞击，一面寻找着冰阵的缝隙，努力使船往岸边靠。

也许是一路狂奔的冰凌有些力乏了，也许是老天眷顾廖宗斌，漂流到黄河的一处拐弯处，冰凌终于露出破绽，有些冰凌往左岸跑，有些冰凌往右岸跑，中间给廖宗斌让出了一块平缓之地。廖宗斌看准机会，用力撑起木桨，利用一块大冰的反弹力和水流方向，顺势向岸边靠去。这时候，岸上的人们同样眼疾手快，迅速抛出绳子拉住了运输船，大家七手八脚，总算把运输船拖住了。

下午 2 时 30 分，廖宗斌和器材回到岸上。已感疲倦的他，看了看完好无损的器材，脸上露出了欣慰的笑容。而此地，距晋陕大峡谷的入口处不过数公里，已抬眼可望。这时候，有人告诉廖宗斌，他在黄河上的生死漂流历时 5 个小时，行程达 50 多公里。

廖宗斌听后，笑着做了一个耸肩的动作，那样子像是在说：怎么样？中国铁路"蛙人"不仅能与水斗，还能与冰凌斗！不管冰凌还是水，在铁路"蛙人"面前都得甘拜下风。

廖宗斌上岸不久，紧随而来的胡黄金驾着机动舟也想缓慢地靠近河岸，却依然被冰凌阻隔着。后来，在当地渔民木船的接应下，他才终于靠了岸。在机动舟上呆了五六个小时的他又冷又饿，刚被同事们搀扶着离开机动舟就昏了过去。

多少年后，廖宗斌回忆起当时的情景，并没有为自己当时所面临的危险感到后怕，更没有为自己的选择后悔。他半是思索半是幽默地说："都说'蛙人'水性好，但在黄河上遇到冰凌，再好的水性也无济于事，只能眼睁睁地跟着冰凌跑。等把冰凌跑累了，也许你就得救了。"

这话有些幽默，却也是事实。

黄河之水有性格，黄河冰凌很难缠，无论什么时候遇到，都会令人不寒而栗。

2014年，铁道战备舟桥处去内蒙古乌海、银川兵沟黄河铁路大桥施工时，又一次遭遇了栈桥被冰凌和洪水冲断的险情。参与施工的干部职工为保护器材、保证工期，同样与冰凌进行了一场生死缠斗，最终依然以胜利告终。

历史给予强者的机遇和胜利，往往都在危难之中。

19."蛙人"与调水调沙

"黄河之水天上来，奔流到海不复回。"诗人李白千年前描述的黄河盛景，在2004年6月19日，真的出现了。

天上之水，滔滔不绝，气势磅礴，宏伟壮观。

当然，这情景发生于我国第三次黄河调水调沙试验。

这场世界水利史上规模最大的人工扰动试验，旨在通过调控水库泄水，把淤积在黄河河道和水库中的泥沙尽量多地送入大海，冲刷河床，缓解泥沙淤积，让黄河这条地上悬河不再抬高。

这天上午9时，小浪底水利枢纽多个闸门依次开启，几股巨流从排沙洞中喷涌而出，昂首冲向天空。喷涌而出的激流翻滚、咆哮、撞击、交织着，在天空中聚成一座水山，随即又倒塌在近百米外的消力池中，化作洪流，以排山倒海之势滔滔而去。

在下游1000多公里的黄河河道上，近百艘扰沙船一起扰动着河道，河底被搅起的滚滚黄沙，随着洪流奔腾向海。

这是人类治黄史上科技含量最高的一次试验。

国家黄河防汛抗旱总指挥部借助黄河干流水库防洪预泄“洪水”，通过对万家寨、三门峡、小浪底三座水库的联合调度，利用“人造洪峰”冲刷下游河道，以达到冲沙入海的目的。

在人类治黄史上，此次试验的时空跨度最大、技术难度最高，具有空前的挑战性。特别是人工扰沙、人工塑造异重流手段的运用，都是世界水利史上前所未有的创举。而本次试验所得到的试验数据，将为黄河泥沙治理提供珍贵的资料。

黄河水利委员会是这次调水调沙的中枢，一切号令都从这里发出，一切过程都通过这里的监控系统掌握。小浪底的放水冲沙现场和山东梁山段的人工扰沙现场，则是调水调沙最关键、最有特色的地点。而负责山东梁山段人工扰沙试验的，正是铁道战备舟桥处的施工人员。

“时间紧、任务重、风险高！”这是当时参加人工扰沙试验的浮桥段段长汤金亭的感触。

“这个项目是山东黄河东平湖管理局委托德州黄河河务局力邀铁道战备舟桥处参加的。因为时间紧（试验过程是25天）、风险高，又是水利部的重点试验项目，许多水上施工单位都不敢接。”汤金亭告诉笔者，作为国家交通领域的一支重要专业保障力量，铁道战备舟桥处果断地接下了这个艰巨的任务并交给浮桥段组织实施。

对十多年前的那场试验，汤金亭仍然记忆犹新。他说，他们提前几天就接到了参加黄河人工扰沙试验的通知，要求他们在梁山从朱丁庄开始的10公里黄河上，设置15个人工扰沙平台，必须在6月19日前具备试验条件。

接受任务后，浮桥段当即召开了紧急工作会议，明确了工作分工。

“浮桥段一直与水打交道，熟悉水上作业的相关流程，而且有些人员也曾经是铁路‘蛙人’，即使进行潜水作业，也没有什么问题。”当时，汤金亭负责人员调配和组织，总工程师刘静负责人工扰沙船的拼组设计，队长方建良负责车辆租用和器材设备的调遣。6月8日，汤金亭带着60余人进驻了东平湖石洼进湖闸。第二天，8艘机动舟和所有器材设备运抵现场，并连续进行下水安装。最难的是扰沙平台的安装、锚碇和移动问题。面对困难和压力，汤金亭和大家一起认真分析情况，研究对策，连夜召开职工大会，并强调任务的重要性和对国家治理黄河的重大战略意义，激发了大家的干劲和激情。

虽然是在水上，但那是一场没有硝烟的战斗。大家严阵以待，丝毫不敢懈怠，每天早上5点起床，6点准时到达现场施工，中午不休息，晚上干到8点多，每天工作长达14个小时，午饭和晚饭从没有按点吃过。超长的工作时间和高强度的体力劳动，使干部职工经受了一次严峻的考验。

试验的风险极高，特别是人工制造“洪峰”，让平时流量每秒仅为300立方米的黄河水流，在短时间内达到每秒3000立方米。总工程师刘静告诉笔者，铁路舟桥器材设计的适应环境，一般为流速不大于每秒4米，风力不大于6级，浪高不大于1米，尚无在流量大、流速快、水位高的黄河汛期条件下使用的先例。所以，这次调水调沙人工扰动试验，对舟桥器材是一次全新的考验。

6月19日上午9时，试验正式开始。

10公里的黄河河道上，15个人工扰沙工作平台同时扰动了起来。

刘静说，在高压泵的压力作用下，黄河水底的泥沙被搅动起来，滚滚的黄沙随即被咆哮而来的“人工洪峰”冲向下游，带向大海。

人工扰沙试验最大的挑战，是恶劣的天气和工作环境。

稍微有些常识的人都知道，每当汛期来临，水上施工项目一般都会停止作业，山东境内黄河上的浮桥也都会被拆除，以防被洪水冲垮、冲走。但调水调沙人工扰动试验，必须要在“汛期”和“洪峰”中进行。面对万马奔腾般咆哮而来的黄河“洪峰”，就算再心惊胆战，施工人员也要坚持完成每天的人工扰动作业。

“白天还好，毕竟人多胆气壮。但是到了夜间，听着耳边黄河水的嘶吼，胆子再大的人也会心生怯意。”浮桥段的几个铁路老“蛙人”，早年都曾有过潜水作业的经历，突然让他们在河道里望着滔滔东流的黄河水忙碌，还真有点不太适应，用他们的话说：“与水斗，就得深入到它的心脏里。”

调水调沙所进行的扰动试验，看到的虽然是水的表面，扰动的却是水的五脏六腑，而且黄河上的

⊙ 铁路“蛙人”们随时巡查水中铁路大桥的安全。
拍摄：朱砚茹

蚊虫特别多，给老“蛙人”们裸露的皮肤上，留下了无数叮咬的印记。

六月的山东，恰逢雨季，刚刚还艳阳高照，酷热难耐，转眼间就乌云满天，下起了暴风骤雨。而黄河上的暴雨又格外地大，雨水扯天扯地，瓢泼一般，打得人睁不开眼。大家顶着风，冒着雨，把黄河水搅动了个翻江倒海。

为保试验的安全，晚上浮桥段的工作船都靠岸停放，每条船上安排两名职工看守，汤金亭、刘静和方建良几位领导轮流值班巡查。他们在 10 公里的河道、15 个点的工作平台间来回穿梭着，大有“乌蒙磅礴走泥丸”的心态。

人工造成的“洪峰”与真实洪峰的威力不相上下，本来靠岸停放的工作船，总是被漫滩的黄河水推向河中。有时候，工作船还会被冲到滩涂搁浅，曾经的“蛙人”们，不得不拿出与水缠斗的劲头与泥沙缠斗。就这样，25 天的人工扰沙试验过后，他们将 6000 吨泥沙送入了大海，让山东梁山段黄河下游的河床下降了 14 米。

有人说，铁路“蛙人”们的工作常常是紧急下潜，没想到的是，他们竟然也有从水底浮到水面战泥沙的经历。其实，潜水这个小小的专业，不仅仅是在水底，更多时候他们还要做连接国泰民安、世界和平的大事情。比如这次参与调水调沙，比如参加抗美援朝战争。这个从历史中走来的人数很少的“队”，出了许多可歌可泣的英雄模范，而他们的英雄事迹很多不是在水下，因为他们的本领也同样展示在陆地上。

20. 抢险之“舞”

2004 年 1 月 18 日，农历腊月二十七，还有三天就是除夕，灰蒙蒙的天空中飘着雪花，零星的鞭炮声此起彼伏，年的味道越来越浓了。

就在这一天13时15分，一个电话打破了铁道战备舟桥处机关大楼昔日的平静。值班室接到济南铁路局指示：济南泺口黄河铁路大桥第3孔第4节纵梁与横梁连接角钢开裂，共有竖直裂纹7处，裂纹最长达5.2厘米，严重危及行车安全，该桥已于1月18日12时20分被封锁。现命令你处，立即组织人员赶赴现场抢修，务必于1月19日凌晨4点，完成临时支墩抢架任务。

2004年的春运大潮从1月7日开始涌动，因这一年的元旦、春节间隔时间短，学生放假与民工返乡时间重叠，春运期间铁路运输异常繁忙。在这个节骨眼上，这座每天承载着30趟旅客列车的百年老桥如果出现险情，就会导致列车停运，这意味着每天将有数万人不能回家过年。

旅客急！

铁路部门急！

铁道战备舟桥处的干部职工急！

铁道战备舟桥处相关人员恨不得插翅飞到那个离驻地30多公里的大桥上，以最快的速度排除险情，恢复列车通行。

13时20分，时任处长张林安、处党委书记赵业亭组织相关部门召开了紧急会议。

响鼓重锤，号令如山。按照分工，他们兵分两路，一路摸清险情，察看现场，制订抢险加固方案；一路迅速调度浮桥团队、物资团队、“蛙人”团队里的相关应急保障人员、器材设备和运输车辆，做好人员运送和器材设备装车工作，保证人员和器材设备在指定时间到达抢险现场。

夜幕降临时，40多名身着迷彩服的应急保障队员，携带着装载好的抢修器材，从驻地赶到了抢修现场。当吊机和运送器材的货车准备向预定位置开进时，突然被一片洼地拦住了。由于汛期洪水漫滩冲刷，整个黄河滩一分为二，中间形成上硬下软的河滩湿地，车辆、机械设备根本无法进入抢拼墩位处，只能停放在距离抢险现场100多米的黄河大坝边。

怎么办？

几十双目光一齐望着处长、书记。

赵业亭的话一字千钧：“我们只能背水一战，人抬肩扛也要把器材运过去。一边运输一边抢架，保证按时完成任务。”

两套八三墩杆件，还有其他抢险器材、物资，总重量60多吨，全部靠人抬肩扛运到作业点。河床上泥沙稀软，脚一踩上去就直往下陷，更别说抬着重物从上面走了。当务之急是找来木板，铺垫一条临时通道。浮桥段二队队长陈新年带着队里的几名职工，费尽周折买来门板，很快铺成了一条通往大桥抢险现场的通道。

大伙儿干起活来浑身冒汗，脱掉了军大衣还嫌热，有的索性只穿着衬衣干活。一百多根枕木很快运送到位，重达260多公斤的八三墩杆件被12名队员奋力抓起，快速抬走，朱明福、刘华细、胡黄金、李庆福、陆汉天……他们有的来自浮桥团队，有的来自“蛙人”团队，还有的来自施工团队，但无论来自哪里，他们都仿佛化作了一个人，在紧张有序的拼组中，使得临时支墩不断升高，再升高……

隆冬的黄河河道，气温降到了零下十几度，作业现场离黄河水域仅30米，风从河面上吹来，刮在脸上如刀割一般。手冻肿了，脚冻疼了，却无一人顾及。然而，这个时候的老天爷偏不作美，像是突然之间，雨雪相伴而来，大朵的雪花伴着露珠一样的水滴，在狂风推动下朝着人们劈头盖脸地砸了过来。

有诗人说过，雨雪是天空的语言，是天空在向大地发表演说。

只是，那一刻的雨雪并不温柔，而是疯狂到了极点，急一阵，缓一阵，如激荡的情绪一般起伏跌宕着，使得气温降了再降。没办法，即便下刀子，也挡不住舟桥人的铁血之旅。他们在黄河河道里使出浑身解数，演绎着一出“抢险之舞”。而他们中的铁路“蛙人”们，也不得不将水下功夫搬到水面上，拧螺丝，抬钢梁，在脚手架上爬上爬下，还真如飞檐走壁的舞者，显现着冲决一切、决绝一切的英雄气概。

“突如其来的事件，考验着我们的智慧和行动力。”忆起那次抢险，浮桥段段长汤金亭表情豪迈。他说到了晚上八点多，才突然想起大伙儿还没吃晚饭，便立马安排人去附近买吃的。但因马上就要过年，生意人大多关门歇业，附近竟然没能找到一家店铺，最后驱车十几里才好不容易找到一家包子铺，但等买饭者兴冲冲地将饭带回来时，原本冒着热气的包子已被冻成了一个个冰疙瘩。

寒星瑟瑟地眨巴着眼睛，刺骨的北风呼啸着，头顶上那座已经不通火车的大桥显得格外落寞。这个时候，不知是谁带头唱起了那首耳熟能详的《铁道兵志在四方》。刹那间，嘹亮的军歌奏响了铮铮铁骨，飘扬的旗帜映红了铁血魂魄……

⊙ 早年的铁道兵潜水队，在艰苦条件下进行潜水作业。

从头一天下午开始作业，一直到第二天凌晨，舟桥人在凛冽的风雪中连续奋战了 7 小时 40 分钟，提前两个多小时完成了抢险任务。1 月 19 日凌晨 3 时 15 分，中断行车将近 15 个小时的济南泺口黄河铁路大桥宣告通车。伴随着清晨的第一缕阳光，一列从杭州开往齐齐哈尔的绿皮火车缓缓驶过了济南泺口黄河铁路大桥。

坐在火车上经过这座大桥的旅客不会知道，有一支队伍在这座大桥下面整整奋战了一夜。他们中有铁路“蛙人”，有技术人员，他们都是曾经的铁道兵……

21. 普通的才是重要的

谁都知道，太阳每天从东方升起，春天播种，秋天收获，是天空和大地滋养了世间万物。天地有着一颗仁慈之心，而这颗仁慈之心的种子，早已根植于铁路“蛙人”们的血脉里。

这样的血脉，犹如一盏尚善布善引导生命的灯，照亮了水，照亮了地，照亮了人心。

这样的亮光，必定会凿出一方敬仰生命、拯救生命的碑。

于是，铁路“蛙人”们便在很多时候为生命提灯，为生命凿碑。

宋海军、蒋国军都是舟桥处潜水段的职工，两个人的名字里都带有一个“军”字。接受采访时，他们说，他们从小就热爱军旅生活，成为铁路“蛙人”后，更喜欢铁路“蛙人”像军人一样的强大精神、过硬素质和仁义之心。

2021 年 8 月的一天，蒋国军正在东明黄河大桥上准备下水作业，不远处突然传来“扑通”的一声。他扭头一看，湍急、浑浊的河水中一个身影正一上一下地沉浮着，挣扎着。他心中一紧，说了声“不好”，赶紧拿起身边的救生圈向落水者抛了过去，但距离太远，救生圈绳子不够长，根本抛不到落水者身边。

此时，水的流速很大，除了可能溺水，落水者还面临被泥沙呛到窒息、被急速的水流冲走的危险，情况十分危急。蒋国军没再多想，他飞速跑到桥下，一个鱼跃跳入水中。

作为铁路“蛙人”，他当然有较好的水性，但面对人命关天之事，蒋国军还是有些紧张。

事后，蒋国军对同事说，水下作业和在黄河里救人，完全是两回事。别认为自己是“蛙人”，游泳技术多么好，其实真遇到如此紧急之事，所学的“蛙人”技术根本都用不上了。那一刻他迎着急流使出全身力气游向落水者，情急之下所用的不再是已经驾轻就熟的蛙泳姿势，而完全成了最原始的“狗刨式”。好在他的游泳速度不慢，终于在落水者将要往下沉的时候一把拉住了她。但是，落水者却一心求死，她一边挣扎着，一边拍打着蒋国军不肯配合，让蒋国军不要救她。

这时候的蒋国军不再紧张了，他的“蛙人”技术开始发挥了作用。他一边踩着水紧紧抓着落水者不放，一边劝说着落水者，对她说生命多美好啊，活着多有意义，为什么要死呢？想想你的父母，想想你的兄弟姐妹，你有死的权力吗？落水者是附近村庄里的一名妇女，在蒋国军的劝说下她慢慢平静下来，配合着蒋国军慢慢往岸边游。在随后赶到的同事的协助下，蒋国军终于将落水者拉到了岸上。

闻讯赶到的轻生妇女的家人，见落水者已经没有大碍，便深深地给蒋国军鞠了一躬，还掏出现金要感谢蒋国军。蒋国军谢绝后，又对轻生妇女劝道：“人从呱呱落地拥有生命那一刻起，就承担起了上天赋予的使命，上有父母，下有子女，怎能轻而易举地把生命抛弃呢？”

后来，轻生妇女专门跑到施工现场感谢蒋国军，说每个人在生命中都可能遇到好人，也可能遇到不好的人，但好人的形象往往就像一个地方的某个地标，会深深地嵌进人的内心里。东明黄河大桥就是她心中的精神地标，看到大桥，她就会想起蒋国军劝她的话，就会想起恩人的大仁大义……

“人的生命只有一次，没有什么比生命更重要。所以我们每一次救援，都会竭尽全力，而且常常会忘了自己的生死……”

说这话的是宋海军，他不仅亲眼见证了蒋国军下水救人，自己也屡次下水救人。

接受采访时，宋海军告诉笔者，每一次下水，都是一次考验。救人的水域有时潜伏着暗流、漩涡、水草、渔网等各种危险，特别是在黄河里救人，危险程度可能要比其他水域大上好多倍。

对此，宋海军是有亲身体会的。

蒋国军救人后不久，同样是在东明黄河大桥上，同样是在一个下午。宋海军正在桥上准备下水作业，突然听到远处的蒋国军一声大喊：“有人跳河！有人跳河了——”

宋海军朝着蒋国军所指的方向一看，距他大约400多米的桥墩下，湍急的黄河水中，有个人正在水里挣扎。他吓了一跳，转身拿起固定地点的救生圈，以百米冲刺的速度从桥上跑过去。他一边跑，还一边冲着远处的蒋国军喊：“再叫几个人来帮忙，快！”

蒋国军立刻反应过来，一边拿上救生物品，一边拨打了急救电话。

宋海军在桥上沿着落水者漂流的轨迹，将救生圈从临时栈桥上准确地抛到了落水者身边。出于本能，落水男子慌乱地抓住了救生圈，但顺水漂流中，因受到施工管桩的阻挡，他被水流冲到了靠近岸边的浅滩位置。宋海军跑到桥下，跑向落水者移动方向的岸边。这时候，落水者因体力不支，已经慢慢松开了抓住救生圈的双手。情况十分危急，宋海军飞身跳入水中，拼命向着落水者游了过去。他知道，每慢一秒，落水者的生命就危险一分，为了救人，他必须拼命往前游。经过一番奋力拼搏，宋海军终于迎着滚滚急流游到了黄河中央，当他抓住落水者时，对方已没了知觉，任凭他怎么喊叫，落水者都毫无反应。宋海军只能使劲冲破水流，拉着落水者缓慢地往岸边移动。多亏蒋国军和其他同事赶了过来，大家一起动手，终于将落水者拉到了岸上。此时，民警和医护人员也赶到了现场，立即展开抢救，落水男子最终脱离了生命危险。

其实，铁路“蛙人”们在黄河里救人已经有过无数次。他们说，每一次在江河湖海里救人，除了需要冷静，还经常要在极限情况下与时间赛跑。

五年前一个秋天的傍晚，劳累了一天的河津项目部班长段长江，正与同事在施工工地附近的黄河大堤上散步乘凉。突然传来一阵喊声：“有人跳黄河了，快救人啊……”

段长江循声望去，只见一位身穿红衣的女孩从黄河大堤 1 号导流坝附近下水，已经走进河中 200 多米，而且还在继续向河里走。

情况十分危急，段长江一边让同事郭西华回宿舍取救生衣，一边飞速跑下黄河大堤，并高声喊着提醒女孩赶快回来。女孩像是没有听见，依然往水里走，片刻之间就被奔腾的水流冲进了漩涡中。见状，段长江奋不顾身地跳入水中，以最快的速度向女孩游了过去。但因水流太急，水下暗流更是千回万转，女孩两次被淹没，又两次挣扎着浮出水面。段长江经过几次努力，终于用双手把女孩托出了水面，踩着水缓慢地向浅水区游去。

由于短时间内体力消耗过度，已年过半百的段长江感到体力不支，幸好此时同事们快速赶来，大家一起将女孩营救上岸。

后经了解，女孩刚满 16 岁，是一名初二的学生，因受到老师批评，一时想不开跳了黄河，幸亏段长江及时相救。事后，女孩家人专程赶到项目部表示感谢，段长江谢绝了女孩家人的酬谢和媒体采访，默默地回到了工作岗位上。

一滴滴水折射出了太阳的光辉，一个个故事展现着铁路“蛙人”们的风采。

接受采访时，刘钦岭曾告诉笔者，这么多年来，铁路“蛙人”在江河湖海里救人已是家常便饭，空闲时间大家喜欢花时间学习潜水知识，钻研巩固潜水技能和研究潜水装备，但也从没忘记分析国内外各类水域的救援案例，通过水上救助显现铁路“蛙人”的担当。

对此，也许有人会说，作为一支专业的“蛙人”团队，在水上救救人，不过是很普通的事件而已。这话似乎没错，但要知道，普通的才是重要的，更普通的就是更重要的。

第六章
他们正年轻

22. 李壮的模样

有一句老话这样说：火车一响，黄金万两。

铁路用速度与便利，“拉动”了经济发展，也带动了“内需”。而铁路人，作为一种职业，一直被人们所向往。铁路“蛙人”团队的每一个成员，同样是“铁路人”，却一直与水打交道。

对此，有局外人猜疑，他们思想上就没有波动吗？潜水工作苦累不说，还那么危险，想没想过离开？潜水工作大多在野外，顾不了家，常常四处奔波，坚守需要怎样的精神支撑？

接受采访时，舟桥处潜水段党总支书记潘永明说得好：中国铁路的品格本来就是逢山开路，遇水架桥，勇于攀登，吃苦耐劳，而且一代又一代，代代相传，赓续不断。

对于铁路“蛙人”，人们有诸多不解。

其实，铁路“蛙人”们与其他铁路人一样，为铁路的速度、便利与安全默默地奉献着，他们的每一次作业，都是在用粗壮的手，衔接起一个民族的水底脐带。

这是一首生命之歌，所有的壮志，都深埋于心。

走进如今的铁道战备舟桥处潜水段,会发现这里活力四射,这里斗志昂扬。

如今，潜水段的潜水员大多都是年轻人，在师父刘钦岭的带领下，这帮年轻的中国铁路“蛙人”们，无时无刻不在用拼搏描绘着生命的色彩。他们是中国铁路潜水事业的生力军，他们代表着这支队伍的水平和精神。于是，笔者走近了中国铁路“蛙人”团队的年轻人。

第一个接受采访的年轻“蛙人”，名字叫李壮。

正好是一个周末，铁道战备舟桥处宣传科科长渠志纯说，李壮难得有空居家，可以联系他了。接到笔者的采访电话，他没有任何多余的话，只在电话中说了三个字：“你等着！”

仅仅十分钟，他便风一样“刮”到了笔者面前。

“来得这么快？”笔者说。

“离你这里不远，骑上电瓶车，瞬时就过来了。”李壮说。

小伙子真年轻，用时下的话说，嫩嫩的脸庞掐一下就能出水。

多好的青春！

在漫长的岁月里，这样的小伙子必定是中国铁路“蛙人”团队的希望。

“做潜水员之前，是不是挺喜欢游泳的？”笔者问。

“之前我根本不怎么会游泳。我生在农村，也就在小河小沟里玩过水，上大学的时候都没想到能当潜水员，更别说领略真正的水下风光。”李壮说。

“水下风光是不是很美好？”笔者问。

“怎么说呢？有时候挺美好，有时候挺可怕。”李壮说。

小伙子有点腼腆，脸上带着微笑，但给人的感觉是不怎么好意思。他告诉笔者，他今年刚满 28 岁，2017 年入职潜水段，以全优的成绩通过了潜水员的资格考试。五年多来，他已经累计潜水 350 多小时，最深时潜到了水下 18 米，顺利完成了 88 座铁路大桥的检测任务，如今已是铁路“蛙人”

团队的业务骨干。

350多小时，这是一个数字，也是一个时间。仔细一想，会不会被吓一跳？

一天24小时，十天240小时，350多小时将近15天，一个人潜入水底待上15天，会是什么样子呢？

当然，李壮说的是累计时间，累计时间不能连续算天数，但350这个数字，却真真正正地饱含着丰富的生命价值，这应该是不可否认的吧？

火车在远处轰鸣，四周静寂无人，这世上没有第二个人知道李壮这一次下水水底会是什么样子。但李壮说，他从一开始就喜欢潜水，尽管原来并不太会游泳，但喜欢水似乎是自己的天性。所以，2017年从湖南科技大学体育教育专业毕业后，他就通过考试当上了潜水员。

“报名时我不知道是当潜水员，只知道是铁道战备舟桥处，不知道具体去哪个单位。后来被录用，说是到潜水段当潜水员，我还以为是听错了呢，铁路系统怎么还需要潜水呢？进一步了解后，我突然就高兴了起来，其中有好奇，也有年轻人的跃跃欲试……”

潜水是集危重急苦于一体的工作，这样的工作需要有良好的身体素质，李壮说，也许是因为他在大学里学的是体育专业，领导以为自己身体素质好，就挑选自己当上了潜水员。没想到的是，挑选潜水员的体检几乎和挑选飞行员一样严格，个别项目甚至还有特殊要求。潜水工作需要的是健康旺盛的活力，而健康旺盛的活力，常常储存在年轻人的生命里。

说起当潜水员的经过，李壮很兴奋。紧接着，他又讲起了在浙江兰溪金建铁路兰江特大桥水下作业的情景。他说那时候，正是人间四月天，美丽的兰江水绿如蓝，看上去就像一幅漂亮的水墨画。黛影碧波间，他和铁路“蛙人”团队的同事们紧张地忙碌着。

大桥桥墩立于十几米深的江水中，李壮随着一尾冲锋舟踏浪而至。

虽然已经有过很多次潜水经历，但他心里还是有些忐忑，生怕在水下遇到问题。

李壮说，他每一次下潜都会有些心理反应，这很正常，而且这些反应也基本都会被克服，有时也就持续几秒钟，不影响下潜。不过那一刻，他突然想起小时候在沙滩上和小朋友玩埋人游戏的情景。

“按说我不应该想起那样的游戏，不知道为什么，脑子里突然就闪现出来了。”李壮说。

人在小时候大都玩过那样的游戏，用沙子在人身体上堆起来，让躺在沙滩上的人体变成一个沙塑的模型。埋完了，大家拍手称快，躺着的人，光露着眼睛，眼睛一眨一眨，看上去特别有意思。

游戏很好玩，但作为一个潜水员，一旦在水下遇到流沙，可就不好玩了。

李壮说，他想起师父刘钦岭还有前辈“蛙人”孙庆顺在水底被流沙埋过的事，不觉心里分外忐忑。

双腿一旦被沙子埋住，就得动也不能动地站立几个小时。自己能够解决问题还好，如果解决不了，也许生命就会随流沙而去……

好可怕的想象！

李壮说着，自己先笑了。

是啊，下水的那一刻，怎么会想到这样的事呢？

很多人大概都不知道，宇宙里原本就到处充满着这样的“二律背反”之谜。李壮作为年轻的铁路“蛙人”，自然也不可避免。

脑子里的沙滩埋人游戏一闪而过，他一个倒式入水翻入江中，慢慢下潜到了 10 米左右的江底，眼前所呈现的密密麻麻的钢管桩，一下将他震撼住了，他不由地感叹：人类征服自然的能力多么神奇！多么伟大！

他此行的任务是进行水下电气切割作业，要将一根没有用的钢管桩割除。

根据队友的实时引导，李壮在水底缓缓探摸着，移动着。终于，他摸到了需要切割的钢管桩，他欣喜地冲着岸上喊了一声：“好，来电！”

伴随着电焊枪嗤嗤的响声，一团明亮的焰火在昏暗的水底燃了起来，慢慢熔化着要切割的钢管。

一番作业之后，李壮没遇到任何问题，他很高兴，又冲着岸上喊了一声：“好，断电！”

火光停止后，李壮仔细地检查着已熔切口。确认切割方向正确后，他继续要求岸上通电切割。一道道金色的电火花在水底“嗤嗤”飞溅，忽明忽暗地映照着李壮布满汗水的面庞。

就这样，切割、确认，再切割、再确认……

简单重复的动作，在十几米的水下持续了一个多小时后，一根直径82厘米的钢管桩切割完成了。

“开始起吊！”李壮再一次向岸上发出指令。

伴随着江中栈桥平台上履带吊的轰鸣声，那根钢管桩被缓缓吊出了水面，李壮这一次的作业顺利完成……

上岸后，李壮脱下50多公斤重的潜水作业装备，接过同事递过来的水壶，一饮而尽。

“那一刻，特别安逸。”李壮说。

“是不是很有成就感？”笔者问。

“那是啊，虽然只是一根直径82厘米的钢管桩，可那是在十几米深的水底切割的。”李壮脸上显现着自豪。

李壮告诉笔者，在跟随桥梁检测队潜游大江大河的路上，他印象最深的是首次实战：京沪高铁黄河特大桥下的潜水作业。

“在黄河上作业，是不是很刺激？”笔者问。

“不是刺激，是激动。”李壮说。

“为什么激动？”笔者问。

“俺老家是山东禹城，离黄河很近。俺从小就对黄河很向往，能够在黄河水里扑腾一回，也算是一种故乡情呢。”李壮说。

波澜壮阔的黄河，奔流不息。京沪高铁黄河特大桥下，李壮一边穿着潜水装备，一边看着滚滚东流的母亲河，心情无比激动。此次，他主要负责探摸排查3号桥墩是否有水流冲刷形成的掏空、孔洞等情况，并进行摄像记录。

谁都知道，黄河水浑浊度高、流速大，水下环境复杂，特别是冬天水温过低，这些因素都会增加水下作业的难度。

李壮把下潜注意事项在脑中过了一遍，便开始下潜。没想到，刚刚下到水底，来势汹汹的暗流就给他来了个下马威，差点儿把他冲倒。短暂的适应过后，李壮按照“增加负重来固定自身平衡”的作业预案，在水底摸到一块大石头后，立马把它抱在怀中。随后，他在队友的引导下，慢慢爬到作业位置，开始缓慢地进行作业。

文学作品中从不缺对黄河的描写，比如，黄河水像千万匹金色骏马，踏起黄沙，尘土飞扬，一路风驰电掣；黄河水如一群黄龙，前赴后继，挟雷裹电，大有从天而降之势……在李壮的印象中，黄河水的特点一个是湍急，一个是暗流多。在水底，他被冲得站不住，不得不调整身姿顺应着水向，一手抱着石头，一手对桥墩承台进行检查、摄录。95分钟后，作业顺利完成。在队友的帮助下，他浮出了水面。摘下潜水面罩，头上热气升腾，贴身的保暖衣已被汗水浸透。迎接他的，是领导和同事们的阵阵掌声……

李壮告诉笔者，当潜水员五年多来，他跟随桥梁检测队潜游了长江、黄河、鸭绿江、漳河、京杭大运河、藕池河、涞水。走南闯北的“蛙人”生涯，见证了他从“清瘦书生”到黝黑健壮铁路人的成长，也定格了他在大江大河中挥洒青春的模样。

23. 张蓓雨的“超级英雄”梦

23岁这一年，通过层层选拔及专业训练，酷爱游泳的张蓓雨终于成了一名铁路“蛙人”，实现了他渴求已久的“超级英雄”梦。

“超级英雄”来自英文superhero，是美国幻想系作品的正义角色。

近些年，已有众多漫画英雄被搬上荧幕，这些英雄拥有超越普通人的特殊能力，并作出一些不同寻常的英雄壮举，比如保护市民、与邪恶势力搏斗等，而具有“超级英雄”能力的超人、蝙蝠侠、蜘蛛侠、钢铁侠等漫画形象，使很多青少年受到了影响。

作为“95后”的张蓓雨，显然也不例外。

他从小就梦想有“超能力”，敢于除恶扬善，奋勇进击。

2021年，张蓓雨成了铁路“蛙人”中的一员。他知道，虽然已经成为铁路“蛙人”，但想要具有“超级能力”，还需要千锤百炼。为此，他做足了准备。

铁路“蛙人”的工作包括应急保障、桥梁水下检测、潜水打捞、桥梁水下焊接切割等，需要经过多种专业培训取得资格证书后才能下水作业。而为了取得资格证书，需要过关的理论课包括流体力学、河床知识、桥墩结构以及数据处理分析，实际操作课则包括设备运用、水下探摸、水下焊接，同时需要具备独自应对各种突发状况的能力。

每一次下水前，铁路“蛙人”们都需要配戴36公斤的配重，穿上17公斤重的铅鞋，再加上头盔、干衣、气瓶等，全套装备一百多斤重。他们平均每次在水下探摸两小时以上，为了铁路桥梁的安全，即使在零下二十几摄氏度的冬天，也要冒着严寒下水。

第一次执行任务时，张蓓雨在工作开始之前让同事帮他拍摄变装视频留念。视频中，变装前后的反差效果和特效音乐结合，让张蓓雨瞬间酷炫变身铁路“蛙人”。工作结束后，他特地将视频转发给了父母，跟他们分享自己实现“超级英雄”梦想的喜悦。

张蓓雨告诉笔者，他从小就爱看“超级英雄”系列电影，梦想着有一天能成为英雄。

“现在我更懂了，只要努力地追逐梦想，勇敢地承担起社会责任，每一个人都能够成为超级英雄。当然，我们所说的超级英雄和动画片里的超级英雄完全不是一个概念。”张蓓雨说，令他开心的是2022年春运，领导让自己加入到了铁路桥梁检测队伍，为守护大家的回家路尽了一份力量。

尽管只是一名“新手”，张蓓雨却毫不掩饰自己的“野心”。他说，不仅想在水下为铁路桥梁做检测，还想熟练地掌握水下焊接、水下切割技术，以及最难、要求最高的水下爆破技术。

“如果把这些技能全部学会，那就成了‘水下王者’，一点火，地动山摇，水花喷涌，江水咆哮……那才是真英雄！”张蓓雨一脸的朝气，一脸的勇往直前。

不久前，这支年轻的队伍受广铁集团邀请，第一次走进湘江流域实施桥梁水下检测。

连接检测设备、装备就绪、人员就位、冲锋舟下水、设备探路……

“一切准备就绪，1号潜水员开始下水！”

随着口令，张蓓雨一个倒式入水，从冲锋船上翻入江中，慢慢下潜到江底。

上百斤重的设备，张蓓雨移动起来并不轻松，岸上的队友根据检测设备，实时引导他如何移动、如何检测。此次，他主要负责排查桥墩是否有水流冲刷形成的掏空、孔洞以及钢筋暴露等方面的问题。

谁都知道，潜水员是最孤独、最危险的职业。潜水员在水下呼吸的氧气、潜水服所需的电能、与水面的通话线路，都是通过一根管子来提供的。因此，这根管子也被形象地称为“脐带”。此外，潜水钟上的热水循环系统，还会通过这个脐带为潜水服持续注入热水，避免潜水员失温。正如母亲体内的脐带一样，潜水员的生命完全维系在这根管子上。如果这套复杂的设备出现任何故障，或潜水员有任何操作不当，等待他们的很有可能是瞬时死亡。

如此，一个优秀的潜水员不仅要具备熟练的水下作业技能，还要有比普通人强大很多倍的心理承受能力和强健的体魄。被选拔为潜水员以来，张蓓雨在学好技能的同时，始终注意身体的锻炼。他说他对铁路“蛙人”这份职业的切身感受就是要克服恐惧，大胆心细，努力创造奇迹。

那一次潜水作业，他通过两个多小时的水下作业，圆满地完成了对铁路大桥3号桥墩的检测任务。

在结束作业从水下上浮后，张蓓雨跟同事分享了自己的感受。他说，在水下探摸时，他感觉自己好像真的变成了“蛙人”，潜游在祖国的江河湖海。那种对潜入水底的亲切感，对铁路桥梁检测事业的使命感，突然之间让他有了一个新的梦想：畅游中国的江河湖海，为所有铁路桥梁做体检，守护好每一座铁路桥梁的水下安全。

加入桥梁检测队伍前，张蓓雨就一直被潜水工作吸引着，学习了全套检测流程后，这些令人眼花缭乱的检测设备，使他更加惊叹科技力量的强大。他希望熟练操作每一件仪器，对每一座大桥的状况都了如指掌。因此，他对所有现代化的潜水作业设备都爱不释手，希望尽快熟练掌握，让它们尽早成

⊙ 祖国的江河湖海是铁路“蛙人”驰骋的疆场。

为自己的“超级武器”！

是啊，“超级英雄”要有“超级武器”，更要有超级思维。

铁路桥梁检测对检测仪器的要求非常高。队员们为将工作做得更出色，在一次次检测中对各种仪器进行钻研和探索，使自己的检测技术突飞猛进。与此同时，检测设备也在不断地更新和完善。此次对洣水河铁路大桥的检测，就在原有设备的基础上，首次采用了新型的三维实时声呐和水下桩基础快速检测系统。

接受采访时，张蓓雨告诉笔者，三维图像实时声呐可实时采集水下真实面貌，将水下的地形处理展现成三维模型，让人在岸上就能直观地看到水底的结构情况；而水下桩基础快速检测系统则如同一台水下机器人，可以提前进行水下探摸。随后，潜水员只需根据它所展现的结果，对重点部位进行针对性的人工探摸，这样不仅极大地减少了水下作业时间，还进一步增强了安全性，提高了作业效率。

“体检”结果显示，大桥健康状况良好，可以继续安全通行。

张蓓雨和“蛙人”团队的队员们团结协作，顺利完成了此次检测任务。

那天晚上，张蓓雨说自己做了一个梦，梦到身上真的冒出了“超级英雄”气，而且那气息看得十分清晰，像一股力量巨大的白雾，直冲云天。

“是不是挺幼稚，挺可笑的？”采访将要结束时，张蓓雨不好意思地说。

“不可笑，科技的创新源于梦想。”笔者说。

“我感觉自己还是不成熟。”张蓓雨说。

“梦想有时候是虚无缥缈的，落在地上也就实在了。”笔者说。

张蓓雨笑了，笔者也笑了。

的确，梦想不仅是诗人花园里永不凋零的花，还是内心的一份守护。

不管梦想是大是小，都弥足珍贵。

笔者十分欣赏年轻“蛙人”张蓓雨们的梦想，也很想追随他们的梦想，即便只是陪他们在进取的路上看风景，也照样能够心潮澎湃。如果没有梦想，这个世界还会有灵智闪烁吗？

张蓓雨还告诉笔者，这几年，他跟随年轻的桥梁检测队伍，游潜过祖国 12 处江河，成功完成了近百座大桥的检测任务，仅 2021 年就检测了 15 座大桥，长江、黄河、鸭绿江、漳河、京杭运河、藕池河、洣水等江河都留下了他们的足迹。

24. “零度介入”的张骞和籍震

两个小伙子，一个叫张骞，一个叫籍震。

他们都是年轻的铁路“蛙人”，从业时间没几年，却意气风发，潜劲十足。

刘钦岭很得意地介绍他的十几个年轻“蛙人”徒弟，采访时一再声称：“铁路‘蛙人’正年轻，潜水事业希望在。”

这是刘钦岭的话，也是前辈“蛙人”们的话。

年轻就是资本，年轻就是机会，就是未来，就是希望。

笔者先后采访了十几名年轻的铁路“蛙人”，从他们朝气蓬勃的身上，感受到了“蛙人”事业自有后来人。

年轻的铁路“蛙人”张骞，接受采访时没谈潜水，而是同样与笔者聊起了“泰坦尼克号”。

“1912 年 4 月 10 日，当 46000 多吨的‘泰坦尼克号’从英国南安普敦驶出后，这艘号称‘世界工业史上的奇迹的豪华客轮和船上的每一个人肯定没有想到，它最终的目的地不是美国纽约，而是大西洋 3700 米深渊下冰冷的海底。好莱坞电影《泰坦尼克号》在中国上映后，每一个看过电影的年轻人，都会被大西洋深海泰坦尼克号沉船残骸的神秘，被美国人令人震撼的深海水下考古遥控设备的科幻色彩所震撼，谁都想潜到水底看一看……”

这就是年轻人！

年轻就有梦想，梦想有多大，舞台就有多宽广！

“泰坦尼克号”的故事，令他对潜水着了迷。

“着迷归着迷，一切都还是‘零度介入’，虽然我们这帮年轻人都练过体育，具备先天的体能优势，但对潜水却十分陌生，可谓是‘擀面杖吹火，一窍不通’。”这样说着，张骞先笑了起来。小伙子笑得无忧无虑，完全是一副“海阔凭鱼跃，天高任鸟飞”的样子。

2017 年春天，似乎有些不经意地，张骞少年时的潜水梦想，突然间就来到了眼前。

当时，张骞 23 岁，还是个标准的“旱鸭子”。初入职场的他，一说起潜水就好奇得不得了，这下终于能够实现梦想了，激动得“好几天都没睡好觉”。

跟随队友接连到了广州潜水学校、浙江金华羊尖山训练基地进行了为期半年多的综合培训，反反复复地尝遍酸甜苦辣后，他才知道，“锅原来还真就是铁打的”。

梦想很美好，实现梦想的路却注定充满坎坷。因此，他在笔记本上写下了这样的感悟：理想可以给你温暖，但在前方等待着你的是寒冷的冰川，是炎热的火焰山，要尽全力度过每一关，才能获得成功……

张骞告诉笔者，为期半年多的潜水培训，他克服了天气炎热、阳光暴晒、水岸温差大、水下水草丛生的恶劣环境，完成了专项体能训练、潜水专业技能、装备使用操作、水面应急救援、船艇驾驶使用等训练科目。

每天连续泡在水里数个小时，短短 10 天的时间，他便从最初的心理紧张、动作僵硬，做到了肢体协调、动作娴熟。当然，高强度的训练，加之频繁的下水作业，导致耳朵反复发炎，他有时候不得不为治疗耳朵发炎中断训练。

张骞说，连续在冷水里泡上一个小时，体力就几乎消耗殆尽了，而且头皮发紧，双手冻僵，摸不清水下状况和障碍物，再加上有时水下能见度几乎为零，刮伤、擦伤更是家常便饭。

⊙ 每一次下水动作都要规范。拍摄：朱砚茹

张骞很自豪，他的初次实战不像其他战友是在江里或者河里，而是在大海里。

“知道青岛胶州湾跨海大桥吗？那是一项雄伟壮丽的大工程，跨越青岛的胶州湾，全长 40 多公里，我的初次潜水实战就在那里。在海里潜水和在江河里潜水，感觉还真是不一样。”张骞说，潜水前夕他想起了偶然间读到过的一篇有关中国南海水下沉船的文章，文章写的是 1985 年英国人迈克·哈彻，从中国南海盗捞了一艘沉船，并将船上的货物拉到荷兰阿姆斯特丹去拍卖，而中国派出的北京故宫博物院冯先铭和耿宝昌两位瓷器专家，携带着 3 万美金，最终却没能拍回任何一件中国文物。读过那篇文章他就想，要是以后能有机会做个潜水员，去南海打捞我们的水下沉船，应该是件很有意义的事。

“没想到我第一次潜入大海是在青岛胶州湾，不是去打捞沉船，而是对桥梁进行水下检测。”张骞又一次笑了，笑得肆意飞扬，那样子看上去很温暖。

谈及第一次下海的经历，张骞既激动又紧张。他说初次潜水实战并不好玩，因为从水下能见度较高的训练水库，转到能见度几乎为零的海底，随时都被寒冷、黑暗和孤独侵袭着，遇到问题别人也帮不了你，只能靠自己慢慢适应。

在青岛胶州湾跨海大桥检测现场，大桥桥梁墩身有一个篮球场那么大，海底布满了牡蛎礁，潜水员偶尔还会被螃蟹袭击一下。而由于不同位置海水流速不尽相同，为对水下桥梁墩身状况全方位准确“把脉”，张骞在水里足足待了三个多小时，双膝硌得血红，手指被夹破了一个大口子。

“作业场就如战场，再苦再累再危险，你都不能辜负组织的重托，必须把领导交付的任务完成好。”张骞说。

正是靠着坚韧的意志，张骞在潜水实战中，一点一点地习惯，一天一天地坚持，终于熬过了现场一次次的艰苦磨砺，从最初的谨小慎微，到后来逐步适应了复杂的水下作业环境，遇到暗流涡流、氧气不足、潜水装具被水草缠绕等危险状况，他也能沉着应对。此外，他还总结出了“按章下水、胆大心细、协作配合、临危不乱”的十六字作业要领。

在张骞看来，加入中国铁路“蛙人”团队，遇到了好的师父和一批优秀的专业人才，在这样的环境里，又有“传帮带”的好传统，你“不想成才都难”。不过，张骞最后告诉笔者，无论什么工作，要想干好，就得专注，就得有一颗踏实的心，否则将一事无成。

潜水行业背后的艰辛常人无法想象，因水下情况复杂，每一次下潜，都是对潜水员体力和意志的极大挑战。尤其进入寒冬腊月后，必须一次次潜入冰水，承受低温、恶劣环境对身体的磨砺。2022 年春运，在济阳黄河大桥实施检测任务时，张骞作为探路者，顶着刺骨寒风，第一个潜入冰水，探摸掌握水下状况。他从下游逆流而上，黄河水的流速越来越大，周围伸手不见五指，冷水冲击着脑袋，双手渐渐失去了知觉，张骞费力地一点点向前蠕动，每走一步都小心翼翼，结果一个激流冲来，他险些被冲走。他说，当时心都提到了嗓子眼儿，这时候他想起了师父的话：在水底遇事，要冷静地开动脑筋想办法。于是，他迅速调整状态，告诫自己必须沉着镇定，双手一把抓住水下的附着物，双脚也夹住了一块大石头，这才慢慢回到了下水点。

籍震和张骞一样，也是个年轻的铁路“蛙人”，入职铁路“蛙人”团队前，也同样“是一个‘旱鸭子’，从小怕水，根本都没到河里湖里游过泳”。“零度介入”之后，他却感觉“潜水虽然有危险，但每一次完成水下作业任务，成就感便油然而生”。

读高中的时候，他一直为在电视上看到的一次新闻事件而悲伤。

籍震说，那次事件虽然不是发生在中国，却依然像根棍子打在他头上，令他疼痛难忍。

事件发生于 2014 年 4 月 16 日。

在韩国。

当时，由韩国仁川港起航开往济州岛的客轮“世越号”，在途经孟骨水道时侧翻沉没。当天的 8 时 55 分，“世越号”发出遇险求救信号。10 时 19 分，“世越号”几乎整体倾翻，船上的乘客基本丧失自行逃生的可能。到了 10 时 21 分，挤满乘客的客舱完全被海水吞没。

事故发生后，造成 304 人遇难，其中 250 人为檀园高中的学生，他们本是去参加修学旅行的。“世越号”本身严重超载、违规改装；客轮的船员又弃船逃生，还指示乘客们“原地不动”，而且救援指挥中心也没有向乘客们发送逃生广播，海警在所有乘客滞留的情况下，优先救援船长和船员，甚至还多次阻挠前往事故地点的民间救援者……

如此种种，酿成了那样一起世纪大悲剧。

在两个多月的搜寻过程中，很多民间潜水员一天至少潜入船内两三次，强度远超正常范围。他们的衣食住行都是在条件简陋的驳船上解决的。

那次新闻事件，让籍震的心灵受到了震撼。因此，他暗下决心，今后要当潜水员，参与海上和江河里的抢险救援，救助那些无奈的落水者……

籍震没想到自己还真成了一名潜水员。

当然，铁路“蛙人”的主要工作并非水上救助，而是水底施工作业。籍震说这已经很不错了，千古年来，人类就渴望探索水底，能成为一个铁路“蛙人”，已经满足了自己对水底充满想象的内心。

身形高大的籍震，和张骞一样，同为 27 岁。他骨子里富有冒险精神，第一次执行任务时，竟然忘记了身体的寒冷和酸痛，兴奋地在水下一连探摸了 8 个桥墩，超计划完成了目标任务。

2019 年，在参加济南泺口黄河铁路大桥检测任务时，因水下泥沙淤积严重，籍震的整条腿都陷进了稀泥里，在水底每走一步，都必须费力地将腿拔出来。前往大桥上游探摸、摄像的路上，水流越发湍急，他只好用手指抠着桥墩的接缝缝隙，缓慢地、一步一步地向前挪移。事后，他对同伴说，那种滋味说不出的难受和煎熬，可又想抓紧时间，保质保量地完成任务，只能在水底咬牙承受着。浮出水面后他才发现，手套里的指头磨掉了皮，鲜血浸透了手套。同志们劝他赶快去包扎，他望着皮开肉绽的手指，笑着坐在了地上，幽默地说：“没啥大不了的，不就是流了一点血吗，多喝几碗水，就又长起来了……”

每一次执行下潜任务，籍震都身着潜水服，手持水下摄像头，从冲锋船上纵身潜入水中后，先对桥墩进行一次环形扫测，把捕捉到的画面传输到船上的电脑里。守在电脑旁的检测人员初步分析评估桥墩“病害”发生的可能性，之后借助三维图像声呐和多波束探测系统，将桥墩表面和水下地形地貌以直观的立体图像扫测出来。一旦发现桥墩裂缝、麻面、露筋、空洞等“病症”，检测人员就要通知籍震在水下进行二次核实，然后出具“诊断报告”，翔实记录桥墩问题的位置、特点及大小，建立一桥一档的“健康档案”，为后续工务部门检修养护提供数据支撑。

这“二次核实”，往往用时较长，无形中增大了潜水员在水下的工作量。

对此，籍震说就像给人看病一样，发现病症得反复查证，不能随意给出诊断报告，否则就有误诊的可能。

“想一想，医生给病人误了诊，是不是会遭骂？”籍震说。

多么好的比喻啊！

两位年轻的铁路“蛙人”，虽然都没有经验，但谁也不能否认，成熟总是从幼稚开始的，老“蛙人”总是从新“蛙人”当起的。如今的铁路“蛙人”团队里的新“蛙人”，也许还不能像他们的师父刘钦岭那一代一样成气候，但总有一天，他们将成为中国铁路“蛙人”团队的支柱，成为中国铁路潜水行业的主流。

年轻的铁路“蛙人”们，代表的是前途，是明天的象征。

无论是李壮、张骞、籍震，还是其他年轻的铁路“蛙人”，都会永远地为中国铁路“蛙人”事业兴奋着，紧张着，热情着。不管别人信不信，反正笔者信，他们正年轻！

⊙ 铁路“蛙人”的水中“舞蹈”。拍摄：朱砚茹

一座桥，虽然仅仅存在了50天，但因其在特定时空交接点上的特定作用，注定会被历史铭记，注定会竖成一座昂然挺立的精神丰碑，永远矗立在中华儿女的心中。

——题记

蛙人

下篇

1976：铁血舟桥

——铁道兵独立舟桥团唐山抗震救灾追记

作者/解永敏　石　勇　李恒昌

第一章 地震袭来时

1. “8·10”时刻

时针倒转回1976年8月10日，农历七月十五，传统的中元节。在唐山市西南方的蓟运河畔，人民解放军独立舟桥团的官兵们，大战七天七夜，终于架通了位于蓟运河上的一座连接京山铁路大动脉的铁路舟桥。这一天，后来被独立舟桥团的官兵们定为“‘8·10’时刻”。

一个平常的日子，成为一个被铭记的时刻，其中所包含的意义，十分深刻。因此，参与过当年抗震救灾的独立舟桥团的官兵，如今忆起那个“时刻”，依然十分激动。

一场大雨过后，在蓟运河畔的一个三岔路口，刚刚落下的雨水被当顶的烈日暴晒，除了几处或圆或条状的水洼，白咧咧的地面渐渐露了出来，像极了癞头上的疮疤。此时，空气中竟没有雨后的清新，反而散发出热雨浇注过的热腐味。小路边茂盛的青草，叶上糊了一层暗色的污泥，脏兮兮的。

这是一年中最热的日子。空气中处处弥漫着发酵般的憋闷，似乎能听到整个大地和大地上万物的粗重喘息。连蝉也来帮着营造气氛，它们隐在树叶后面，喋喋不休地叫个没完没了，让人听着烦躁不堪。

在近乎停滞的空气中，一股无法形容的尸臭味与强烈的福尔马林味杂糅在一起，再加上过往的牛马骡子的粪便味，那味道横冲鼻孔，直撞眼睛。如此情景下，蓟运河边上则完全是另外一幅图景——那幅图景倘若让多才的画家描绘下来，必定是一幅热烈、忙碌得让人激情满怀、心潮澎湃的图画。

挂在树杈上的高音喇叭，正播放着男高音歌唱家贾世骏倾情演唱的革命歌曲《大海航行靠舵手》：

大海航行靠舵手，

万物生长靠太阳；

雨露滋润禾苗壮，

干革命靠的是毛泽东思想。

鱼儿离不开水呀，

瓜儿离不开秧，

革命群众离不开共产党，

毛泽东思想是不落的太阳……

唱腔和美圆润、慷慨激昂，就像清爽的海风一样，吹拂在河畔奋战的人们的心田上，鼓舞着人们的士气，激发着人们的热情。这歌声，就像风箱里吹出的劲风，而人们的心情正恰似炉膛里的火苗。劲风一浪高过一浪，火苗一波赛过一波。

蓟运河上刚刚架通了一座铁路舟桥，战士们个个身上流着汗，衣服已经湿透，盐渍如窗花般在后背、帽檐、脖颈上蜿蜒。这座铁路舟桥就要通车，战士们似乎还不放心，有的弯下腰往桥下一个劲儿地瞧，有的伸手再拧拧这枚或那枚螺丝，有的屈身再看看水的流速。还有很多战士，则站在桥两侧，双手摸摸自己的领章，正一正军帽，好像在迎接即将到来的新娘。其实，他们是想用最美的军姿，迎接第一趟来自唐山的专列，迎接唐山地震中受灾的第一车伤员们。

列车终于来了。舟桥两侧的人群中，有位战士举起了左手，向缓缓驶来的列车挥动着。他的一根手指断掉了，鲜血渗出了纱布；还有一位战士的脚踝扭了，在战友的搀扶下，迎接着列车，目光中透出热情和激动；另一位头破了，缠着绷带，但从他坚毅的目光里完全能够看出这样的心思：“头可破，血可流，只要遮不住我的眼睛，堵不住我的耳朵，塞不住我的嘴巴，我就要用眼睛观察每一颗螺丝，用耳朵倾听每一声水波，用嘴巴鼓舞战友们的士气……”

那一刻，所有的独立舟桥团战士，全都挺立在刚刚架通的蓟运河铁路舟桥上，用最美的军姿迎接第一趟列车的通过。

“我们要通过这个方式，这种精神状态，给他们打气，给唐山鼓劲。家破了，可以重建；桥断了，可以重修；只要中国人的命还在，只要听伟大领袖毛主席的话，中国人的脊梁就永远不会弯，更不会断！”这是一位老舟桥团战士多年之后说的话。接受采访时，忆起当年的情景，这位老舟桥兵依然情绪激昂。

于是，笔者便想到了“信仰”这个词。中国人有信仰，而且信仰很坚定。比如地震中受灾的唐山人，他们在那个年代不为命运所屈服，心中不忘生命之歌、信仰之歌：“抬头望见北斗星，心中想念毛泽东……”并由此坚定信念，鼓舞斗志。那时的唐山人，最容易喊出的两句话就是：毛主席万岁！解放军万岁！而中国人民解放军，真就没辜负人民群众，在大地震最惨烈的时候，他们出现在了灾难最严重的地方。

铁道兵独立舟桥团的官兵们，正是在唐山大地震发生后，遵照中央军委、铁道兵司令部的命令，毫不迟疑，从黄河之滨一路急行，赶到了京津地区的蓟运河畔。他们没有停歇，没有抱怨，没有迟疑，七天七夜没睡过一个囫囵觉，没有吃过一顿安生饭，甚至没能喝足白开水。在缺少现代化机械、缺乏科学数据指导的情况下，愣是在蓟运河上架起了一座200余米长的铁路舟桥。

今天，我们这些出生在富裕年代、生活于优裕环境的人，如果冷静地审视那个时期独立舟桥团官兵们的心灵世界，会不会产生这样的感慨？他们的心灵是那么纯净，就像白天鹅身上下过的一层雪；他们的胸怀是那么宽广，就像千万里广袤辽阔的草原；他们的意志是那么坚定，就像咬定青山恒久挺立俯视万千众生的黄山青松；他们的情感是那么柔软，就像阳春三月拂过一池碧水的缕缕清风……

继续说47年前的情景。此刻，站在舟桥桥头的，是铁道兵独立舟桥团团长术永富。他抬起头，望了一眼新架通的铁路舟桥，一把扯下挂在腰间皮带上的毛巾。尽管那条毛巾已脏得不成样子，他还是用来狠狠地抹了一把额头上的汗水，长长吁出一口气，脸上露出一丝笑容。

这位从朝鲜战场上走下来的战斗英雄，望着就要通车的铁路舟桥，七天来积压在身的疲惫突然一扫而去。但七天来的情景，却又像放电影一样，一幕幕从他脑际闪过：累得睡倒在路边水洼里的张世宏、李世谦，被弥漫的尸臭熏得呕吐不止的刘锡，为赶车从黄河108码头徒步冒雨跑向火车站的李存才，嗓子哑得说不出话的吴献洪，在密云白河大桥牺牲的一连战士肖伦章，拧螺丝时丢掉了一截手指的小战士李大华……

“团长哎，这下子您可以把心放进肚子里了吧？”世事太巧，想谁谁到。战士李大华跑过来，嬉笑着，边说边用右手拍着团长术永富的肚子，用一口四川方言喋喋不休着：“你不是在首长面前立下军令状了吗？按期架不完舟桥，就要你的脑壳儿；现在看哦，你这大大的脑壳丢不了喽，改天还要用来和我们一起喝酒呢！”

来自东北的术团长，伸手拍了一下李大华的脑袋，哈哈大笑起来，说：“等会儿火车过去了才能放心。现在啊，我这个脑壳还在首长腰带上别着呢。”

结果，术永富的巴掌拍重了，李大华下意识地用左手挡了一下，紧闭起双眼，嘴里发出痛苦的叫声。术永富突然想起了李大华的断指。

“哎呀，你的手？”术团长赶紧扶住李大华的肩膀，“小李子，没事吧？”

“团长，没得事，咱舟桥团战士的身板是铁铸的。少了一根手指，还有九根儿哩，如果抗震救灾需要，还可以再拿去几根。”

“滚犊子，再敢胡说看我不揍你！”术永富瞪起了眼。

李大华赶紧一缩脑袋，在团长怜爱的眼神中溜走了。

“小李子，别逞强，抓紧去找卫生员处理伤口！”身后是术团长的喊声。

“呜——呜呜——”

上午 10 点，眼见一列火车喘着粗气，突突突地朝着蓟运河上的铁路舟桥开了过来。大家正瞪着眼睛看着那列火车，火车却缓缓停在桥头。

术永富团长等候的那个时刻终于到来了。他爬上列车车头，望着两侧笔直站立的独立舟桥团官兵们大声说：“同志们，我们大战了七天七夜，今天铁路舟桥终于架通了。唐山地震，成千上万的伤员送不出去，上万吨的救灾物资运不进来，都是因为旁边这座被地震摧垮的铁路大桥。现在我们架通了铁路舟桥，就打通了唐山跟外界的生命通道。记住，今天是 8 月 10 日，农历七月十五中元节，是祭祀的日子，就让我们用通车的消息向唐山大地震中遇难的亲人们祭奠吧！”

“呜——”火车再次发出长长的鸣声。

“通车喽！”官兵们激动地挥起手中的毛巾、帽子。火车的鸣笛声，人们的呼喊声，再配以广播喇叭里的嘹亮歌声，把个蓟运河畔的铁路舟桥施工现场，烘托成了一座火热的大熔炉……

2. 因为一场灾难

谁都不能否认，1976 年是个还没有完全脱离贫困的年代。德州的扒鸡，很少卖往唐山人的餐桌；唐山的骨质瓷，德州的茶桌上也很少见到。两地关系几乎能够概括为风马牛不相及。然而，中国人民解放军铁道兵独立舟桥团，这支驻扎在德州齐河的部队，因为一场灾难，一场巨大的灾难，一场永远镌刻在中华民族心底上的灾难，来到了唐山！

1976 年 7 月 28 日 3 时 42 分 53.8 秒，一刹那间，我们脚下这颗蔚蓝色星球的某个部位发生了锤击刀插般的剧烈抽搐。于是，百川沸腾，山冢崒崩。一时之间，美国地震情报中心、日本气象厅、瑞典乌普萨拉地震研究所、香港天文台等地震检测机构，同时发出了穿越太空的电波，传遍了整个地球。在那些嘈杂的、或日语或英语或其他各种语言的电波中，不约而同地提到了一个名字：中国。

不久，在“中国”二字后面，所有电波又都提到了一座城市：唐山。

在中国，在唐山，人们同时惊呼着一个名词：地震！强烈地震！

因为地震，许多人对 1976 心生悲怆；因为地震，许多人对 1976 刻骨铭心；因为地震，许多人对 1976 发出一声叹息！

“怎么也没想到，俺那一年刚当兵，就遇到了那么大的地震灾害。当时，望着灾区的凄惨情景，俺心里那个难受啊……”

“每个人都很难受，克服难受的唯一方式就是拼命地投入到抢险救灾中，让人民群众少受一点罪，这是战士们的共同心愿。”

“那些天，我从没想过荣誉什么的，我想的是如何为灾区多做些事，让地震造成的灾难轻点，再轻点……”

为追寻灾难引燃的人性之光，为刻写我们的家国记忆，为夯实民族的责任与担当，为不辜负每一个太阳升起的日子，2018 年夏天，笔者受邀还原铁道兵独立舟桥团唐山抗震救灾抢修京山线蓟运河大桥的事迹，有幸对当年铁道兵独立舟桥团的战士们进行了采访。他们忆起1976年，忆起当初部队投入抗震救灾的情景，说得最多的还是心情，而那样的心情只能用两个字来阐述：悲怆。

当然，让解放军指战员悲怆的，是身在地震灾区的群众，而52岁的陈书民，就是其中一位。陈书民身在唐山灾区的经历，让当年与他相识的一位独立舟桥团的战士至今忆起来，还有不寒而栗之感。

这位解放军战士告诉我们，陈书民是唐山市开滦印刷厂的老工人。那一天，陈书民像往常一样，在黎明尚未到来时，走进小区附近的公园里。他患有高血压，在一次休假时结识了一位70多岁的老人，跟人家学习二十四式太极拳，说是坚持打太极拳能够治疗高血压。那位老人每天雷打不动地在凌晨三点钟起床打拳，陈书民也像徒弟一样跟着。7月28日3点半，师徒俩按时在公园里碰头，闲聊几句就拉开了架势。突然，听到“呜——呜——”的声响，像刮大风，又像昔日矿上的“响汽”。陈书民面冲南，师父脸朝东北，只听师父大喝一声：“不好，失火了！”陈书民听闻，立刻扭头，只见东北边火红一片。师徒俩还没反应过来，大地就颠起来了。开始是没命地颠，跟着是狠狠地晃。师徒叉开双腿，死死抱在一块儿。师父说：“是失火了！”陈书民说：“不，是地震了！”没说几句，就觉得人像被搁在大筛子上一样，被没完没了地筛！紧接着，公园的墙倒了，对面的一栋大楼倒了。眨眼工夫，砖头瓦块哗哗啦啦地响着，漫天尘土，乌烟瘴气。

“坏事了，快回去抠人！”陈书民撒丫子就往家里跑，等他跑到自家地界，顿时傻了，家在哪儿啊？他家周围的那片房子都已变成了平地！陈书民感觉一阵眩晕。但他没有哭，没有说话，就像突然间被妖精吸取了精魄。他的面前，踏平了的街巷，折断了的桥梁，掐灭了的烟囱，七零八落的混凝土，凌乱冰冷的机器残骸，东倒西歪的电线杆和水塔横躺竖倚，像万人坑里根根支棱的白骨……

相比于这位当年独立舟桥团战士关于陈书民的述说，来自中国新华社低沉的声音，似乎更加令人心悸。当然，那是一条来自官方的消息，有着官方特有色彩的文字，同样令人不寒而栗：

我国河北省冀东地区的唐山——丰南一带，7 月 28 日 3 时 42 分发生强烈地震。天津、北京市也有较强震感。据我国地震台网测定，这次地震为 7.5 级，之后又核定为 7.8 级……

那场大地震已经过去了 47 年，如今我们再重温这样一条消息，内心依然会感觉沉重。

据后来的消息，1976 年的唐山大地震，不仅是“盖中国有史以来为害最烈者”，也是迄今为止 400 多年来世界地震史上最为悲壮的一页，犹如 400 颗广岛原子弹在距地面 16 公里处的地壳中猛然爆炸。想象一下，那是一种什么样的情景？据中国地震出版社出版的《地球的震撼》一书和钱刚创作的《唐山大地震》一书记载：1976 年的唐山大地震，死亡人数达 242769 人，重伤 164851 人，直接经济损失 100 亿元以上。

那可是 1976 年，47 年前的 100 亿元是怎样一种概念？何况还有那么多的人员死亡和重伤，唐山可谓遍体伤口，惨烈异常，令人哀痛至极。

1835 年 3 月 4 日，进化论的奠基人达尔文来到刚刚发生过强烈地震的智利康塞普西翁市，面对一片废墟，他感慨道：“人类无数时间和劳动所建树的成绩，只在一分钟之内就被毁灭了。可是，我对受难者的同情，比另外一种感觉似乎要淡薄些，就是那种被这往往要几个世纪才能完成，而现在一分钟就做到了的变动的情景所引起的惊愕的感觉……”

7.8 级的强烈地震，瞬间使唐山变得冰冷惨淡。倘若来到唐山，也许达尔文的浩叹会更加沉重。

唐山的地震影响有多大？笔者查阅资料时，发现了对这样一个场景的描述：

“那是唐山发生地震一些天之后，我跟着上海防疫大队坐火车经北京去了唐山。我记得当时在北京下了火车以后，恰好有一趟成都开来的火车，乘客刚刚散尽，乘务员在月台上议论说，到北京，北京要地震，回成都，成都也要地震，当时是两边都报了，北京有唐山地震的余震，成都预报的是有强烈地震。她说我们成都、北京两头都跑不了。出了北京站一看，非常惊人，整个北京站的站前广场，黑压压的全部都是木板床，无数人家已经把床挪到北京站的站前广场，有的床支着蚊帐，有的床撑着雨布，床底下是锅碗瓢勺，就像难民营一样……"

大震过后，举国上下，一派令人惊悚之象。当年铁道兵独立舟桥团的战士们，听到唐山发生如此强烈地震的时候，一个个脑子里飞快地跳出这样一个问题：抗震救灾，我们什么时候出发?

他们并不知道，当唐山像一片树叶一样，被大地肆意地摇撼时，有一条河也在歇斯底里般地疯狂着。这条河的疯狂，造成了一座铁路桥的垮塌，更造成了从北京到东北方向的"京山线"交通大断裂。

今天看来，那样一座桥太小太小，与当今走在世界前列的中国建桥气势和建桥能力相比，连个小拇指头的指甲盖都算不上。然而，47 年前，这样一座桥却对中国首都北京通往东北方向的交通起着至关重要的作用，更对唐山抗震救灾起着至关重要的作用。因此，我们不得不回溯那场震恸，不得不回溯那样一条运河，特别是那条运河上的一座铁路大桥。

3. 通途变"天堑"

那座京山线上的铁路大桥本来是通途，随着唐山大地震的发生，却成了一道"天堑"。而正是这样的"天堑"，给唐山抗震救灾造成了极大的不便和损失。

那座大桥位于蓟运河上。

有资料显示，蓟运河位于唐山市西南方，是海河流域北系的主要河流之一，干流河道始于蓟州区九王庄，流经天津市蓟州区、宝坻区、宁河区、滨海新区四个区，全长 144.54 公里，经北塘口入海。

《光绪顺天府志》有载：“蓟运河又东南折北七里余，经于家铺东，又东七里余入于海……”蓟运河宛如一条缀满珍珠的飘动的银河带，被列为“宁河八景”之首，沿途沼泽港汊星罗棋布，众水相聚通补，水脉相连，有四淀二十一沽，引来各种禽鸟逐其翔鸣；盛产 40 多种美味的鱼虾蟹，冬天在冰面穿凌网，更有颇丰的收入，捕获的银鱼、紫蟹，是蓟运河产的珍品，明清两代的贡品；两岸万顷郁郁葱葱的芦苇，紧紧护卫着九曲十八弯的河两岸，抗击着狂风暴雨掀起的浪涛击打，抵御着因潮汐形成的漩涡、水流对两岸的猛烈冲撞；交错生长的万丝千缕的根须，为水中生物、鱼虾蟹等构筑了坚实的安乐窝，为多种珍禽、野生小动物等提供了安全的栖息地、避风的港湾。尤其值得注意的是，蓟运河入海处水深、地形复杂，弯多岔多，河、海两水潮汐相交受阻形成急流漩涡，有小“百慕大”之称。始建于 1888 年的京山（初为唐胥）铁路横跨蓟运河，为国内最早的铁路。唐山大地震发生的时候，蓟运河似是被大自然不打招呼的变故给激怒了，墨色的河水犹如一条发狂的龙，翻卷着，疯狂着，浪涛一波胜似一波地冲向两岸堤坝，两岸堤坝亦如疯狂般颤动、移位，蓟运河上的这座铁路大桥也无可避免地被破坏了。

蓟运河铁路大桥是京山铁路线上至关重要的一座大桥。大家都知道，京山铁路又称京榆铁路，是由北京经丰台、廊坊、天津、唐山至河北省山海关的一段铁路的旧称，这段铁路也是老京哈铁路的一部分。老京哈铁路的京山段，是我国 1881 年修建的第一条铁路。而这座长 186 米的铁路大桥，纵贯南北，每年有成千上万辆火车由此驶过。即便如今，我们再去蓟运河上的那座大桥看一看，依然能够感受到那里曾经的喧嚣与热闹。之所以说其喧嚣热闹，当然是因为每天从这里奔跑而过的上百辆火车。火车嘶鸣，轰隆而过，上亿吨甚至几十亿吨的货物和几十万乘客，经这里走向全国的东西南北。

唐山大地震发生的一刹那间，这座至关重要的大桥片刻就被撕裂，被扭曲，桥上的铁轨，挣脱开螺丝的固定，在“咔嚓咔嚓”声中被一节节崩断。如今再看当年所拍摄的照片，依然能够想象到笔直的铁轨因大地震强力挤压发生扭曲变形，呈蛇形弯曲的样子。在一张当年的照片上，我们看到一截挣断的铁轨，一头被甩出桥面，耷拉在波涛滚滚的蓟运河上，在寂静的时空中垂悬，沉寂如死亡……

蓟运河铁路大桥，这个充满生命感和阳刚之气的巨型建筑，瞬间便断了血液，没了生气。更为糟糕的是，不仅这座坚实的铁路大桥被摧毁了，两侧几十里之内的公路桥更是无一幸免。于是，京山线断了，蓟运河彻底变成一道无法逾越的“天河”。天津与唐山、北京与唐山，再也不能拥抱，即便是相互再想握握手，也没了可能。一时间，蓟运河上的这座铁路大桥成了唐山与全国人民之间联络的“肠梗阻”，真可谓“一夫当关，万夫莫开”。随着这座铁路大桥的断裂，唐山成千上万的伤员无法外运，来自全国的救灾队伍和救援物资也无法进入唐山。

一条蓟运河，两岸堆满的是焦急。

47年后的今天，笔者翻阅了几百万字的唐山抗震救灾资料。有一则消息，让我们进一步了解了这座蓟运河上的铁路大桥的重要性。该消息称1976年7月28日上午9点，唐山大地震发生五个小时之后，解放军某摩托化师接到了作为先头部队率先赶赴唐山救灾的命令，火速赶往唐山。

下午四时许，该摩托化部队突然停止推进。走在部队中间的首长从步话机里听到先头分队报来的三个字：蓟运河！

“蓟运河怎么了？”首长问。

“蓟运河阻止了部队的前进脚步！”先头分队报告。

“扯淡！一条蓟运河，能阻止人民解放军的脚步？”首长发怒了。

然而，任首长如何发怒，蓟运河还真就阻止了部队前进的步伐。

首长只好从部队中间赶到最前面，发现蓟运河上长达186米的铁路大桥和其他几座公路大桥都被震断，每一座桥的桥板都从中间断裂，跌落进湍急的波涛中。大部队被拦阻在蓟运河南岸，各级指挥员焦急万分。河对岸可以看见黑压压的逃难人群，人们在冲着解放军挥手，呼喊。这一边，千军万马被淤塞在北进的道路上，士兵们在跺脚，在拧拳。夜色里，到处是晃眼的车灯；风雨中，到处能听见步话机员急不可待的呼叫……

终于，先头团的政委从地图上发现了一条经玉田、丰润到唐山的机耕道，他立刻向前指，建议：“改道！”

被堵塞在公路上的大部队，几乎整个调了一个头尾。无数辆军车，费力地调过车头，吼叫着开上那条狭窄、泥泞的拖拉机小路。

深夜，小路始终在隆隆的马达声中震颤着，方圆数十里的田野上飘漫着汽油和柴油的气味。本来半个多小时、至多一个小时的车程，却让大家整整颠簸了十多个小时。一位在队列中来回传递命令的摩托车通信员，由于连续行军，滚热的发动机把他的腿烤起了燎泡；一位疲惫不堪的司机，不时从口袋里掏出预先准备的辣椒，大口大口地嚼着，驱赶着睡意；一位得了重感冒，在路上发烧达39度多的驾驶员，实在支持不住的时候，让卫生员坐在身边给他扎针。一次不行，两次不行，干脆把银针留在穴位上，眼皮打架时，就让卫生员捻一下针，用酸痛的强刺激来提神。

7月29日凌晨3时40分，先头团终于进入了唐山市中心。面对惨烈的地震景象，先头团的领导跺了跺脚，说：“要是提前两个小时赶到，震中人民少遭多少罪啊！”是啊，不仅如此，要是蓟运河上的公路或铁路大桥不被震垮，多少救灾物资能够提前运进唐山！

对于这座桥的垮塌，哪怕是47年后的今天，曾经的铁道兵独立舟桥团的战士们仍然心有不安。他们说，如果那座桥没有被震垮，是不是唐山人民就少受一些罪啊？

一切都不可能有如果！

地光闪射，地声轰鸣，房倒屋塌，地裂山崩。数秒之内，一座百年城市夷为墟土，无法抗拒！

24万城乡居民殁于瓦砾，16万多人顿成伤残，7000多家庭断门绝烟，无法抗拒！

这就是当年的现实！在向死而生的日子里，英勇的人民解放军，是抗震救灾最坚强的力量！铁道兵独立舟桥团，就是这坚强力量中的一分子。

4. “焦灼”的团队

1976年7月28日之后的几天，唐山发生大地震的消息，通过中央人民广播电台的“新闻和报纸摘要”节目，向全世界作了详尽的报道。

这样一则消息，绝不亚于当年中国第一颗人造卫星上天，不亚于中国第一颗原子弹爆炸。因为地震受灾的消息在不断传播，先是从唐山附近传出，继而传遍了祖国的大江南北。于是，英勇的人民解放军再一次吹响集结号，几十万大军从天而降、越岭而来、驱车而至，直入灾区，与灾难展开了贴身搏斗。

这样的时刻，山东省齐河县紧临黄河的老城，驻防此地的铁道兵独立舟桥团的战士们，已经把被褥搬到室外，一边防地震，一边等待上级的抗震救灾命令。

当年的修理连战士李世谦，如今已两鬓斑白，接受采访时告诉我们，那几天大家都睡不着觉，大家牵挂着灾区人民，都想立马冲向灾区抗震救灾。

“解放军从来就没有与抗御自然灾害分开过，哪里有天灾，哪里就有解放军。每一次遇到自然灾害，任何地区的民众，只要看到解放军就会安下心来。面对如此毁灭性的特大地震灾害，怎么能少了人民解放军呢？”今天，李世谦接受采访向我们讲述当时的情景时，依然情绪激动，他说战士一个个都在摩拳擦掌。

班长胡群洋，忆起当初时这样说：“地震那天，我睡前喝了几口酒，按照自己的酒量根本不可能晕，可半夜突然觉得身子底下晃，脑袋和枕头也跟着晃。清醒过来，我才知道发生了地震。后来，从广播里知道地震中心在唐山、丰南一带，是大灾大难，就有些坐不住了，咱是军人，是抗震救灾的中流砥柱。”

独立舟桥团后勤处物资股助理员吴登祥，当年30岁，来自江苏沛县，他说听到唐山发生大地震的消息，心像针扎了一样，生疼生疼。“很想去团里问一问，可又不敢，想想军人的天职是服从命令，急也没用……”

那几天，铁道兵独立舟桥团的战士热血沸腾，恨不得一下子就开赴唐山。地震大灾，同胞受难，子弟兵就应该第一时间站在最前线。但是，没有命令谁都不能离开阵地，啥时候让我们舟桥兵上啊，不用架桥的话，改成别的兵种也行，我们就去抢救人民群众，去搬运垃圾，去抢运物资……

一时间，独立舟桥团的营地上，吵成了一锅粥。

就在人家翘首以待，盼望救灾命令的时候，独立舟桥团政委吴献洪也同样心急火燎。

这位从战争年代走过来的老兵，同样牵挂着唐山灾区的人民群众。

的确，那个年代的中国军人——也许无法被现在的人们所理解——他们所拥有的军人意志、奉献精神，让他们丝毫无愧于“中国最可爱的人”这个荣誉称号。战争年代的军人，往往拥有一种独特的气质。这种气质似乎与儒雅、温柔背道而驰，但这种气质却构建出了一种特有的文化，这种文化的核心就是战斗和牺牲。在他们心中，只有到血与火的战场上，为民族的崛起、为人民的利益去拼命、去牺牲，才能实现自己作为一名军人的极限价值。只有这种文化才能打造出“亮剑精神”，才能出现黄继光、董存瑞、王成等一众无畏的英雄。倘若离开了血与火的战场，军人貌似就成了蛟龙离海岛、猛虎困荒田，可一旦遇到生与死的对抗，他们又立刻会像老虎进山林，蛟龙跃深渊。因为，这种文化是蛰伏的火药，遇到一丁点儿火星就立马哔哔啪啪、轰轰烈烈地燃烧起来。

政委吴献洪独自站在营房东侧的广场上，沉沉北望。他在期待一个声音，一道电波，或一纸命令。

吴献洪的眉头拧成了疙瘩。

“团长，唐山发生这么强烈的大地震，我们咋还没接到救灾命令？”吴献洪把电话打给了团长术永富。

当时，术永富和吴献洪二人分兵两处。术永富带领舟桥团一、三、五、七连以及团机关和直属连队共 1006 人远在北京密云承担沙通线（后改称京通线）白河大桥施工任务。团政委吴献洪和副团长郎德昌，率领二、四、六、八连在驻防地山东齐河县，承担晏城基地营建工程，并轮流在齐河黄河 108 码头组织进行舟栈桥技术和战术训练。

“还没有，我这边也等着呢。”团长术永富电话里的声音同样焦急。

“咋回事呢？”吴献洪说。

“再等等，估计上级在通盘考量。”术永富说。

“再考量，咱们舟桥团也是能啃硬骨头的啊！”吴献洪说。

“当然，咱们是谁？全军独一无二的铁道兵独立舟桥团啊！”术永富说。

齐河与唐山，两地不过千里，一边是奔腾的海水，一边是燃烧的火焰。

终于，独立舟桥团迎来了那个激动人心的时刻。

唐山大地震发生三天后，命令终于来了！

被采访人如今都已是六旬甚至七旬以上的老人，有的记性好些，有的记性差些，但他们都没忘记那个时刻：1976 年 7 月 31 日 18 时。

据当年团后勤处物资股助理员、后来的铁道战备舟桥处党委书记吴登祥回忆，那天晚上六点，管理股股长突然吹起了急促的紧急集合哨。他说好像大家早就知道有这样一个时刻，在最短的时间内就整齐划一地集中到了会议室里。

那一刻，政委吴献洪、副团长郎德昌站在会议室前面。郎德昌手里拿着铁道兵司令部的文件，一脸肃穆地说："同志们，团里刚刚接到铁道兵司令部作战处的命令，要求我们务必于8月4日前，携带200米铁路舟桥所需器材赶往唐山抗震救灾，我们舟桥团的主要任务是抢建汉沽蓟运河铁路大桥。时间紧任务重，我们必须克服一切困难，争分夺秒，坚决完成任务。"

8月1日是建军节，舟桥团党委立即命令部队终止节日休息，全团进入紧急战备状态。

接到上级命令的当天晚上，团里先后召开了党委扩大会、全团排以上干部会以及以基层党支部为单位的紧急动员会，并成立了以团长术永富、政委吴献洪为组长的前后方领导小组，决定8月1日，全团兵分两路，一路由团长术永富率领部分技术人员，分别从北京密云白河大桥施工工地和山东齐河营地出发，紧急赶往唐山配合联合指挥部和铁道兵科研所进行现场勘查，研究兵力部署，确定舟桥抢架方案；一路是后方组，由政委吴献洪和副团长郎德昌带领，迅速与齐河县革命委员会、晏城火车站、济南铁路局等单位取得联系，紧急集结车皮，集结各种所需器材。

与此同时，舟桥团全体官兵上上下下摩拳擦掌，恨不得立即赶赴唐山投入抗震救灾。

"克服一切困难，坚决完成任务！"

"头可断，血可流，人民群众不能再受苦！"

"舍得一身剐，敢把困难拉下马！"

"是英雄，是好汉，抗震救灾一线比比看！"

……

一时间，全团许多干部战士连夜向领导小组呈上了请战书，还有干部

战士咬破手指写了血书，表示抗震救灾为人民、心甘情愿献青春。

其实，上级的第一道命令是团长术永富在电话中接到的。当时，铁道兵司令部首长下达完任务，问他有没有困难。术永富习惯性地来了个立正，答道："再大的困难也能克服，独立舟桥团坚决完成任务！"

说完后，术永富心里有些忐忑。任务之重和一连串的新课题摆在他们面前，他真担心夸下的"海口"能不能成真。可是，从北京到唐山，术永富沿途看到了大批列车挤在车站开不出去，救灾物资只能由汽车向前倒运，他便深深地明白上级的决定是多么英明。党中央和中央军委时时牵挂着灾区人民，

⊙ 铁路"蛙人"们即将对中朝友谊大桥进行检测。

拍摄：李洪涛

这也是对舟桥兵的一种信任。作为独立舟桥团的团长，在各种困难面前，术永富必须充满胜利的信心。以前，独立舟桥团一直守卫在黄河畔，如果是黄河上的某座大桥中断，他们完全有把握在几个小时之内让火车通过。而现在为了救急，上级决定将黄河上的舟桥调来蓟运河，这就是说，要把定点舟桥变为机动舟桥。黄河与蓟运河属于两个完全不同的水系，全部器材靠旱路转运，这等于要在极短的时间内把一座铁路大桥从千里之外的黄河上搬运到蓟运河上啊！

对于独立舟桥团的官兵来说，接到命令的那个夜晚是一个令人焦虑的夜晚。特别是对于驻防地齐河的政委吴献洪和副团长郎德昌，更是焦灼难耐。那个晚上团作战室的灯光一直亮到天明，一声又一声的电话铃声尖锐而急促。吴献洪脱掉衬衫，只穿一件小背心，电话在他跟济南军区军事交通部驻济南铁路局的每个相关科室间一次次接通。

"请你们派一名军代表来督战。就算用肩扛，我们也保证按时把器材从黄河上运过来……"

"铁道兵首长跟军委立了军令状，你们一定帮助我们把专列协调好，8月4日之前所有设备必须全部运到蓟运河上……"

采访中，原器材股股长马士德告诉我们，当时他根本顾不上说话，只是埋头盯着厚厚一摞密密麻麻的表格，一项一项地检查。

"上级命令说抢建一座200多米的舟桥，需要哪些设备和器材？甚至什么样的零部件？对于舟桥团来说，这就是一场一边开枪放炮，一边刻字绣花的战争，不允许出现半点差错。即便只是漏掉一颗螺丝、一个螺帽，也可能导致到时候通不了车。"忆起当初，如今已经头发花白的马士德依然很激动，他说舟桥团建立以来还没参加过真正的战斗，"唐山抗震救灾对我们来说就是最大的考验"。

副团长郎德昌是有名的"大烟枪"，他一个人站在一张放大了的齐河地图前，"泉城牌"香烟已经抽了三盒。当时，郎德昌已51岁，在二十世纪七十年代，一个51岁的人已不再属于中年人，而是已步入老年。但作为副团长的他明白，大震之后必有大雨，他派人去查看了之后两天的天气预报，说是齐河县还有大暴雨。

那时候，齐河县城还没全部搬迁到现在津浦铁路边上的晏城镇，几个连还在老县城驻防，离津浦铁路上的晏城站差不多有15公里远。因此，郎德昌想到了从老县城到晏城火车站的道路状况，那儿有一大段泥巴路，而且还是红土地，脚踩上去能把鞋子粘下来。200米舟桥所需的各种设备和器材，大多是沉重巨大的铁家伙，用汽车运输的难度可想而知。而且舟桥团当时所有的汽车全用上，也才十几辆，光靠这十几辆汽车能够按时完成运输任务吗？

郎德昌这样想着，一包"泉城牌"香烟就又抽光了。他从兜里掏出另一盒的时候，政委吴献洪见他不停地咳嗽，心疼地说："老郎，少抽点烟吧，身体要紧。"

听政委劝他，郎德昌苦笑着说："抽烟才能提精神。没有烟，怕是上眼皮和下眼皮早就打架了！"

这样说着，郎德昌转身拿起电话，再一次拨通了济南军区司令部："请求军区协助调配汽车，帮助我们运输舟桥所需器材。"

济南军区那边说："好，请稍等。"

不一会儿，电话铃响了，济南军区司令部值班室告诉他们，济南军区已从平阴县协调来十辆汽车，明天可到达齐河。济南军区值班室的人很负责，将每一辆汽车的号牌告诉他们后，又说："这十辆从平阴调来的汽车，一切服从你们调遣。"

郎德昌激动了，他握着电话听筒对政委吴献洪说："政委，济南军区帮咱们从平阴调来十辆运输车，一切听从咱们调遣。"

吴献洪同样很激动，说："太好了！谢谢济南军区的首长们！"

电话如同开闸的洪水，从四面八方倾泻而来。紧接着，济南军区军事交通部驻济南铁路局张代表也将赶来舟桥团，现场帮助调度专列。

8 月 1 日，一切准备完毕。

而此时的唐山地震灾区，可谓水深火热。团长术永富所率领的前方组到达唐山，千方百计与吴献洪政委取得联系后，告诉他部队行动要快了再快，因为唐山急需救援。

灾区惨象不忍目睹，倒塌的楼房、崩裂的地缝、死者的尸体、寻找亲人的呼喊，任谁看了都倍感撕心裂肺。幸存者悲伤、茫然和无奈的情绪，一直笼罩在这座曾经繁华的城市上空。

人类历史上最悲惨的一页之一，将齐河与唐山紧密联系了起来。当年原铁道兵独立舟桥团的战士，今天已经退休的几位战备舟桥处的职工，忆起当初，无不痛心疾首。他们说，大概只有亲身经历过那种内心煎熬的人，才会对此有切肤之痛，才能深刻理解当时的那种情绪。

接到术团长的电话后，政委吴献洪面色沉重，告诉副团长郎德昌："命令部队，要快了再快，不惜任何代价，以最快的速度开赴抗震救灾第一线！"

第二章
全城大搬运

5. 黄河上的 108 码头

1976 年 8 月 1 日，是独立舟桥团开赴唐山抗震救灾第一线的日子。

这一天，暴雨如注。

这里得交代一下黄河上的 108 码头，因为此时的一切都与 108 码头有关。

108 码头又叫舟桥 108 码头，始建于 1966 年，距离铁道兵独立舟桥团齐河县李家岸训练码头 5 公里，那里有固定的栈桥基础和固定的动臂吊机支座，还有部队的两栋营房。唐山抗震救灾一年后，李家岸新训练码头竣工建成，108 码头便改为备用码头。

铁道兵司令部命令下达之前，独立舟桥团一部分人在黄河上的 108 码头进行栈桥架设训练，一部分人在李家岸建设新的训练码头。

“独立舟桥团一成立，就把训练营地建在了 108 码头那里。至于这个地方为什么叫 108 码头，还真说不清，也许是从上游按照序号排列过来的吧。”当年一直在 108 码头参加训练的独立舟桥团战士李继铭，如今已年过七旬，接受采访时他告诉我们，1976 年初，在位于 108 码头 5 公里的齐河县原来的焦斌公社李家岸村开始营建新的舟桥训练码头。

“如今人们可能不知道，那个年代部队的营房和训练场地，差不多都是战士们自己动手建设的。”李继铭说，部队常常是一边搞建设，一边搞训练，美其名曰“建设、训练两不误”。

据悉，齐河县李家岸村以种植水稻而闻名，鲁西北著名的黄河大米就产自这一区域。关于黄河大米，曾有文章记载：“灌之以天上之水，施之以农家之肥，纳自然之真气，吸宇宙之精华，其产品冰清玉洁，晶莹透亮，蒸之煮之芳香四溢，粘香适口，回味甘醇，素有‘一家做饭，十里闻香’之说。”而那一带的黄河大堤，同样是一道美丽的风景观光带。平时杨柳婆娑，百鸟啁啾，鱼儿嬉戏。但 1976 年的 8 月 1 日，站在大暴雨中的黄河大堤上看黄河，可就不那么可爱了，特别是堤面上的一层黏土，就像黏性极强的 502 胶，一脚踩上去鞋子里就会灌满泥和水，费大力气往外拔脚，常常拔出来的只有脚，鞋子却依然还留在黏黏的泥水中。

8 月 1 日早晨七点，暴雨劈头盖脸地浇了下来，108 码头上人声鼎沸，汽车轰鸣。正在李家岸营建新训练码头的一部分官兵们，遵照上级指示，撇下瓦刀急急赶了过来。原本就在这里参加栈桥架设训练的一部分官兵，也早已在黄河大堤上紧张地忙碌着。暴雨中望过去，这是一只怎样的队伍?从装束上就能够看出，他们已做好大战的准备。虽然暴雨如注，但几乎没有人穿雨衣，因为穿雨衣影响干活。有的打着赤脚，有的把上衣脱掉，光着膀子在忙活。无论干部还是战士，都明白上级的命令：拼了命也要赶在明天，也就是 8 月 2 日，把黄河上这 200 米长舟桥的所有设备卸下来，装上汽车，拉到晏城火车站，再在那里转乘火车运往唐山灾区的蓟运河。

当年的新兵，如今已退休赋闲在家的徐新民，接受采访时告诉我们：“当时那可真叫一个紧张，在 108 码头上忙活着，恨不能一下子就把器材和设备运到唐山灾区，投入到紧张的抗震救灾中。”

徐新民还告诉我们，作为一个新兵，他知道自己很多事做不了，只是按照领导的要求去做罢了，他一直对自己的表现不太满意，很想借助这次抗震救灾好好表现，又担心不能在抗震救灾中发挥出较好的作用。他说刚当兵那会儿，看着滚滚东去的黄河水，老是感到一阵阵的眩晕。他来自安徽农村，不习水性，不久前还在训练中发生了一件差点丢掉性命的事。

“那是一次正常的训练，我跟 11 名战友乘一艘冲锋舟过黄河，因操作不当，冲锋舟突然翻了，12 个人全部掉进了黄河里。”徐新民说，幸亏岸上的战友们发现及时，十多个救生圈瞬间扔了过去，岸上的战友们费了很大劲，才用手臂、绳子、船桨把战友们相继拉了上来。大家刚想喘口气，突然发现他不见了，便一边大声呼喊着他的名字，一边开着船往下游寻找。

偌大的黄河河道，又正是汛期，水面很宽，哪里有徐新民的影子？

十多分钟过去了，仍旧没有找到徐新民，只看到几只丢失的救生圈顺着流水往远方跑去。那时候，水势很大，水流湍急，望着滔滔东去的黄河水，战友们一个个心急如焚。

“徐新民——”

“徐新民，你在哪里——”

……

徐新民说至今他还能记起战友们当时凄厉和焦急掺杂在一起的喊声。那喊声震撼着整个黄河河道，也震撼着许多战友们的心。

“有的战友嗓子都喊哑了，有的冲着滔滔的黄河边喊边流泪，现在想起来我还感动得流眼泪。”徐新民说，那一刻他的脑袋其实已经钻进了一个救生圈里，想想也真是命大，自己命不该绝。“不会游泳的人掉到水里就会往下沉，不过也会下意识地两只手乱抓。好像就是乱抓的缘故，我竟然抓到了一只救生圈，还竟然钻进了救生圈里，因此也竟然就没有被淹死……”

在凄厉和焦急的喊声中，有个战友突然发现了他，抹了一把脸上的泪水，大声喊：“徐新民在那里，他在那里……”

人们顺着那位战友手指的方向望过去，还真就发现了徐新民。被救上来后，徐新民不吃不喝，昏睡了三天三夜。醒过来之后，他说，他刚掉下去时眼睛睁不开，嘴巴也喊不出，满头满脑全是黄河水的颜色，感觉被一股力量裹挟着往前跑，你不跑都不行。突然，一股水流冷不丁地推了他一把，他的半截身子竟然插进了一个救生圈里……

至今回忆起那次事故，徐新民还说自己被淹得够呛，之后才下决心学会了游泳。但他也记得当时有好几个没能抓住的救生圈，顺着黄河水往东飘去了。“看着那些被浪费了的救生圈越飘越远，大家都很心疼。那个年代，无论是民用物资还是军用物资，都十分匮乏。”

徐新民说后来见到水，他就再也不“晕”了，抢运设备和器材时，还是第一个冲到水里去的呢。

“唐山人民急需帮助，我们早一分钟把器材运过去，就能早一分钟救人。”徐新民说，那一天大家在大雨中紧张地忙碌着，拧螺丝，卸设备。舟桥板块之间的连接板，轻的50公斤，重的60多公斤，大家用肩扛，用手抱，后背磨破了皮，手指磨出了血，都全然不顾。雨水把十个手指都泡白了，不仅没有人去包一包伤口，还都边跑边挥舞着手臂，喊着“加油，加油”。

如今已经过去了近半个世纪，生怕一个人的回忆不够准确，不够全面，我们又接连寻找到当年独立舟桥团的三个人，杨用文、吴登祥、王仁军，听他们述说了他们记忆中当年在108码头上抢装设备和器材的情景。

忆起当年在黄河108码头准备出发的情景，三个人依然话语铿锵，豪气满满。

1970年12月入伍的杨用文，来自湖南永州。1976年，他已是一位老兵，担任舟桥团五连一排副排长。8月1日，他跟十几名战友赶到108码头时，倾盆大雨兜头往下浇，水打在头发和眉毛上，根本睁不开眼睛，看东西时只能眯着眼。作为副排长，杨用文大声喊道：“同志们，为了地震灾区的人民，拼了！”于是，十几条汉子齐刷刷脱掉上衣，赤着上身冲下大堤，跑向原来训练时架设在黄河上的舟桥，疯狂地拆卸着各种零部件。

杨用文说从那一刻起，大家就拼命地忙活，炊事班送来饭菜，谁都顾不上吃，饿了随手抓起一个馒头和一块咸菜，边干活边狼吞虎咽地吞下肚。望着疲惫不堪的战友，他想鼓舞一下大家的士气，便举起右手，用标准的湖南话说：“我手里拿着的是什么？”同样来自湖南的战友望着他，有些不解地答道：“能是什么，咸菜呗！”他又说：“这哪是咸菜啊，分明是咱们湘妹子亲手送来的湖南辣子啊！再看这个。”他又举起手里的馒头，“这是毛主席他老人家才吃得到的红烧肉啊！同志们，吃完红烧肉就辣子，咱们就‘敢上九天揽月，敢下五洋捉鳖’了！”一席话，把大家都逗乐了。

“以苦为乐的革命乐观主义精神，当年就这样春风一般吹拂着战士们的心窝窝。如此情景下，又有谁不奋力拼搏，不英勇向前呢？”杨用文说。

吴登祥 1976 年时同样是一位老兵了，他说当时大家心里涌动着的是一股革命热情，或者叫革命浪漫主义情绪。任何人都不怕困难，甘愿吃苦，什么大雨啊，泥泞啊，根本算不上什么，大家就想一步迈到唐山，救灾区人民于水火之中。

后来，有各种论坛会议对唐山大地震所造成的各种问题进行深入研讨，有诸多学者指出，谁都不能否认地震给唐山带来了毁灭性的灾难，而唐山却在一片瓦砾上创造出了奇迹。在时代发展中磨砺的唐山精神穿越时空、代代相传，伴随物质重建的进程，精神重建的图景同样令人振奋。另一方面，参与唐山抗震救灾的解放军战士和各行各业的人士，同样在历经磨难、饱尝艰辛后，培养起了屹立不倒的精神力量，这种精神力量同样创造出了奇迹，以至于这样的奇迹后来助推了我们国家的改革开放，从而又显现出了一个国家和民族愈挫愈奋、多难兴邦的精神密码。

对于研讨会上的一些观点，我们不知道是赞成好，还是反对好，但有一点是真切的，那就是唐山抗震救灾使很多人得到了锻炼，而且给后人树立了坚挺的精神标杆。

杨用文告诉我们，第二天夜里，雨停了，但雨滴从树叶上落下的吧嗒声却清晰入耳。战士们的体力和精力已达到极限，谁都想找个地方休息一下，哪怕眯上一小会儿，但关键时刻，这样的想法就是一种奢望。他说有个叫李春虎的战士，身上穿着一件救生衣。忙碌之中，趁着汽车还没停好的短暂瞬间，一屁股坐到了地上，身子刚靠在一棵树上，立刻发出震天的呼噜声。杨用文听到呼噜声立马就火了，三步并做两步，朝着呼噜声就冲了过去。全排人都知道杨用文是个急性子，说话大嗓门，火气上来犟牛一样，没人不怕他。见他着急的样子，有战士想李春虎这下是在劫难逃了，轻者是一顿臭骂，重者则会两脚板子踹上去。但杨用文那一刻竟然把火搂住了，他走到李春虎面前，举起的右手刚想打下去，又缓缓放了下来。借着刺眼的汽车灯，他看到李春虎浑身上下都湿透了，脸色被雨水冲洗得有些苍白，他屁股下面坐着的地方，竟是一个不小的水坑，水已把屁股淹没掉了。杨用文望着李春虎，泪水顿时涌满眼圈，他哆嗦着嘴唇轻轻叫了几声，说："李春虎，你这个同志，睡觉咋不知道选个干地方！"李春虎突然像被蜇了一下，"腾"地挺直了身子，惊惊地问："车停好了？"见杨用文正盯着他，立刻明白了是咋回事，不好意思地说："排长，不好意思啊，咋就眯着了呢！"说完，立刻连滚带爬地跑向黄河扛器材去了。杨用文望着李春虎的背影，咧嘴笑了，自言自语说："这个人啊……"

王仁军，山东海阳人，1976年3月入伍。那一年，他自己还是一个新兵，新兵连训练结束后被分配到连队担任机动舟学员。

"抗震救灾命令下达时，我们正在李家岸108码头上参加训练。"忆起当年，王仁军脑子特别清晰，他清楚地记得每一个细节和每一个战友。他说器材拆装之后，又用汽车运往晏城火车站。因为下大雨，路太难走，车陷在路上，根本动不了，只能靠人力去推。刚装满器材的一辆解放车陷进泥泞中，排长招呼大家去推车，车两侧每边五六个小伙子，为集中用力，大家冒着雨喊着口号费力地推。可笨重的汽车轮胎在泥泞中越陷越深，还

⊙ 从几十米深的水下浮上来，享受片刻的喘息。拍摄：朱砚茹

打滑，车轮空转挂起的泥水统统打在战士们头上、脸上、脖子和前胸上。见此情景，大家二话没说，立时脱下自己的上衣，团成一团，塞在车轮下面，汽车才喘着粗气爬出泥泞……

6. 齐河全城大搬运

唐山大地震是一场无法预料、无法阻止的灾难，而灾难中坚强的精神力量，支撑着大家一次又一次克服困难，与灾难开战。铁道兵独立舟桥团的开进，就是一次次将困难搬开的过程，这个过程完全与他们提出的口号相符合：逢山开路，遇水架桥。

1976 年 8 月 1 日开始，百辆次的汽车一下子涌到了晏城火车站，更大的困难来了。

位于津浦铁路线上的晏城火车站，坐落在齐河县城北边。因为唐山发生了大地震，因为全国都在支援唐山抗震救灾，此时的晏城火车站与全国许多火车站一样，差不多成了一处庞大的物料场。

这里需要有个交代，事情还得从头说起。

1973 年之前，齐河县城并不在现在的晏城，而是自从金天会八年建齐河县起，就一直位于黄河岸边的老齐河城。为提高黄河防洪防凌能力，国务院于 1973 年发文要求在齐河县黄河大堤向北五公里处，再修一道黄河北展大堤，形成一个面积 108 平方公里的黄河北展泄洪区。倘若黄河突发水情，无力抗洪，可直接打开位于黄河大堤上的豆腐窝泄洪闸，释放黄河洪水进入泄洪区，以保护京津冀地区免受水灾。

按照文件要求，齐河老县城北迁至现在的晏城镇。自从 1973 年开始老县城搬迁，新县城的建设就一直进行着。到 1976 年，县城建设更加如火如荼。

当时公路运输尚不发达，建筑材料诸如石头、沙子、水泥等仍旧依靠铁路运输，加之唐山抗震救灾所需各种器材、设备和物资急需运送，晏城火车站就成了卸装各种材料物资的存料场。

8月1日，独立舟桥团副团长郎德昌刚从黄河上的108码头指挥着把舟桥拆卸完毕，便马不停蹄地赶到了晏城火车站。他一见站台和站前广场上到处堆满的建筑材料，脑袋就大了。如果不及时清运出这些建筑材料，汽车根本开不进去，大块头的舟桥设备也就无法卸载。

怎么办？郎德昌急出了一脑门子汗，他在晏城火车站广场上转来转去。

有个词叫“急中生智”。那一刻，郎副团长还真的就“生智”了，他一下子想到当时的齐河县革命委员会。于是，他急匆匆赶了过去，直接闯进了主任王永昌的办公室。

“王主任，我是舟桥团郎德昌，我们昨天夜里接到铁道兵司令部命令，要求8月4日携带200米舟桥器材赶到唐山蓟运河架设一座铁路舟桥，抢通被地震破坏的京山线。但是，晏城火车站被建材堵死了，恳请县革委会出面清运车站建材，让我们部队参加抗震救灾的汽车开进去。你知道，眼下救灾如救火啊！”

“老郎，唐山发生大地震，这是全中国的灾难。抗震救灾不仅是你们军人的责任，也是齐河全县人民的责任。你放心，县革委立刻进行部署，全程配合部队运输器材。”王永昌主任说完，立刻打电话把县革委会办公室主任喊了进来，要求他全程盯住火车站，另外，立即动员县汽车运输公司、机关干部和周围群众，到火车站清理现场，决不能耽误舟桥团携带舟桥器材去唐山抗震救灾！

上午9点，晏城火车站成了人的海洋。郎德昌再一次从黄河边赶回来时，见近千名陌生的面孔正在那里忙活着。有的用竹篮子，有的用抬筐，有的用水桶，一锨锨沙子，一锨锨石子，装了框盛满桶，迅速地往外运送着。

见此情景，郎德昌的眼睛一下子湿润了，脑子里回旋着发自内心的声音:

亲爱的齐河人民，你们是部队的亲人，也是灾区的亲人，俺郎德昌给你们鞠躬了！那一刻，郎副团长站在火车站边上，冲着正在忙碌的上千名群众，真就深深地鞠了一个大躬。当然，郎副团长的腰弯下的时候，大家正在热火朝天地干着，根本没有人注意到他，但郎副团长的躬依然鞠得很标准，用他的话说，那叫一个情不自禁！多少年之后，郎副团长与县里的一位领导说起此事，那位县领导惊异地望了他半天，说，郎副团长，作为县里的领导，可真是羞煞俺了。你从战争年代走来，为打江山立下过汗马功劳，如今又在唐山抗震救灾中再立新功，县里不但没提供什么帮助，竟然还在无形中给部队设置了障碍，实在不应该啊！郎副团长笑笑，说唐山大地震本来就出乎意料，再说新县城建设也在节骨眼上，人民群众能自发为部队清障，也是另一种意义上的抗震救灾啊！

郎副团长正被那样的场面感动着，齐河县运输公司的十几辆解放牌汽车一溜线地开到他面前。他突然愣住了，这是干吗？运输公司的负责人从车上下来，跑到他面前说："解放军领导，你们不是往唐山运器材吗？我们这些车拉大件不行，运小件还可以，你下命令吧！"

郎副团长激动地拉着运输公司负责人的手说："谢谢同志们，你们来得正是时候！"

随着郎副团长大手一挥，县运输公司的汽车轰隆隆地朝着黄河 108 码头奔去了。

这时候，在县里的动员下，常年在火车站旁边赶脚的地排车也来了，赶车人多数是晏城大队、桑园赵大队的农民，他们有的赶着骡车，有的赶着驴车，还有的赶着牛车。他们找到郎副团长，说："解放军领导，你就派活吧，我们去给你们拉人、拉工具……"

从内心涌起的一波波热浪，让郎副团长这位年近半百的汉子一次次潮湿了眼睛。

从白天到黑夜，从黄昏到黎明，没有水，没有饭，没有停顿。齐河县的老百姓和独立舟桥团的官兵们，没有任何的停歇。没有起重机，肩膀变成了起重机；没有脚手架，脚丫子变成了脚手架；没有红绿灯，手掌变成了红绿灯……

作战股股长李祥祯，在黄河大堤上坚守一天一夜后，又来到了火车站。他指挥车辆陆续进站，带领战士有序卸车，并按照顺序把舟桥器材装上火车。从凌晨忙到上午，从上午忙到下午，衣服湿了又干，干了又湿，后背上残留的汗渍像冬天玻璃上的窗花。他嗓子哑了，一点声音都发不出，只能用手比画，再不行就用一张厚纸板，一根铅笔，把命令简单写在纸板上。当年的老兵吴登祥接受采访时，专门说起了李祥祯，他说任务紧张啊，李祥祯都快急疯了，眼圈熬得通红，嗓子哑得说不出话，我们劝他休息一会儿，他不但不领情，还瞪着眼睛吼我们：“如果你们的器材运不过来，耽误了专列开车，看我不收拾你！”见他那么狠的表情，我们赶紧一缩脖子，一溜烟地跑去干活了。

在军地双方的共同努力下，黄河上的一座200米铁路舟桥终于在全部拆卸后运送到了晏城火车站。8月1日13时50分，第一列火车开进车站装车，21时40分装完；8月4日中午，第一列火车和随车抢架人员抵达唐山茶淀站。第二、第三列火车分别于8月3日23时53分和8月4日22时57分装上器材发往唐山。

据后来的《铁道战备舟桥处志》记载，1976年，从8月1日到8月4日，独立舟桥团官兵们共装载3个专列、119个车皮的舟桥设备和器材赶赴唐山抗震救灾。

如今提起这些，也许有人会说，一个舟桥团的部队几天时间装载几个专列，也没什么可大惊小怪的。的确，现在看来可能没什么可大惊小怪的。可别忘了，1976年不是2023年，其中隔了47年的时空距离。而在这47年的时光中，大型运输和吊装设备应运而生，任何器材和物资的装卸都不再是问题，而且大大缩短了所需的时间。可在47年前，那些沉重的舟桥设备，却全靠人工肩扛手抬，一个大型设备的拆装，甚至需要几天几夜的时间。难怪有人面对如今现代化程度极高的大型设备时会说，人工和智能，差距就是这么大，不服不行！

在整个唐山抗震救灾的大战役中，晏城火车站也许只是个小场景，但正是这样一个小场景，把我们的思想与觉悟空前地集中了起来，把我们的责任与行动空前地集中了起来，凝聚成一股抗震救灾的强大力量。“殷忧启圣，多难兴邦。”这话说得何等好！

7. “快让火车开到唐山去！”

为追记原铁道兵独立舟桥团的唐山抗震救灾事迹，我们先后查阅了大量资料，采访了几十名后来随舟桥团转工、退伍或调到其他单位的老兵，一次次听他们讲述当年的亲身经历，讲述唐山抗震救灾的场景。不自觉中，发现我们已经与地震，与独立舟桥团，还有唐山、蓟运河这些关键词，产生了无法分割的感情维系。在几个月的资料翻阅和采访中，我们的脑子几乎全部被这些名词所占据，甚至晚上睡觉做梦都能梦到蓟运河，梦到蓟运河上那座连通京山线的铁路舟桥。

俗话说：“日有所思，夜有所梦。”

想必是我们的大脑硬盘存储了太多当年的东西，虽然亲历者讲述的时候，我们只是一次又一次地倾听，但这样的倾听几乎改变了我们的正常思维，改变了我们的常规生活。而且我们几个中的一位，在当年唐山大地震后的第五天，还曾因为个人事宜只身深入地震灾区，目睹了那场惨烈的大灾难将唐山变成了什么样子。因此，我们边采访边写作，边写作边思考。因为一场大地震，唐山无疑已属于全人类。属于全人类的唐山，自然引起了全

⊙ 为保铁路大桥安全，“出发”成了铁路“蛙人”们的常用词。拍摄：朱砚茹

人类的关注。

据官方资料记载，唐山大地震发生后，党中央、国务院精心有效地组织指挥，为唐山抗震救灾赢得了时间，北京军区派出2.8万多名指战员，140多个医疗队，6500多台各种车辆。沈阳军区的3个师于7月28日下午2时出发，分别于29日和30日到达唐山。坦克兵、工程兵高炮部队也很快赶到。煤炭系统接到抢救开滦煤矿矿工的命令后，火速组织抚顺、阜新、大同、阳泉、北京、徐州、南京等矿的矿山救护队，乘飞机或汽车于地震当日就赶到了唐山。铁道部沈阳、北京铁路局及铁道兵立即派出抢修队，地震当天就投入抢修灾区铁路的紧张战斗。上海市在短短几个小时内，就从56所医院抽调了870多名医护人员，组成50多个医疗队赶赴唐山。山东省13个地区派出了800多名医护人员，当晚赶到济南集合出发。从地震发生当日到7月底，短短4天，全国各地支援唐山灾区人员达十几万，汽车5000多辆。7月28日至30日，唐山机场起降飞机874架次，运进救灾人员数千人，救灾物资数千吨，解了灾区的燃眉之急。而这些进入唐山的抗震救灾人员，北京军区所属部队除唐山地区驻军外，主要是从西南方向进入市区的。

这里又有一个关键词：西南方向。唐山的西南方向正是蓟运河方向，而蓟运河方向正是北京军区所属部队进入唐山的主要通道。

“许多人不知道西南方向意味着什么，它意味着要走蓟运河。蓟运河大桥不通，会直接影响部队的抗震救灾物资运入唐山。”说这话的人叫龙新莹，已年过九十，早已退休在济南生活。他早年毕业于长沙铁道学院，1958年入伍，当年是独立舟桥团的一名技术员，独立舟桥团“兵改工”后曾任总工程师。

接受采访时，龙新莹老人戴一顶黑色皮帽，一副金边眼镜，脸色白皙，身板挺直，精神矍铄，看上去很像一位退休的大学教授。

“救灾如救火啊，在舟桥器材运到唐山之前，按照命令，我们这帮技术人员提前赶到了蓟运河，研究当地水文情况，选择舟桥架设位置。”对于舟桥，龙新莹可称得上资深专家。在他的记忆中，除了唐山抗震救灾，还有一个 17 小时抢修泰安潘河大桥桥墩的惊人记录。

谈到此处，老人依然非常振奋。潘河大桥建于 1958 年，因当年桥墩深度不够，土壤塌陷，1991 年，桥体突然发生倾斜，游移 11 厘米。幸亏当时一名从上海到北京方向的列车司机及时发现险情，并立刻报给了济南铁路局。

“立刻派人到泰安研究抢修方案，命令如火。”正在休假的龙新莹被一紧急电话调往事故现场，当时正下着大雨，他和有关领导在现场考察后，只用半个小时就作出决定：让舟桥处上。方案一出，立刻行动，仅用 17 小时，舟桥处急速行军，火速奋战，迅速修复了潘河大桥。

1976 年 7 月 31 日接到抢架蓟运河铁路舟桥的命令，8 月 1 日龙新莹就跟随先遣组出发了。路上，龙新莹遇到一个汽车团，一共三辆汽车，一打听也是赶往唐山救灾的，于是他们就一起前行。结果走着走着，一辆车子熄火了，司机跳下来：“坏了，汽车没油了。看看你们的车上还有汽油没？”后面跑过来的司机也一脸苦相，也快烧没了，就这样跑，估计到不了灾区，汽车都得趴窝。怎么办？最后，其中一个司机想出了办法。他从车上取下一段塑料管和一个油桶，把塑料管挨车伸进油箱里，用嘴含住管子的另一端，铆足了劲吸，油箱里的汽油缓缓输出来，流进油桶里。凑了将近两桶，他把这些油注进一辆车里。然后跳上车，跟其他人说，“你们在这里等着，我开车去找汽油，找到汽油再回来接应你们。”

赶到蓟运河时已是第二天凌晨四点多，龙新莹见团长术永富已提前从北京密云赶到了现场，还有铁道兵司令部派出的舟桥专家陈可、汪毓珠、李德基、王志遂也已经到达，他们是乘飞机赶来的。在现场，这些技术精英们丝毫没有停歇，直接跑到河边，一场激战也就在运河边展开了。他们跟从北京赶来的师、团长们一起，踩着泥泞，拨开芦苇，沿着河边选择桥址。

与龙新莹一起在济南接受我们采访的，还有当年舟桥团的副参谋长李兴元，已年近九十的他同样已退休赋闲在家。他说7月31日接到命令，要求他和先遣组一起从部队驻地赶到唐山西南方的蓟运河上。

“吴献洪政委7月31日晚上接到的电话命令，晚上十点我们就出发了。第二天路过汉沽，那里离架设铁路舟桥的地方已不远了，景象很惨，路上摆满了人，有的受了伤，有的已经死亡，我们的车生怕压着人，躲过来躲过去。赶到蓟运河边与术永富团长他们会合后，吃饭竟成了问题。我们没带伙食班，也没带吃的，只是赶着去实地接受任务。那天晚上，术团长带着我们跑到铁道兵汽车团的一个连队去蹭了顿饭，当时条件太差，很多东西运不过来，各单位吃饭都很成问题，蹭人家那顿饭感觉很是不忍。那天晚上，我们在人家的帐篷边上，盖着汽车篷布睡了一夜……”忆起当初，李兴元一直在感叹，感叹那个年代大家能吃苦，精神好，条件再差也把完成任务放在第一位。

虽然已过去了47年，已是耄耋之人的龙新莹却依然清晰地记得，当时上级要求抢建的蓟运河铁路舟桥实际上是199.86米，后来对外称200米，有五孔门桥，两个边孔门桥。

在我们所查找的资料中，有一部解放军文艺出版社1977年2月出版的抗震救灾作品集，书名叫《人定胜天的赞歌》，里面收有朱振声采写的一篇《快让火车开到唐山去》，专门介绍了铁道兵独立舟桥团抢架蓟运河铁路舟桥的情况。读着朱振声的文章，想着龙新莹讲述的亲身经历，我们禁不住为当年的舟桥团官兵点赞。

李兴元记得在蓟运河上抢架铁路舟桥的每一个细节，他说，修建舟桥引线的部队来得最快，他们放下背包，连口气都没喘，就开始突击，一万多立方的工程，只用了一天一夜就修了起来。

“别忘了，那个年代没有任何现代化的机器设备，大多都是肩挑手抬，都是靠透支体力拼命干完成的。”李兴元说。

“每一个参与抢架铁路舟桥的干部战士，都有着属于自己的故事。那些天，大家有一个共同的信念，就是快让火车开到唐山去！大地震之后，天气依然是又闷又热，常常连一丝风都没有。许多人几天几夜都没合过眼，可以说是又累又饿又渴，困得上下眼皮直打架。有时候看到旁边有条小水沟，根本顾不了那么多，冲过去趴在水沟边上，用双手捧着沟里的水就大口大口地喝……”龙新莹说。

穿越时光隧道，回忆当年抗震救灾，最强烈的震撼是“人定胜天”的那种精神。

当然，如今再提“人定胜天”，也许会备受争议，人怎么可能会“胜天”呢？大自然有自己的规律，非要违反自然规律去“胜天”，难道不是“拿着鸡蛋碰石头”吗？

对于这样的争议，我们无须多说，但当年那样一种精神，还真就在抗震救灾中起了决定性的作用。人定，只有人心定，才能克服一切困难。谁能说这不是一种精神力量？一种鼓舞，一种骨气，一种革命的英雄气概？俗话说得好，人心齐泰山移，尽管自然灾害无法战胜，但我们可以靠努力、靠拼搏把损失降到最小。

“快让火车开到唐山去！”在那样一个时刻，这就是号令，就是力量。这号令和力量，调动了舟桥团指战员们的聪明才智，使许多难题迎刃而解。龙新莹告诉我们，舟桥架设常用的是舟桥升降塔，舟桥升降塔是岸上的栈桥，是随水位浮动的连接舟桥的枢纽。蓟运河离渤海湾不远，水位很多时候会受到海水的影响，海潮来去倏忽，落差悬殊，两小时内水位差有时候能达一两米。

“这样的情况是黄河上没有的，当时连总工程师都感到为难。”龙新莹说团长术永富比较有经验，也比较有办法，他见一时解决不了问题，马上说：“走，咱们找群众去！”

谁是群众？

这时候，我们不得不想到毛主席老人家所说的“从群众中来，到群众中去”了。

术永富团长所说的“群众”，就是拥有经验和智慧的团里的干部战士们和当地的老百姓。

当时，部队在架桥中倡导战士、干部和设计师三结合，同时也不能忘了向当地群众调查海潮规律。正是有了“群众”的智慧，舟桥团当场改革了升降塔，硬是使黄河舟桥适应了运河海潮。

“过去，升降塔的基础要打桩，因为它要承载2000多吨的列车，可当时时间来不及啊。团长在现场组织了一个‘诸葛亮会’，最后决定用片石砌台基。可水深流急，又没带潜水员，怎么下水呢？”李兴元告诉我们，术永富团长表面看上去很镇定，其实他心里比谁都急，不能按时架通蓟运河铁路舟桥，第一个需要承担责任的就是他这个团长，承担责任还在其次，更重要的是地震灾区急需救灾人员和救灾物资，如果不能及时抢通京山线，势必损失大如天。好在通过集思广益解决了问题，术团长心里算是有了底。

连副指导员张跃凤是个“来得快”，向团长请求说：“这好办，把事情交给我们就行！”

他们连已经连续突击了24个小时，张跃凤不顾疲劳，又率领26个战士组成“水上突击队”跳进运河，顶着海潮，潜入水底挖烂泥，投片石。而同样是共产党员的芦汉基和叶志高，在水里战斗了一个通宵，上下潜水100多次，眼睛熬红了，脚泡肿了，身子给海潮搓得发紫，同志们要求替换他们，芦汉基摆摆手说：“这算啥，为了赶快抢通京山线，就是掉一身肉也甘心。”说完，他又抱起百来斤的石头扎入水底……

一夜工夫，台基就升出了水面，高兴得术永富直喊：“快报告政委他们，现在就等门桥了！”

8. 军代表的“便条”

术永富团长带领大家在蓟运河上激战正酣的时候，在千里之外的山东省齐河县黄河岸边，政委吴献洪依然指挥着部队抢运器材。那情景，那种激烈的程度，一点也不比在蓟运河上架设铁路舟桥逊色。

起重班班长李存才，带领战士们勇挑重担，在河水中又拆又装，连续激战了几天几夜。把最后一个部件装上汽车时，李存才冲全班人员大手一挥，说：“上车，去火车站，奔唐山！”

战士们立刻扛上枪支、工具和背包朝汽车跑去，结果李存才他们跑到汽车旁边，刚想上车时，司机却大声喊了起来：“同志们，车已经超重了，如果人再上车跟着去，只能把器材再卸下一些来。”

体力已经接近极限的李存才立刻停下，他的大手又一次冲全班人员一挥，喊道：“先紧着器材走，咱们走着去火车站！”

李存才的话声刚落，汽车就轰隆隆地开走了。

望着远去的汽车，李存才带领全班人员甩开两腿，冒雨朝着晏城火车站赶去。

从108码头到晏城火车站，足有15公里，而且道路泥泞，十分难走。但一路上李存才一直激励大家加快速度赶往火车站，他说火车装车估计得一段时间，咱们抓紧往那里赶，应该能赶上火车。赶到车站后，咱们就坐在器材上去唐山。

他们大步走着，每个人都是一身汗一身泥。有战士说感觉像当年红军走长征，一路上不是雨就是泥，当年红军差不多就这样吧。又有战士接过话：“这可不对啊！咱能跟红军比？当年红军那长征走多远，咱才走多远？”李存才急脾气上来了，说：“别瞎扯了，都快点走，去晚了拿你脑袋当夜壶使！”

战友们根本不拿李存才的话当回事，虽然浑身是泥，仍旧你一言我一语地说笑着。李存才想想这也对，起码有个乐观的态度啊。可在最前边带队的他，却故意加快了速度，他想一定要赶在火车出发之前赶到火车站，万一火车开走了，起重班全体人员掉队就麻烦了。

为了拆卸黄河上的舟桥，他们毕竟已经几天几夜没合眼了，再加上没吃饭，这些年轻的战士们在雨水中的泥泞里走着走着，就渐渐感到体力不支了，大家边走边喘粗气。有个当年入伍的新战士被雨淋后，头天晚上就感冒了，见他满脸通红，李存才走过来一摸他的额头，烫手得厉害。于是，他停下脚步，体贴地对这个新战士说：“你对灾区人民的感情大伙都明白，可身体是本钱，你带着病去也没法抗震救灾，还是回营房吧。我们几个先去，等你感冒好了再赶过去。”

一句话竟然把这个新战士惹毛了，他顿时朝着李存才瞪起了眼：“班长，你怎么这样？好歹我也在一线干两天了，你不能把我撵回去啊？感冒这点毛病比起唐山群众遭的灾来算个什么事啊？这时候让我当逃兵，门儿都没有！”那新战士说完就跑到了队伍的最前边，带着头朝火车站赶去。

岁月如歌，人生易老。转眼间，唐山大地震已经过去了47年。也许是那段生活太过艰辛和沉重的缘故吧，在47年的人生岁月中，经历了那么多事，唯有在唐山参加抗震救灾的那些日日夜夜，深刻地永存在了许多舟桥团人的记忆里。今年五月，为采写这篇文章，我们参加了当年舟桥团五六个老兵的小聚会。听他们唠得最多的、他们最难忘的军旅生活，就是唐山抗震救灾抢建蓟运河铁路舟桥的事。其中一个老兵就谈到了李存才的起重班，说那家伙还真行，平时看上去不吭不响，到了关键时候特别有主意。

的确，李存才是个有主意的人。那天，他带领起重班全体人员走到半路上，身后开过来一辆解放牌汽车，他们自动让出路来让汽车过去。汽车突然来了个急刹车，司机把头探出驾驶室，望着这群满身被泥水包裹了的解放军说：“解放军同志去哪里？”

“去火车站。”

“快点上车，俺送你们！”

谢过司机师傅，大伙跳上车，汽车载着起重班的战士们往前冲去。有老兵们忆起当年的情景，说人民群众看到穿军装的解放军，眼睛里冒出来的全部都是亲切，如今想起来心里还暖暖的。

多亏那辆汽车，让李存才他们少走了几里路。但即便是这样，他们扛着枪支、工具、背包急火火赶到火车站时，军列也已经开走了。李存才望着刚刚出站的列车，跺着脚说：“糟了，我们掉队啦！”

军代表见状,走过来安慰说:“这不怪你们,军列因为抢点,提前开走了。”

“那我们怎么去灾区？”李存才说。

“你们首长留下话，叫你们留下来在营房看家。”军代表说。

“你说什么？让我们看家？”李存才急了，冲军代表瞪起了眼。

“是，你们首长留下的话。”军代表缓了口气。

“那哪行啊，抗震救灾正需要我们，怎么能留下呢！军代表同志，请您帮我们想想办法好吗？”李存才几近哀求地说。

“对，请帮帮我们吧！”

“求你了，帮帮我们吧！”

战士们呼啦一下把军代表围在中间，七嘴八舌地乞求着。

军代表望着这群年轻的面庞，被他们的求战热情感动了，最后说：“好吧，我给你们写个条子，你们坐客车去追追看好吗？”

正说着，一辆客车开进了站。

李存才拿着军代表写的便条，对能不能上客车将信将疑，因为他们刚从现场来，除了枪支、工具，谁也没带钱，一个个又都是油泥满身，客车能让上吗？他哪里知道，正是这身装扮，成了他们的“特别通行证”。

列车员听说他们是去唐山地区抗震救灾，不但没要票，还帮着他们往火车上提东西。车上的旅客们看他们累得那个样，纷纷起来让座，有的还把手里的水杯递过来，劝他们喝点水，先别着急，在车上好好休息一下，等到了地方再“拼命”也不晚。

途中换车，车站站长亲自给他们联系了军列。

从天津站下车后，正好路过天津牙膏厂，李存才上前打听路，工人们听说他们是去唐山抗震救灾的，像对待自己的亲人一样，给他们每人水壶里都灌满了水，还蹬着三轮车帮助他们拉工具，一直把他们送到另一个车站……

李存才他们心里热乎乎的，一个个感动得不知道说什么好。这一切使他们亲身感受到，全国人民对唐山抗震救灾是多么关切，人民战士肩上的责任又是多么重大。但当时，恐怖、焦虑和无奈紧紧揪着他和全班战友们的心，大家都铁青着脸，谁也不说一句话，人人眼里都闪着泪花。

今天，忆起当年的一路征程，起重班的战士们说，大家当时都憋着一股劲，都想早点投入战斗，为灾区人民尽一份力量。

这时候，天上乌云翻滚，不时响起几声闷雷。夜里下了一场小雨，还发生了几次有明显震感的余震。尽管天津离唐山还有些距离，但余震中有些建筑物的残骸仍会发出轰塌的声响，偶尔还会传来一声声幸存者嘶哑的哭声或撕心裂肺的呼喊逝去亲人的叫喊，这些更增加了战士们内心的沉重感。

当他们在群众的帮助下，终于追上军列，赶到蓟运河边的施工现场时，什么苦啊，劳累啊，都早已飞到九霄云外去了。

大家放下背包就往桥头跑，工地正好在安装动臂吊。团长术永富一见他们来了，马上兴奋地喊：“你们可来了！现在正需要起重工，快给我上！”

李存才应了一声“是”，立马嗖嗖地登上了十多米高的立杆。

第三章
大战蓟运河

9. 一个战士的灵魂涅槃

风在吼，

马在叫，

运河在咆哮。

蓟运河上，抢架舟桥，那是一场激烈的阵地争夺战，争分夺秒！

谁都知道，时间是战争的关键因素之一。战争瞬息万变，早一秒钟，战争胜负就极有可能发生大逆转。所以，独立舟桥团的指战员们，无论有多累，有多困，脑子里都一直念叨着那样一个时间限定：七天。

现今人们休“小长假”，总觉得一星期太短太短。同样，当年独立舟桥团的指战员们，在条件差、任务重、时间紧的情况下，抢架一座铁路舟桥，也感觉“一个星期”太短太短。

然而，与如今人们对“小长假”的感觉不一样的是，时间再短，他们也必须完成任务。因此，大家白天在大雨中忙碌，在骄阳下炙烤，在尸臭中流汗；夜晚在困倦中奔跑，在黑暗中摸索，在蚊蝇叮咬中施工……

来自黄河岸畔的独立舟桥团的战士们，不仅把汗水洒在了蓟运河上，还把鲜血流淌在了唐山这片灾难深重的土地上。但是，我们的人民解放军战士，不愧为新时期最可爱的人，他们的手指断了，简单包扎一下，就不顾劝阻继续跑回战场；他们的脚扭了，揉一揉，就蹒跚着，甚至匍匐着爬向战场；他们的头破了，也照样一动不动，像青松一样屹立在岗位上。

湖北籍战士李大华，是独立舟桥团二连的一名副班长。这位吃惯了辣子、说着满口南方话的小个子，晚间施工时表现出了一种疯狂的状态。衣服湿了干，干了湿，像一层黏糊糊的塑料布粘在身上。这让他很难受，好像一条讨厌的镣铐缠着他，伸不开腿，直不起腰。后来，李大华干脆脱掉上衣，赤裸上身蹲在铁板上拧螺丝。当然，这个时候蚊子绝对不会放过他，成群地绕在他头顶盘旋聒噪，时而冷不丁俯冲下来，朝着他裸露的脊背狠狠就是一口。李大华实在忍不住了，便不住地朝胳膊、肩膀挥手拍打，但这根本无济于事。“来吧，咬吧，我是铁打的汉子，还怕你这些小虫虫？”他忍住痒痛，拼命工作，任由蚊虫们叮得背上起了一个又一个大包。

除了蚊虫叮咬，还有不住流淌的汗水，在李大华脑门上恣肆汪洋，一会儿流进脖子，一会儿流进嘴巴，一会儿又流进眼睛。流进眼睛里的汗水最难受，杀得眼睛涩涩地疼。而就在他一眨眼的当口，右手的扳子突然打了一个回转，左手手指一阵刺疼。他抬起手臂一看，一截小手指已然像秋天的树叶一样，仅有一绺皮肉连接着了，血水和着汗水，像雨点一般滴在了脚下的铁板上……

“李大华负伤了！”战友们见状，急躁地找来军医。

卫生队副队长搀着李大华急急地走到岸边营地，迅速为他包扎。

“手指很难保住了，这里不具备缝合条件，只能做些简单处理，得立刻转送后方住院治疗。”一番检查之后，卫生队副队长惋惜地说了这样一番话。

李大华望了望自己那截晃荡着的手指，又望了望卫生队副队长。此时，手已经麻木了，疼痛还没有像潮水一样袭来。他说：“副队长，大伙都在战场上，我怎么能因为一段手指就当逃兵呢？”

“可是这里不能缝合啊！”副队长说。

“拽断不就行了！”话音还没落，右手手到指断，一截手指被他硬生生扯了下来，扔到地面上。

“哎呀，这咋行？”见过各种各样伤口的副队长被他的举动搞蒙了，说话间竟然哆嗦起来。

“快点包扎，我那活还没干完呢！”李大华说。

副队长眼含泪水给李大华包扎。边包扎，副队长还边埋怨说李大华你怎么能这样啊，这样掐断，手指可就再也长不出来了啊。李大华不管那么多，副队长刚刚给他包扎完，他起身就往岗位上跑。副队长喊了声“不行”，他像没听见一样。望着李大华的背影，副队长眼里的泪水瞬间流了下来。

很可惜，写这篇文章之前，我们一直没能采访到那个叫李大华的副班长。我们多想听李大华述说一番当年的心路历程啊，却一直不知道他在哪里。而他的战友们向我们描述的当时的情景，又不能不使我们想到，追寻当年独立舟桥团官兵的唐山抗震救灾精神，对人类生存有着这么重要的启示意义。大地震是一种摧毁，也是一种建构，当年的许多解放军官兵和身处地震灾难中的唐山人，正是在与大地震的抗争中，坚强了自己，健全了自身，完善了自我，表现出了一种超常的大爱精神。从某个角度来看，这种精神的建构甚至比物质的建设更为重要。

后来，李大华因手指永远变成了残疾人。但从另一意义上说，他又不是残疾人，因为他作为一名普通的舟桥战士，在国家和人民群众遭遇大难时，所呈现的是一颗金子般的心，是一颗为挽救人民群众的生命而甘愿放弃自己生命的心。他的精神和灵魂，没有因为断指而残疾，反而涅槃升华了。

这，就是我们的解放军战士！

这，就是我们的人民子弟兵！

当然，在独立舟桥团，还有很多这样的“李大华”。

我们在采访中了解到，舟桥的锚锭设备是用以承受舟桥水平荷载的，由锚、锚绳、浮筒、锚机、吊锚杆组成。

锚机手刘立明刚刚下了白班，他回到岸上简单扒拉了几口饭，便立刻又跑回到了锚机上。

这时候，潮水上来了，蓟运河不再像刚才那样平静，像有一个妖怪在水下搅动着魔杖，使得水面上的波浪一波浮上来、一波又沉下去，水面上的浮箱也随波缓缓浮沉。要知道，这些浮箱重量足足有几吨甚至十几吨，任何肉体撞到它上面，无疑都像是一把棉絮撞到锥子上。刘立明在黑暗中继续作业，突然腿像是撞到了某种坚硬的东西上。他下意识地用手一摸，黏黏糊糊的，拿到眼前一看，满满一手在灯光下泛着暗红色的血。他同样没怎么在意，自嘲地说：“真的倒霉，挂花了！”这样说着，他轻蔑地看了一眼很快变成血棍子的腿，又把手上的血甩了甩，继续像钉子一样钉在锚机上，直到战友们发现，才喊来医生在岗位上给他进行了现场包扎。

抢建铁路舟桥引线的部队一直在搞突击，一万多立方的工程一天一夜就建了起来。副班长吴伦海抡镐刨土，一直坚持不下火线。手磨破了，他抓把泥糊在手上继续干。汗水顺着脖子流到前胸和后背上，他干脆扔掉衣服，赤着上身干。

五六个小时过去了，八九个小时过去了，十多个小时又过去了，时针飞快地转过了十八个小时。也许是铁镐砸在石头上反弹力太大，也许是用力过猛，只听“咔嚓”一声，吴伦海手掌上顿时有嫣红的血液流了出来，把整条铁镐把儿染成了红色。他的虎口震裂了，军医把他拉下来缝了三针，刚要嘱咐他回去休息，他挺起身子，三步并作两步，又向工地冲了过去。指导员大声命令他立刻回去养伤，反而把吴伦海的倔劲儿给激了起来，他连理都不理，头也不回地冲向了岗位。指导员命令战友们把他拖回来，吴伦海狠狠地甩掉战友，大声说：“唐山在等着铁路，咱们得争分夺秒，让火车赶快开到唐山去！”

正是在这样一种精神力量的感召下，当年抗震救灾中独立舟桥团涌现出了许多英雄模范人物。也许抗震救灾史书中没有记下他们的名字，但他们早已进入了抗震救灾无名英雄之列，他们敢于拼搏和吃苦耐劳的精神，一直感召着后人。

龙新莹和提前赶到蓟运河的领导、专家，发现铁路大桥五孔中有三孔损坏，脱离支柱，桥台路基下沉50多厘米，只能重新架设一座200米的5孔门桥铁路舟桥。这个决定通过后，他就没离开过现场一步。研究蓟运河的水文变化，寻找舟桥架设的合理位置，尤其研究海潮的来去规律。他的脑子里塞满了数字和形状。铁路舟桥架设中，他站在舟桥边上，有辆车开了过来，加上舟桥的浮动，地面湿滑，他一下子没站稳掉了下去，脚跟撞在坚硬的钢件上，造成粉碎性骨折。但他并没有因自己的脚伤而惋惜，因为再过几天他参与架设的蓟运河铁路舟桥就要架通了。后来他说，相比于这样的一场抢建铁路舟桥的大战，骨折根本就不算什么。

“毕竟脚还在嘛！”这是47年后的今天，在济南接受我们采访时，这位已年过九十的老人说过的话。

这也是那个时代的人民子弟兵特有的一种精神状态。藐视负伤，藐视牺牲，把打赢一场战斗看得比自己的生命都重要。

10. 革命加拼命

大部队上来了，碉堡攻不破，怎么办？董存瑞举起了炸药包……

朝鲜儿童生命垂危，怎么办？罗盛教投身冻窟相救……

抢架蓟运河上的铁路舟桥任务紧迫，怎么办？舟桥官兵们革命加拼命……

有人说，“革命加拼命”是一个政治化的口号。其实，口号是一个时代的鲜明印记，在中国革命和建设的每一个时期，都留下过许多有着时代特色的口号。而这些口号，在当时所起的作用，是当今许多只追求经济利益的人所不能理解的。

也有人说，“革命加拼命”是中国工业文明的一种底色。中国很多方面能够不断攻坚克难，从胜利走向胜利，核心就在于拥有“革命加拼命”的价值追求。

的确，这种为国担当的精神，不仅是石油企业的价值观，纵观其他奠定共和国基础的许多行业，比如当年人民子弟兵在唐山抗震救灾时，皆能看到将国家利益、人民利益、民族利益作为首要任务的价值取向。

当年抗震救灾战场上的铁道兵独立舟桥团，也在“革命加拼命”中创造了一种他们独有的气质。这种气质是一种精神，是一种信念，是一种状态，更是一种力量。在一次又一次的追逐采访中，我们跟这些当年曾经在蓟运河上战斗过而今已年老的舟桥兵们交流时，总能感觉到他们的语气格外坚定，尤其是谈到困难，所表露出来的绝对是一种大无畏的精神。

“宁舍一身剐，也要把困难拉下马！”这是当年独立舟桥团副参谋长李兴元的话，也是他的真情实感。他说当年在蓟运河铁路舟桥架设过程中，有很多这样的例子。

当年的独立舟桥团战士杨用文，接受采访时一次又一次地向我们提到动臂吊，他说没有动臂吊，抢架蓟运河铁路舟桥的任务根本就不可能完成。

动臂吊是什么？是一座臂长 18 米的庞然大物。

“过去安装得两三天，但抢建蓟运河铁路舟桥的时间紧迫，必须要连夜装好起吊。”杨用文说，在这个节骨眼上，当时已经 62 岁的老领工员刘德林亲自出马了。

刘德林，是独立舟桥团年龄最大的一个“兵”。他身体不太好，本来上级已经决定让他退休，可为了抢通京山线，打好唐山抗震救灾这场仗，他不顾大家的劝阻，也跟着部队来到了蓟运河边。当时，刘德林趴在绞盘上进行安装操作。技术员在一旁给他当助手，机械连副连长开着吊车进行配合，装备股股长打着手电拧螺栓……各级干部都上了第一线。但因场地所限，吊臂角度又太小，根本够不着吊梁。这时候，刘德林果断地决定：“改装动臂吊的大臂！”

听到这话，副排长朱德和、统计员周安雄、班长姜孟昌，一个个像出山的豹子，在黑夜中快速地朝着十八米高的大臂攀了上去。那一刻，三个人像巨大的叹号，吊悬在半空中。

夏夜的星空是那么纯净，数不清的星星如同孩子的眼，眨呀眨的。一节，两节，三节……朱德和艰难地往上爬着，连续几天的饥饿和疲倦，让他感到力量在一点一点消失。他分明已经听到了胸腔中传来的喘息声，他知道那是可怕的信号，因为无论他的手臂还是他的腿脚，任何一方稍一松力，就会从十几米高的吊机上摔下来，后果将不堪想象。

动臂吊悬空的动臂下面，是咆哮的蓟运河。朝下看，是蓟运河畔大片大片的沼泽地。往上看，是穹庐一般的深邃天空。无论下看上看，都令朱德和一阵一阵地眩晕。而且这些天余震一直不停，高空作业时如果发生余震，随时都有被甩下来的危险，但这丝毫没有吓住我们英勇的舟桥兵。朱德和咬了咬牙，在越来越暗的天空中，他变成了一只矫健欲飞的雄鹰。

动臂吊下翘首观望的战友们，心脏都跳到了嗓子眼。当时担负全线抢修指挥的铁道兵副司令员也站在下面，老首长用手打着眼帘，嘴里喃喃地说：“同志哥，一定要小心噢！你们要安全地完成任务，我给你们记功！”

老首长的话是一种鼓励，鼓励是一种精神力量，而精神力量是无限的。顽强的精神作用能在瞬间助推出足够大的爆发力，短时间内完成平时不可想象的任务，攻克平时不敢面对的困难，精神力量是最大的“支撑点”。

写到这里，笔者想起几年前发生在山东安丘的一件事。

同样是七天，同样是抢建一座桥。47年前“革命加拼命”的精神，再一次得到了传承和延续。

2018年8月底，因受“摩羯”和“温比亚”台风的影响，一场罕见的大暴雨袭击了山东半岛地区，潍坊昌乐县平原汶河大桥被洪灾冲毁。该大桥横跨汶河两岸，连接着两个县市，南端是安丘市的凌河镇，北端是昌乐县的红河镇，全长381.5米，是一座25孔桥。作为当地重要的交通道路枢纽，桥体的坍塌使昌乐通往安丘的重要道路被阻断，给两岸群众带来极大不便。

此情此景下，山东路桥集团接到上级命令，要求七天内无条件地将垮塌的大桥抢通，以保证两岸群众出行方便。依据常规，这么短的时间根本无法完成施工任务，但山东路桥集团“革命加拼命”，在大灾大难面前特事特办，不计成本，不怕困难，不讲条件，24小时连轴转，不到七天就完成了全部施工，创造了“山东路桥速度”。

两座大桥相隔了42年，尤其是如今挖掘机、铲车、打桩机等现代化机械设备一应俱全，但42年前铁道兵独立舟桥团的战士们靠铁锨，靠肩膀，靠双手，同样完成了“七天任务”。

这样做对比，是想说明“革命加拼命”绝对不是一句空洞的口号，而是一种实实在在的精神。这种精神，必将成为中华民族传统精神宝库中的一部分，必将化作源源不竭的力量，推动我们的事业走向永远。

11. 困倦是一堵墙

据从事刑审行业的朋友介绍，困倦是攻克犯人比较有效的办法——当然，在法律日渐完善的今天，这种办法已经不再使用在审讯场所。但无数事实证明，一个人，可以忍受饥饿，也可以忍受劳累，却极难忍受困倦。

当年独立舟桥团的战士刘锡，是一名机动舟驾驶员。在蓟运河上，他已经工作了七天七夜。尽管像海浪一样阵阵袭来的困倦不断搅扰着他，但为了赶工期抢时间，快一点架通蓟运河铁路舟桥，他强令自己不停地忙碌着。

“不能让自己停住，一旦停住站着就能睡着。”刘锡说。

“那样的情景下，谁还敢睡着啊？万一耽误了事，可是人命关天噢！”刘锡说。

“不仅我这样，大家都这样，想着唐山地震灾区死了那么多人，还有那么多人等着抢救，等着物资尽快运过去，打一个盹就感觉是一种罪恶。”刘锡说。

……

接受采访时，感觉刘锡面前根本没有我们采访人了，他完全处在自己当年架设蓟运河铁路舟桥的现场。他思索着，像是在回忆，又像是在“播放”。我们相信，他脑子里一直在播放当年铁路舟桥架设现场的画面。一幅又一幅，那些画面把他拉回了年轻的时候，令他忘记了已经过去 47 年的时光，好像自己还是当年那个年轻的机动舟驾驶员。

后来，刘锡像是突然回到了现实中。他摇了摇头，叹息了一声，说：“刚才又突然感受到困倦的滋味了，当年那样的滋味像是刻进了骨头里，时不时地就会冒出来。”

马绍青和刘锡是海阳老乡，他们也是同一年入伍的战友。在蓟运河铁路舟桥架设现场，马绍青已经 68 个小时没有合眼了。他回忆说：“一个升降塔，579 个杆件，几千套螺丝，一孔门桥，12 个带缆桩，4 个倒缆钎，4 个顶推滚轮，小件 120 多斤，大件 160 多斤，一个一个地搬上去，一个一个地抱上去，一个一个地装上去……”

马绍青说，有好几次他抱着器件，走着走着速度突然就慢了下来，到最后竟然停住了，头颅下垂，快挨到器件时，又猛然抬起了头。

“站着就睡着了，却没扔掉手中的器件。”马绍青说，“当时实在是太困了，现在回想起来，都不知道那些天是怎么坚持下来的。”

张世宏当时是五连连长。运送舟桥器材和设备的火车赶到天津茶淀车站时，因铁路严重损毁，火车无法前行，只能在此一节一节地卸车，然后再用吊机将设备和器材转移到汽车上，运往蓟运河铁路舟桥选址处。五连的战士们，既是卸车员，又是装车员，一卸一装两套工序，120 节车皮相当于 240 节的工程量。连长张世宏指挥大家没日没夜地干，累得精疲力竭，竟然一下子躺在泥泞的路边打起了鼾。战友们望着张世宏的样子，谁都不忍心叫醒他。可没过几分钟，他竟然一个鲤鱼打挺站了起来，冲着通讯员瞪起了眼睛：“咋不知道喊醒我？”通讯员说：“这几天你太累了，实在不忍心喊你。”张世宏依然瞪着眼睛，说：“再累也不能脱离岗位！”之后，张世宏还在连队支部大会上做了检讨，说自己不应该在那么紧张的时刻躺在地上打盹。

战士李世谦负责吊装，那是个一刻也不能停的活。

晚上 12 点，该吃饭了，李世谦从设备上下来，朝着岸边走去。走着走着，他突然又停下了，半蹲在了路边的一根电线杆子下面。战友们以为他在系鞋带，没怎么注意他。可左等右等，他还没去吃饭，连长便派人来喊他。来人远远看到灯光下半蹲着一个人，紧靠在电线杆子上，就像一个固定的雕塑。

“李世谦，咋还不去吃饭？”来人边喊边走近了他。走到李世谦身边时，那人突然愣住了，他见灯光打在李世谦的半张脸上，长长的睫毛挂着光的微晕，就像夜虫的影子在上面走。显然，他已经睡得很沉了。那香甜的睡姿，让人看了忍不住想流泪。可不喊醒他也不行，因为吃饭同样需要抢时间，工程不等人。

李世谦被喊醒后开始有点蒙，紧接着就变成了一只猛兽，跃起来就往设备上跑。

“你往哪跑啊？连长喊你去吃饭！”战友语气中透出些许怜惜。

李世谦这才回过神来，忙忙地跑去吃了几口饭，又冲回来爬到了设备上。

“在那么短的时间里，我竟然做了一个梦。这个梦，到现在想起来，还觉得是犯的一个错误。”说这席话的是当年独立舟桥团的老兵耿多金。

起重吊机安装完毕后，是吊运安装舟桥最紧张的时刻。那是午饭时分，耿多金跟战友们轮流进餐，每个人吃饭的时间不能超过 10 分钟。

轮到耿多金吃饭了，他放下手里的工具就往岸上跑。结果匆忙之下，竟然一脚踩进了小路中央的泥巴坑里，灌了满满一鞋子泥水。

耿多金顾不上这些，一瘸一拐地跑到食堂，打上饭就走到帐篷外边的一棵老柳树底下蹲着吃。

也许是鞋子里黏糊得实在难受。他一屁股坐在地上，把鞋子蹬掉，脚丫子顿时如同解放了一般，被夏日的小暖风一吹，格外熨帖，他顺势把上身靠在树桩上。耿多金感到，这一坐一靠，比参军前躺在老家的柴火垛上还舒服。可是，他不知道，对于一个连续几天几夜没合眼的人来说，这一坐一靠又是最诱人的陷阱。耿多金一口饭塞进嘴里，还没来得及咀嚼吞咽，一幅图景就“跑”进了他的脑海里：满目青山，那个绿哟！就像被绿毛毯密密实实包起来了似的。不对，毛毯漏了一条窄窄的口子，要不，怎么会有一溜山泉从里面跑出来，泻下来呢？他坐在山谷这岸的一片草地上，这草地，像是美女的绿裙子做成的，一路铺展过去，像是能绿到天边。娘来了，手里拿着一条毛毯，说：“来，幺娃，盖上，莫受凉喽！”他说：“受啥子凉噢？你咋就单单看到我啦！你再看看唐山灾民，他们才是受凉哩……”

梦中的一句“唐山灾民”，让耿多金一个激灵睁开了眼：“乖乖，怎么就睡着了？”他这才发现，饭塞得嘴巴满满的，有几颗饭粒挂在嘴唇上，像极了深秋挂在树叶上的霜粒。

那天的午饭，耿多金一口也没有咽完，时间既然给了睡眠，就不可能再让你去吃饱饭。耿多金一看时间到了，挥手扔掉饭碗，爬起来就朝着施工现场跑去。

12. 你吃过罐头吗

说到当年独立舟桥团战士的吃饭问题，笔者禁不住想起了一个题外话。也许，在这个题外话中，您能对他们当年的饮食，生发出一种设身处地的同感。

二十世纪七十年代，罐头在一般人眼里，不可不说是奢侈品。

那样的年代，谁家孩子要敢说罐头不合口，一定会挨家长的耳刮子，甚至被骂作“矫情子玩意儿，奸诈子东西，不知道好东西好吃”。

唐山地震发生后，地热能大量释放出来，使地表温度骤然攀升。地里的蔬菜死的死，烂的烂。而由于交通受阻，外地的蔬菜又不能及时运进来，蔬菜便成了真正的稀缺品。

铁道兵独立舟桥团的官兵们赶到蓟运河时，甭说蔬菜，就连淡水都没得喝。当时先期赶到的铁某师首长前来慰问，发现了这道难题，立刻指示师后勤部，将成车的罐头送到了独立舟桥团。

“好吃，没吃过！”

“头一回见到熟肉熟鱼能放进铁盒子里，想什么时候吃就什么时候吃！”

“苏联老大哥曾经说过，天天吃上土豆炖牛肉，就算过上了共产主义生活。咱们的肉罐头，比土豆炖牛肉不止要好上多少倍！”

……

战士们中午享受了这种从来没有见过的美味，心里乐滋滋的。晚上，继续享受这种美味，仍旧乐滋滋的。第二天中午，仍旧吃这种美味，大伙心里就犯起了嘀咕：一天三餐，如此往复，早晨罐头，中午罐头，晚上亦是罐头？

时间一长，大伙的胃开始抗议。似乎每个人的胃都长出了耳朵，有了听力，每每闻说吃罐头，就有冒不完的酸水出来……

这样的经历，让许多当年的舟桥兵，直到今天仍然存有心理阴影。

笔者曾经问一位舟桥兵老战士："罐头现在做得越来越好了，而且水果罐头还挺新鲜，再吃还难受？"

"难受！好像脑子里不能再存储'罐头'两个字。"他说。

罐头的尴尬，令人铭记于心，永生不忘。同时，就连淡水这种如今并不稀缺的生活必需品，在当时也成了稀罕之物。

那时候，整个地震灾区淡水告急，距离独立舟桥团施工现场最近的淡水来源，只有天津汉沽区的一条运水管道。其他地方的淡水全被地震腐朽物污染，河水里还到处飘着泛白的死鱼，水臭冲天。战士们每天只能推着一辆推车去几里外的"取水处"取水。

说到水，有一个细节，很多参与过那场铁路舟桥抢架任务的干部战士至今都记得。当时，团长术永富突然面色苍白，呼吸急促，干裂的嘴唇蜡黄，沁出一道道血。有战士看到了，心疼团长，就大声喊道："谁有水？"一名战士跑过来说："我有！"那名战士跑到团长身边，将小半壶水递了过去。术永富接过来，颠了颠，然后把水又递回到那个战士手里。

"现在这个时候水太珍贵，你小子干活更需要，自己拿去喝吧！"术永富说着，又把自己军用水壶里所剩不多的水全都倒给了那名战士，而他自己却忍着奇渴，冒着酷暑继续坚持战斗。

"多少年之后，回忆起那次抗震救灾，我也不得不佩服当时的那种精神，或者说那股子劲头。困难算什么？只要心中有信念，有祖国的托付，有对灾区人民的一片赤诚之心，再大的困难也能克服。"接受采访时，李兴元如是说。

由此可见，当年人民解放军在唐山抗震救灾中所表现出来的抗震精神，其所蕴含的团结、坚韧、勇于克服困难的精神内核，不仅是那个时代的精神财富，更是中华民族文明进步的伟大标识和当今人类的共同追求。

13. 无处躲避的腐臭味

有一种气味，让独立舟桥团战士胡仲勋闻着感觉有些熟悉，却十分痛苦。

之所以说挺熟悉，是因为他曾经有过一次经历。那是在他参军前，还在四川老家务农时，有一年夏天，本村的一个邻居奶奶去世了。按照当地习俗，老人去世要有三天的丧期，也就是人们常说的“三天丧”，是指将老人尸体放置在家中三天，供晚辈亲人祭奠，至第三天方可入土下葬。

当时，正是炎热的八月，气温出奇地高。老人躺在棺材里，因棺材封闭不严，第二天就隐隐闻到一股子尸臭味。终于挨到第三天，老人要下葬了，胡仲勋作为邻居家的后生，自然要去帮着抬棺下葬。

深深的墓穴里，提前有人下去接着棺材，胡仲勋则站在墓穴上沿，缓缓放松手中的缆绳，让棺材徐徐坠进墓穴里。恰巧，胡仲勋的鼻子凑近了棺材，突然一股浓浓的尸臭味从隙缝里冲了出来，直逼胡仲勋的鼻孔，差点把他熏得晕倒在地。回到家后，胡仲勋连续三天不能吃喝，开始还强忍着吃点东西或喝点什么，但吃下喝下后立马就吐了出来。因此，尸臭成了他永生不忘的一个噩梦。

唐山抗震救灾，同样的经历再一次降临到胡仲勋身上，而且这次比在老家那次要强烈得多。

接受采访时，胡仲勋忆起当初，说蓟运河北岸不远处就是一座废弃的砖瓦厂，厂旁边是一片沼泽地，城里从废墟中扒出来的许多死尸没办法及时处理，就被运到这里草草掩埋。掩埋不深，填压也不实，就有尸臭味从土缝里冲了出来，当时正是高温酷热时节，那味道瞬间蓬松开来，散成无数个小的分子，弥漫于空气中，钻入人们的鼻孔。那时候，蓟运河里的流水正急，有时候说不准哪个地方就会冲下一具尸体来。笔者实在无法用文字描写胡仲勋他们述说的一些尸体的惨象，但有一点毋庸置疑，那就是它们发出的气味很难闻。

胡仲勋说，他刚到蓟运河边上时，一下车便被一股特殊的臭味熏得难受。但怕对死者不敬，当时谁也不说话，强忍着胸腹中一阵阵涌上来的呕吐感，沉默地走向施工现场。接受采访时，胡仲勋说很长时间，他一想起那股味道胃里就翻腾，可再想想受难的唐山人民，又会在心里骂自己，那么多同胞连命都没了，咱好在还活着，闻闻这点味道又算什么？

王克平当时是独立舟桥团司令部食堂里的一名上士。唐山大地震之前，他在北京密云水库白河大桥施工工地工作，后来被调到了抗震救灾第一线。他说一赶到灾区，眼前的情景就让他惊呆了。王克平和战友们用手抠着每一块砖，每一片石，每一片瓦砾，手磨破了，腰快断了，但这些都不是问题，热腾腾的空气中随时有尸臭味袭来，一阵阵刺激着大家的嗅觉，甚至眼睛都睁不开，嘴巴也张不开，腹腔里一阵一阵地收缩。他说当时幸亏没怎么吃东西，否则一定会呕吐出来。

“对于那种气味，多少年后都不敢去想，想想就会生出呕吐的感觉，而且心里也一阵一阵地难受，那可都是一个一个的人哪！”若干年后，王克平回忆当时的情景，依然动容。他说后来尸体太多，无力外运，只能就近择地掩埋。40多摄氏度的高温，尸体成了最大的污染源，腐烂也造成了地下水质的迅速恶化，地上的蔬菜有许多都被那种气味“烧死”了。“唐山大地震造成了人类史上最大的伤亡灾害，在大自然面前我们虽有‘人定胜天’的口号，但这口号喊过之后，却依然感觉到人类的脆弱和渺小。然而，脆弱的人类一天也没有停止过和大自然的斗争。”

14. 另一场激战

蓟运河畔抢架铁路舟桥战役打响的同时，在百里之外的北京密云白河大桥施工工地上，独立舟桥团的官兵们同样打响了另一场战役。那里，同样机器轰鸣，人声鼎沸。

应该说，白河大桥是独立舟桥团时期承建的唯一一座铁路大桥。建设用时六年，实际施工 45 个月，完成投资 1641 万元，动用了 400 米长的铁路舟桥器材，累计使用劳动力 46.26 万工天，平均每米使用工天 1150 个，每米造价 40820 元。

据悉，白河大桥是京通铁路线上单跨跨度最大的桥梁，位于当年的北京市密云县境内石塘与黄土坎车站之间的白河入密云水库处，是一座深水位、深基础、大跨度铁路桥梁。

“这一拨独立舟桥团的官兵，是 1973 年接到上级命令开赴北京密云，担任沙通线（后改称京通线）白河大桥施工任务的，当时主要是一、三、五、七四个连队和团机关以及团直属队的一部分……”

接受采访时，如今已经 80 多岁的吴家宽告诉我们，他当时是五连二排排长。说起当年的抢险情景，他依然难掩激动，伸胳膊伸腿做着动作，像是刚刚从抢险一线回来。他说 1976 年 7 月 28 日凌晨的唐山大地震，使相距一百多里的北京密云水库白河大坝受到严重破坏，局部出现了塌陷、滑坡等问题，而且坝体内侧保护层也受到严重损坏。当时，余震不断，如果不尽快抢修、排除险情，就有可能引发新的塌方，甚至有决堤的危险。如果洪水真的将大坝冲垮，将给下游的首都北京带来难以想象的后果。

“大坝要加固，必须尽快加固！”吴家宽说，当天夜间 11 点多，独立舟桥团各施工连队接到上级命令，紧急组成了抢险第一梯队，并火速赶到白河大坝，投入到了保卫水库的大会战中。

“凌晨那次大地震发生后，指战员们便意识到部队会有抗震救灾任务，各个连队也主动向团司令部请战，每个人都提前做好了准备，只待一声令下，立即奔赴抗震救灾第一线。”吴家宽清楚地记得，白河大坝东西走向，高大壮观，是一座长900多米、高50多米、顶宽9米、底宽300多米的黏土斜墙土坝，横架在两座山岗之间，紧紧锁着水库里数亿立方的水。首都城乡人民群众的生活饮用、庄稼灌溉等，主要用这里的水。但大地震使大坝内侧保护层出现长达400多米、高达14米、深达两米多的严重塌方。保护层是由砌片石护坡和黏土护墙两个结构组成的，共有四米多厚，不及时抢修就会有被余震震塌或被水冲刷剥落的危险，发展下去很可能使大坝主体的黏土、沙砾料层受到侵蚀，造成滑坡甚至出现决堤。

“为保住这个大坝，必须马上用沙包把塌陷地段填补、加厚起来。”因此，指挥组的同志们，不论是年过半百的老同志，还是年轻的干部战士们，都一个个精神抖擞地奋战在第一线。有的在往坝边扛送沙包，百十斤的大沙包，往肩头上一撂，扛着就如风似火地走；有的在又陡又滑的坝坡上传递沙包，滑倒了，爬起来，再滑倒了，再爬起来；还有的拼着命在齐腰深的水里运木头、打桩、堆码沙包……

吴家宽告诉我们，在传递沙包的行列里，共产党员李富坤体质较弱，但为方便干活，他毅然脱去了雨衣，淋着暴雨，吃力地把沉重的大沙包接过来，递上去。汗水掺着雨水顺着他的脖子往下流。每递一包，他就是一个趔趄，几次都差点摔倒，可他一直咬着牙在那里挺立着。

“之前，李富坤就患了重感冒，却一直瞒着大家，强忍着坚持在抢险第一线。同志们见状，几次劝他休息，他都摇头拒绝，说这么重的抢险任务，多一个人就多一份力量，一点感冒而已，他完全能够坚持！”吴家宽说在抢险现场，感人至深的事迹接连不断，他至今想起来还是很感动。

战士杨作富扛着沙包经过坝脚时，突然有碗大的一块石头从几十米高的坝坡上滚了下来，他一时躲闪不及，被砸伤了右脚，鲜血顺着一寸多宽的大口子往外冒，把裤腿、鞋子都染红了，他草草包扎了一下，又接着投入到了战斗中。后来，脚疼得他实在不能扛沙包了，他就忍着剧痛，站在水中码沙包。卫生员警告他：“新伤口，血还没止住，这样着水会感染的。”他笑笑说：“不打紧，保卫首都的安全，保卫群众的生命财产，才是最要紧的。”

接受采访时，吴家宽一再对我们说，杨作富这话绝对是“原生态”，他没有进行任何加工。如今再听这样的话似乎有点不可思议，可在那样的年代，部队的干部战士们就是这样，何况当时国家遇到了大灾大难，每一个人都不可能置身事外。甚至还有战士写诗表达国家有难，战士勇往直前的坚定决心：“俺是人民子弟兵，人民受灾俺心痛；热血填写志愿书，红心飞向北京城。”

对于现场的许多细节，吴家宽记忆犹新，他说还有个叫黄机举的小战士，年小力薄，当兵前从来没有干过重活，见到百十斤的大沙包，都被唬得吐舌头。可在抢险一线，黄机举上来就争着扛沙包。整整一夜，他硬是挺着腰，咬着牙，和身强力壮的战友们一样，扛了一趟又一趟，一分钟也没停歇过。第二天早晨，干了一夜的他实在是又累又饿，突然一晃身子，晕倒在了水边。被同志们扶起后，他缓了缓神，又挣脱开战友扶着他的手，支撑起身子，再次吃力地扛起面前摔在地上的沙包，摇摇晃晃地跨进川流不息的队伍中。

正值八月间，酷暑难耐。副排长文国良正在同全连同志一起冒着暴雨递沙包，他猛一回头，见行列前边有一个既稚气又刚毅的面孔。就想这不是小战士肖兴木吗？他赶忙跑过去，一把将小肖拉到一边，厉声问道：“谁让你跟着来的？你的脚伤那么重，干这样的活怎么受得了？”

抢险之前的那几天，肖兴木因抢救一个被洪水冲走的当地群众，脚掌被尖石划了个拇指宽的大口子，连里决定让他在连部休息，不参加这次大坝抢险，他却趁大家不注意，偷偷跑了过来。文国良看见肖兴木还继续往行列里窜，便急了，一把拉住他说：“我命令你原地不动，休息！”这下让肖兴木眼里急出了泪水，他颤抖着说：“副排长，你这个命令俺无法执行，还是让俺参加战斗吧！”文国良说：“不行，必须执行命令，否则把脚弄坏了你会终身残疾！”肖兴木一听更急了，对文国良说：“副排长，你可能不知道俺的情况。俺告诉你，1943年俺家乡遭了大旱，颗粒无收，家里断了活命粮，根本无法向地主交租子，老爹就和祖母出去逃荒要饭，从江苏要到江西，从海门湾要到武夷山，直到1949年全国解放，才翻身回了家乡。1970年，俺才13岁，家里遭了风灾，房子被刮跑了，上级给拨了救济粮和救济款，还帮着盖起了新房。现在水库遇到这么大的险情，危及北京城，为保卫毛主席，保卫首都北京，俺不能不管啊！”

一席话，戳到了文国良内心的柔软处，他还有什么理由阻止一个受过苦难的战士为国尽忠呢？他只能点头同意。肖兴木高兴地说了声：“副排长，你真好！”便拼命地干了起来，而且一直忍着伤痛，同大家一起传递沙包，铲沙挖石，包装打捆。

“为保证质量，提高工效，指挥组的技术人员陈国周很注意加强技术指导。每个沙包，他都要仔细检查，看沙袋子装得饱不饱，不饱就要求再添沙；沙包是不是堆码交错匀称，乱了赶紧调整好；沙包之间有没有漏洞，一发现马上填实，不留一点缝隙。有些沙袋不牢，开了线，散沙碎石不住地往外冒，陈国周蹚着水逐袋逐袋地检查，发现破了的就用手把洒出的砂石捞起来，重新装进袋子里，然后扎好，摆齐。时间一长，他的十个指头扒红了，扒肿了，看上去像小萝卜一样。但他却仍然在扒，仍然在捆，一丝不苟地做着一切……”

我们很是佩服吴家宽的记忆力，一个80多岁的老人，对已经过去47年的事情复述得如此清晰，不得不令人惊叹。而他却告诉我们，因为记忆深刻，所以细节清晰，那样的情景，到死也不可能忘得掉。

经过连续十几个小时的艰苦奋战，白河大坝内侧斜坡的塌方地段终于被密密麻麻地铺上了一堆沙包保护层，第一期抢修任务提前三个小时胜利完成。这时，雨停了，战士们带着脸上的雨水和汗水，又投入了新的战斗。因为保护层还需要继续加厚，否则余震会把刚刚铺上去的保护层毁掉。

听了吴家宽的讲述，再想想独立舟桥团官兵们的奋力拼搏，这不得不引发我们的深思。为何每一次大灾大难来临时，都是人民子弟兵冲锋在前？为何在大灾大难面前，我们的人民子弟兵从来没有任何的退却？吴家宽的一句话，对此做了深刻的诠释，他说：“人民解放军，什么时候都是抗震救灾的中流砥柱，保护人民群众生命财产安全，是我们的天职！”

说得多好啊！

人民群众每有危难降临，都是人民子弟兵以自己的血肉之躯为代价，去为人民群众置换生命！

那时候，“解放军”三个字就是生命的符号——在许多场合，哪怕一个刚穿上军装的“子弟兵”，就可以是一面旗帜，就能安定一方人心，就能带来一片希望！

人民危难，军队出现！这是全中国老百姓都认同、都传颂的铁的事实，而不是神话！后来，有人曾在文章中这样感慨：我们已经习惯了这样的场景，大难临头，大批解放军官兵举着铁锹棍子冲锋在前。这个时候，我们会忘记他们是二十岁上下的孩子，忘记他们也是爹娘的宝贝儿子、宝贝闺女，忘记他们也会疲劳也会疼痛。

“说实话，我一直不敢提他的名字，一提他的名字，我就会掉泪。可是我不提他，又觉得对不起他……”

采访结束时，笔者正收拾采访本准备告别，吴家宽老人却又说了这样一段话。虽然那个人的名字还没有说出来，老人的眼圈已经慢慢溢出晶莹的泪花。老人告诉我们，那个人叫肖伦章，是独立舟桥团一连的一名小战士。1976年，独立舟桥团部分官兵，由团长术永富带领，在北京密云白河大桥工地施工。那个时代的工地气氛是你想象不到的热烈，差不多就跟当年的三五九旅在南泥湾一样，到处红旗飘扬，歌声嘹亮，战士们浑身有使不完的劲儿。

战士肖伦章个头不高，刚刚超过160厘米的样子，留着小平头，面皮白净，两颗黑乎乎的大眼睛，打眼一看就是个活泼开朗的小伙子，甚至有点调皮，爱说俏皮话，不笑不开口，一开口就是雪白雪白的牙板子。因此，大家都喜欢他，把他当开心果，还当着面给他起了一个挺有意思的绰号：“小蚊帐”。他倒好，听了不仅不恼，还说，好啊，哪天你们得罪了我，我就故意开一个大口子，把蚊子都放进来，专往你那不方便的地方咬，把它咬成一根大棒槌。

“你看，这小子够坏，够调皮吧？”吴家宽说。

的确，肖伦章挺调皮。这天，太阳很毒，白炽的阳光照在工地上，到处反光，让人产生眩晕的感觉。但工程不等人，大伙轮流上阵，头一拨到了时间交班后就跑进公棚，抓过舀子就痛喝一阵白开水，然后又跑到水龙头旁边，扔掉上衣，把脑袋伸到龙头下面，让凉水冲个够。

“小蚊帐”嘴上功夫很厉害，干起活来也一点不含糊，就像一头刚下山的小蛮虎，有使不完的力气。那时候，白河大桥一号墩沉井混凝土工程正在施工，一座高大的吊机在空中盘旋着，一口吊斗在战士们头顶上走来走去。

吴家宽老人说，那天，他跟肖伦章一起在工地上劳动，他手打帘蓬，望着天上的日头。他还纳闷，天上咋出现了三颗太阳，还五彩缤纷的？而且一会儿分开，一会儿成三足鼎立，一会儿又交叉到一起，成了原子结构图？

吴家宽目光从太阳上移动下来，突然感到眼前一片黑暗，仿佛置身于一个巨大的黑洞中。渐渐地，这黑洞撕开了一条狭长的口子，最先从这个口子中跃出的是一面红旗，被热风吹拂，猎猎地传来响声……

突然，“噗通”一声闷响，一个巨大的重物一下砸在了泥土上。

“小蚊帐——”紧接着一声撕裂般的呼喊。人流像浓烟一般，朝着一个点聚集过去。

“小蚊帐”被砸死了。吊机的钢丝绳被卷扬机的齿轮卡断，造成了吊斗坠落，“小蚊帐”就在吊斗的正下方。当时，现场一片悲声，大家望着被砸在吊斗下的“小蚊帐”，心疼得泪水涟涟。

“小蚊帐”死后的当天下午，因公干由山东齐河部队营地赶来的一名独立舟桥团战士，正好捎来他的一封家书。那些天，每有人从齐河部队营房过来，都会将战士们的家信和各种包裹顺道带过来。而那天就有一封他妈妈给“小蚊帐”的信。吴家宽说，虽然已经过去了这么多年，他仍能清晰地背诵那封简短书信上的一些文字：

虎子（肖伦章乳名）：

这仨月你没给家里写信，俺和你爹你爷都挂着你呢。

家里都好。老母猪生了十二个小猪仔，整一打。村南咱家那些树都刨了，卖了钱，你爹说这钱不能花，得留着给你盖屋娶媳妇。你爷爷也好，身子骨还行，就是一变天老咳嗽，你别挂着，他这也是老毛病。

儿啊，在部队，俺不求你当官当将，俺就求你顺顺当当，安安稳稳。咱家就你自己，将来俺和你爹还指望着你呢。你要听领导的话，人家叫你干啥就干啥，别上犟。也甭觉得自己想的主意有多对，你还小，老多事还看不透，多跟人家上年纪的老兵们学学，没错。

俺这回给你写信，就是想告诉你，黄楼庄你芳姑前天来过咱家，她说在那村瞄上一个好闺女，跟你同岁，人长得很好，脾气也好，你爷你爹都愿意。俺就想，等你抽个空，看看能跟领导请个假，回来相相亲？等着你复员后，娶下这媳妇，再给俺和你爹生个大胖孙子，也就行了……

老人断续地背诵着信上的内容，满脸的泪水，泣不成声。他说虽然信上的内容背不全，但主要意思就这些，一封家信所贯穿的就是“儿行千里母担忧”。而在那样一个自然灾难降临的年代，年轻的肖伦章如一粒尘土，被永远掩埋在了白河大桥之畔。然而，他所代表的独立舟桥团精神，却永远存继了下来。

吴家宽告诉我们，肖伦章死后，一位独立舟桥团战士，专门写了一首散文诗，寄托战友们对其深深的怀念：

昨天，你带着未竟的事业远去；

今天，我们擎着高昂的理想而来。

愿我们相会在猎猎军旗下，在隆隆列车之侧，在滚滚浪花旁边；

愿用我们的呐喊为你的前行开路，如果不够，还有我们的生命和鲜血……

15. 团长和司机的“冲突”

铁路舟桥架设在原桥上游 32.9 米处，茶淀站距离蓟运河铁路舟桥 5 公里。

原计划用汽车倒运舟桥器材到现场，但由于地震后道路破坏严重，车辆难行，周转费时，只能改用火车逐节逐节地推至桥头，再用联合指挥部调拨的两台 12.5 吨的进口吊装机吊下水。

此前，在密云施工现场的吴家宽他们已抢时间拆卸掉了正在施工的动臂吊机，随时待命赶赴蓟运河施工现场。

8 月 3 日，吴家宽他们接到命令，立即拖运动臂吊机赶赴蓟运河铁路舟桥抢架现场。立刻，一条由汽车组成的长龙呼啸而出，朝着唐山方向疾驰而去。但是，刚走了一半的路程，又接到前线命令，说当地已经有了进口吊机，密云运过来的吊机可原路返回。

就在返回途中，事情再一次出现意外，蓟运河施工现场突然发现，进口吊机比架设舟桥专用吊机的吊臂短，无法卸车，一时间，器材卸车遇到无法解决的难题。

“立即电令密云施工工地，动臂吊机必须于8月5日深夜运抵蓟运河施工现场，8月7日凌晨要完成吊机拼装。”独立舟桥团团长术永富再一次下达了命令。

所有人员依命令而行，深夜的蓟运河畔，骤然变成一座火热的熔炉，人影和车影在汽灯白炽的光海里来回穿梭。术永富团长焦急地在那里走动着。他知道，上上下下都在关注着这里，而且距离上级给的时间仅剩下一天，这可是一座救命的桥啊！

好在接到命令从密云去而复返的动臂吊机按时到达，而且正在紧张地安装中。术永富团长一抬头，发现栈桥上的部队像是突然增多了，进度也加快了。他一惊：怎么回事？有参谋人员告诉他，铁道兵的兄弟部队得知情况紧急，派了一个连赶来支援。术永富快速迎上去，拉着兄弟部队连长的手，激动地说：“太感谢了，今晚是决战，多亏你们前来支援！”兄弟部队的连长同样很豪爽，立正后敬了个标准的军礼，报告道：“报告术团长，说什么支援不支援的啊，咱们的目标是一样的，那就是要尽快把火车开到唐山去……”

这时，河边突然传来一阵欢呼声，动臂吊安装好后开始起吊了，只见它伸开巨臂，抓起机舟，轻轻一提，又一转身，就将其轻轻地放进了运河里。

“好，器材下水了！”术永富团长精神一振，冲同志们大声喊道：“各连注意，马上开始拼装！”

铁路舟桥器材下水，对舟桥兵来说，就好比大炮进入了阵地，立刻就能发起总攻了。因此，大家都很激动，群情激昂地忙活着，生怕自己负责的哪道工序出现问题，所以激动中依然不忘一丝不苟。这时候，政工干部也没忘了在现场做思想政治工作，鼓舞大家的斗志，伸长脖子大声朗诵起了毛主席语录：“同志们，到什么时候也不能忘记毛主席的话，‘世上无难事，只要肯登攀。’‘下定决心，不怕牺牲，排除万难，去争取胜利！’‘世界上怕就怕认真二字，共产党就最讲认真……’”

随着政工干部的大声鼓动，蓟运河里一艘艘机动舟划开湍急的流水，拖来一节节浮箱。战士们迅速将浮箱连接起来，同时起动了船形舟。而吊机也挥动着长臂，把巨大的钢箱梁安装在了船形舟上，一孔雄伟的门桥瞬时就组成了……

这时候，一孔孔门桥犹如战舰巡航，整齐地排列在蓟运河上，又随着一声声号令，依次向河心靠拢……

谁也没想到这个节点上意外再一次发生。铁路舟桥马上就要合龙了，海潮却突然提前两个小时涌了上来，蓟运河水开始倒流。机动舟顶着最后一孔门桥在河心打起转来，眼看着就有倾倒的危险。紧急时刻，合龙指挥员、副参谋长李兴元当机立断，他大喝一声：“别慌，稳住舵！”

李兴元是由连长直接提升起来的青年指挥员，关键时刻表现得十分沉着。面对此情此景，他果断地命令机动舟驾驶员：“加足马力，全速靠近。”同时，他又大声冲着江心两面的舟桥兵们命令道：“大家各就各位，迎接合龙。”

李兴元站在高高的门桥顶上，亲自领航。他用手电指挥着机动舟顶着海潮，劈波斩浪向前行进。那样子，看上去十分英武，特别像大战中的指挥员，指挥着千军万马冲向敌阵。快到合龙口了，只听他再一次大声喊道：“减速——抛锚！”门桥不偏不倚，恰到好处地停在了江口，合龙一次成功。

8 月 9 日 22 时，蓟运河两岸瞬间传来一阵欢呼：一座长达 224.62 米的铁路舟桥终于架通了。应该说，这不是一座普通的铁路舟桥，这是新中国成立以来，人民解放军铁道兵舟桥部队第一次实战紧急架设的唯一一座铁路舟桥。因此，唐山抗震救灾历史永远记下了这一笔。42 年后的 2018 年，铁路战备舟桥处的三位员工，站在唐山抗震纪念馆的大厅里，望着那张火车在铁道舟桥上呼啸而过的照片，望着蓟运河两岸欢腾的人群，禁不住流下了热泪。他们知道，这样一张照片记载着的不仅仅是历史，还有舟桥官兵们的血汗、智慧、刚毅和坚强……

1976年8月10日上午10时，一列火车徐徐开了过来。

谁都知道，火车机头是一个重达220吨的大家伙。

“这样的一个火车头，开到几艘小船组成的舟桥上，不翻了才怪呢！”火车司机缓缓停下车，走下驾驶室，走到刚刚抢架好的铁路舟桥上，左看看，右瞧瞧。他实在不敢相信，这个陌生的玩意儿能承载住那么重的火车头？

是啊，不能不让火车司机怀疑！

这样的情景，在新中国的铁路舟桥史上还仅仅是个开端，之前几乎没有过这样的情景。你想啊，火车头那么大的一个玩意儿，后面又拉着几十节车皮，能在一座铁路浮桥上经过吗？但火车司机不知道，铁道舟桥兵们的杰作，是有科学数据支撑着的，绝对不是小孩子过家家。独立舟桥团的官兵们望着火车司机，开始有点生气，再想想又不生气了，只能和风细雨地解释着：“师傅，开吧，我们在黄河上已经试验过无数次了，绝对没有问题！”

术永富团长见火车司机不相信他们所架设的铁路舟桥，顿时心生不满。他赶紧走过来，瞪着一双熬红了的眼睛，用沙哑的嗓音解释着，劝说着，甚至乞求着火车司机。因为今天必须要让火车开过去，必须要让京山线通车，他的脑袋还有舟桥兵的荣誉，可都在铁道兵副司令员那里搁着呢，他还为此立下了“军令状”。

可是，任凭术永富团长说破了嘴皮子，火车司机就是不开车。术团长再一次看了看手表，有些急了。他知道，时间就是生命，抢出了时间，就是抢出了灾区人民的生存机会。如果再耽搁了，那就是罪责。于是，术团长两眼一瞪，对火车司机说：“我站在火车头前面领车，出事我先出，这总行了吧？”火车司机还是害怕，说：“团长啊，你的命和我的命都不算什么，只要能顺利把救灾物资运到唐山，我就算把老命扔在这蓟运河里也不要紧，可我不能让火车出事啊，更不能让这一火车的救灾物资出事啊！”

没办法，术永富只能爬到火车的车门上跟司机耐心交涉。

“我说团长啊，你不要再争论了，今天就算你说破嘴皮子，俺也不敢开车。领导光说让开车，他们哪里知道，是让我在一座浮桥上开车啊。这是一列火车，不是一辆汽车啊！为了这一车的物资，铁道部专门派出业务最好的人员来跟车，可是……”

五分钟过去了，十分钟过去了，一刻钟又过去了，术永富脑门上的青筋崩了起来。这位性格火暴的东北汉子使出了所有的耐心，却丝毫没有说动火车司机。于是，他发火了，吼道：“你在这里耽误一分钟，车上的物资就晚一分钟运到唐山地震灾区，不知道会因此饿死病死多少人。说吧，你到底开不开？”

面对这突如其来的变故，火车司机的胆子十分吓跑了七分。他望着满面怒容的团长，咬了咬牙说：“首长，这火车必须开吗？”

术永富同样咬了咬牙，说：“必须开，这是命令！”

火车司机狠下了心，说：“好，我开！”

火车以每小时十五公里的速度，小心翼翼地开上了蓟运河上的这座铁路舟桥。令司机不解的是，这样一座他第一次见到又是第一次将火车开上去的铁路浮桥，竟然任何意外也没发生。火车十分顺利地通过了舟桥，然后运载着上千顿货物，风驰电掣地朝着唐山呼啸而去。

“通车喽！通车喽——”

蓟运河两岸的人群兴奋地跳了起来，呼喊起来，放声大笑起来……这时候，刚才还英武地站在火车头上领车的术永富，以及同样也想与火车司机瞪眼睛的吴献洪和郎德昌，却一个个瘫坐在泥泞的地上，再也不想起来。

自从7月31日接到命令的那一刻起，铁道兵独立舟桥团的每一位领导，心脏就一直在嗓子眼上吊挂着。七天七夜的奋力拼杀，七天七夜的疲劳坚持，七天七夜的提心吊胆，终于随着火车汽笛的一声长鸣，化作蓝天白云，消散在远方。而指战员们也顿时轻松起来，像是突然有一种超度紧张之后瞬间松懈的无力感袭上了身，一个个蹲坐在脚下的泥泞里，大喘着粗气，感觉到了一种无比抒怀的享受……

据统计，蓟运河上的铁路舟桥自1976年8月10日启用，至9月21日停运，10月2日又第二次开通，10月12日再一次停运。两次运营共通过火车533列，总计20375节客、货车皮。

当时，到地震灾区察看受灾情况的一些党和国家领导人，纷纷走上共和国第一次实战抢架的铁路舟桥——

全国人大常委会副委员长邓颖超来了！

全国政协副主席康克清来了！

解放军三总部、国防科工委的领导来了！

铁道兵司令员吴克华、政委吕正操来了！

领导们都先后到现场看望慰问官兵，参观视察蓟运河上的这座铁路舟桥，对我国首次在应急抢险中应用铁路舟桥获得成功表示祝贺。

至此，为抢架蓟运河上的这座铁路舟桥，铁道兵独立舟桥团共投入兵力1007人，铁道兵11师53团投入一个连开挖两岸栈桥基础。在山东齐河县晏城火车站倒运装车，动用各种汽车31辆，吊车10台，拖车7台，发电机2台。总倒运330台次，行程6920公里。调用火车3个军列，119个车皮，总装运量2500吨。投入舟桥器材208米，栈桥器材75米和部分配件计1400吨。投入机械装备有打桩机2台、推土机2台、吊机3台、发电机3台、拖拉机2台、汽车12辆……

之后，铁道兵独立舟桥团受到铁道兵司令部的通报表彰，1个连、2个排、12个班和81名官兵在蓟运河铁路舟桥抢架中荣立三等功。

放在改革开放四十多年后的今天，抢架这样一座铁路舟桥并不值得大书特书，可放在1976年那样的社会和地震灾害的背景下，能够短时间内完成国家交付的、如此重要而艰巨的任务，却是一件令国人感到十分自豪和无比激动的事情。毕竟那时候的大型机械设备和现今不能同日而语，那时候的施工大多还离不开人抬肩扛，但正是在这样的背景条件下，铁道兵独立舟桥团创造了中国抗震救灾史上的一个奇迹。

当然，奇迹不仅仅是生命史的奇迹，还是人类精神史的奇迹。铁道兵独立舟桥团无疑是中国人民解放军的骄傲，也是中国人的骄傲！活在当今的我们，怎能不为此而点赞！

16. 忘不了“吃糖吧”

“七天七夜，终于战胜一切困难，把蓟运河上的这座铁路舟桥修通了。我当时还是一个新兵，从来没见过在铁路舟桥上跑火车，所以很激动。”如今已经70多岁的王仁军，回忆起当年的情景，仍旧一脸激动。他说当时可谓聚精会神，眼睛专注地望着缓缓开上蓟运河铁路舟桥的一列运载伤员的火车。他发现有一扇窗户被徐徐打开，露出了一张白色绷带包裹着的脸，他分明看清了那张脸上有一双透着感动的眼睛，那双眼睛中还有对生命的渴望，那情景让人一辈子都忘不了。

随后，他发现有一只手从窗户里探了出来。也许是胳膊上还带着伤，那只手举得很艰难，就像一个孩子的小手，试探性地往外伸展着。突然，那只手猛地向外一挥，将一把红红绿绿的东西扔到了战士们的身上，然后又落到了战士们脚下。

“亲人们，吃糖吧！”

“糖不多，一点心意……”

那人接连说了两声，虽然声音不是太大，但足以让附近的舟桥团官兵们听见。战士们马上从地上拾起那人扔下来的糖块，拿在手里望了再望，大家不约而同地举起了右手，向缓缓行驶的列车行起了军礼。那一刻，舟桥团官兵们无不泪流满面，在心里默默祝福着伤员们早日康复。

“亲人们，吃糖吧！”这样一句简单的话语，是惨绝人寰的大地震中逃生的声音，是多灾多难的中华儿女劫后余生的呼唤，是善良淳朴的群众面对子弟兵喊出的感激之声！

紧接着，整列车的窗户次第打开，里面探出的有缠着绷带的头颅，有伸出来的胳膊，还有挥动着向大家致意的小手。接下来，又有苹果、糖块、馒头、饼子……各种各样的东西从车窗里扔了出来。啊！亲爱的群众，此时的一点水果，几粒糖块，对这些在大难中没有被剥夺掉的生命，有着多么重要的意义！然而，他们身受重伤却依然舍不得吃，将其和自己的心一道，一下子掏给了亲爱的人民子弟兵。

“糖块虽然不多，可在那个年代，又是那样的特殊时期，战士们拿在手里，谁都不舍得吃，可又送不回去，因为火车已经开过去了。我至今想起来，心里还是暖暖的，那样的糖块不是普通的糖块，是唐山人民给予我们的最高奖赏。”王仁军告诉我们，之后的许多年，他耳边总会在不经意间听到有人在颤抖着说话，说的就是这三个字——“吃糖吧”。

“有那么一段时间，我会时不时地处于一种恍惚状态，每一次恍惚都能听到‘吃糖吧’的说话声。我心里也清楚，没人会再冲着自己说那样的话，可就是控制不住，老听着有人在冲自己说。”王仁军说，心灵同样有记忆，哪怕自己的脑子已经把这三个字给忘掉了，心灵却永远在提示着自己：别忘了，特殊时期唐山地震灾区的伤病员们，亲切地让我们“吃糖吧”。

重温岁月沧桑，聆听历史回声；感受人间大爱，情暖世人心房。

有人说，唐山大地震造成的废墟有两种：一种是在现实里，是城市建筑的毁灭；另一种是在记忆中，是情感精神的创痛。如今 47 年过去了，城市早已不见了地震的踪影，只有保存的几处地震遗址印证着当年灾害的惨烈，而人们记忆中的创痛和抗震救灾、重建家园的史实，则成了许多人的生命主题。有舟桥老兵告诉我们，每一次回忆起当初抗震救灾的情景，他们甚至不敢相信，那些事情居然是发生在自己身上的。

第四章 火车开过之后

17. “叔叔，爷爷说要坚强”

蓟运河铁路舟桥抢架完成之后，战士们以为能舒一口气了，毕竟连续战斗了七天七夜，体力透支得厉害。但这个时候，上级决定让独立舟桥团继续留在唐山灾区，帮助群众进行灾后重建。于是，独立舟桥团的官兵们，从蓟运河里爬上岸，又拖着疲惫的身体走向群众倒塌的房舍，走向被地震踏平的废墟。然而，大家像是突然发现，帮助群众灾后重建，竟然一点也不比抢架蓟运河铁路舟桥遇到的困难少。

“当初根本没考虑到帮助灾区进行灾后重建的事，别说救灾重建的机械设备没有，就连铁锨也不够用啊。”刘锡说当时有些战士只能凭一双手，扒碎石，掀楼板，拽钢筋，抬房梁，在一片又一片已经成为废墟的地方，挥汗如雨地干了起来。

“后来有一首诗，说该死的地壳，一次不打招呼的弹跳，眩晕了大半个中国。还真就是这样，至今想到‘抗震救灾’四个字，当年参与过那场抗震救灾的人就会心中一颤。”刘锡和战友们在一个村里帮助重建，开始只能用双手搬动塌倒的砖墙、房梁。那个季节，正是骄阳如火的时候，天天被大太阳炙烤着脊背，军装被汗水浸湿了又干，干了又湿，上面都是几层厚厚的霜碱。中间休息时，他们累得连动都不想动，有的战士吃饭时手里拿着馒头，刚咬上一口倒头就睡着了，嘴里还含着馒头；有的手套磨破了，手指肚儿磨得露出鲜肉，搬过的砖、抬过的木头，上面都是一道一道的血印子；有的被钉子扎破了脚，钻心地痛；还有的被尸体气味熏得头昏恶心，吃不下饭，甚至当场晕倒。战士们也是血肉之躯，不是“超人”，但国家利益高于一切，抗震救灾前线就是战场，正是这种信念支撑着他们咬咬牙坚持，再咬牙继续坚持。

“如今都不敢想象，那时候大家像得了某种神通，精力、体力大得惊人，一个个赤着上身，下身只穿一条短裤，刮碰得浑身是伤，硬是把一个个抗震棚建起来了。”一位曾经参加过灾后重建的舟桥团战士告诉我们，离唐山市区不远的一个村庄里，有个 60 多岁的农民叫康占东。地震发生后，他的家中只剩下他跟小孙子。老人就像木头一样，一天到晚机械地收拾着眼前的东西。刚满八岁的小孙子十分听话，小家伙似乎还没有从大灾大难中明白过来，天天跟着爷爷还有周围的大人们一起劳动。看到穿军装的解放军叔叔来帮助他们了，小家伙突然精神起来，又天天跟在战士们身后，和战士们一起搬砖，捡拾各种东西。看到战士们一个个疲惫的身影，他用稚嫩的口气说：“谢谢解放军叔叔！”

搁在平时，这是很普通的一句话，可那时大家却感觉有千斤之重。望着眼前这个失去父母的孩子，战士们禁不住泪流满面。那孩子看到战士们在流泪，又说：“叔叔，哭什么啊？爷爷说要坚强，从今以后我会一直坚强，再也不会哭了，叔叔也别哭，好吗？”接受采访时，老舟桥兵们向我们讲述着那个八岁的孩子，禁不住再一次泪流不止。他们说，灾区有太多的孩子，他们至今想起来都心疼。

18. “菜摊通道”与“少女的哭声”

接受采访时，独立舟桥团老兵马绍青告诉我们，当时地震灾区最难挨的还是缺水。因为地震，淡水都被污染了，他们只能用罐车跑很远去拉水，结果下雨把道路冲坏了，车迟迟开不出去。这自然渴坏了在太阳底下忙碌的战士们，他们有的嘴唇渗出了血，有的出现了脱水体征，但舟桥官兵们没有退缩，依然紧张而激奋地忙碌着。当地群众看到这种情景，立刻组织人到废墟中寻找没有被砸坏的碗、杯子、盆子、铁桶，到很远的地方取来水，有的是手端，有的是肩挑，还有的是两个人抬。然后，群众在战士们忙碌的区域旁边支起一张桌子，把碗摆上，倒上水，一次又一次地拉着战士们喝水。而战士们望着桌子上摆着的清澈凉水——那凉水就像骄阳中的一丝凉风——用舌头舔一下沁出血、裂了缝的嘴唇，摇摇头，说声谢谢，继续干活。

“老百姓急得冲战士们直跺脚，战士们依然不去喝那水。解放军不拿群众一针一线，这是部队的纪律，而那个时候水比金子还贵，怎么忍心去喝群众的水呢？”马绍青说，岂止是水，到了救灾后期，部队救人的任务基本完成，帮助群众灾后重建成了最主要的任务。团部安排他外出采买蔬菜，战士们已经很长时间没吃到蔬菜了，大家一个个嘴唇变得蜡黄。没想到，他紧赶慢赶到了一个菜市场，却发现买菜的老百姓已经排起了一条长龙。

“当时就想，这么多人排队，怕是等一天也不可能买上菜了。那时候本来就是计划经济，部队采买东西又不可能和老百姓抢！”马绍青说他擦着满头满脸的汗水，叹出一口气，正准备返回。突然，听到有群众大声喊：“大家快让开，先让解放军同志买！”

这个声音就像接力棒一样，从队伍后面一直往前传递着。老百姓们顿时自觉地分到两边，在中间给马绍青留出一条通往菜摊子的通道。马绍青望着那条通道愣住了，他说开始时不由自主地往前迈动了脚步，但突然间又反应了过来，怎么能往前走呢？绝对不能啊！那不是一条通向菜摊的普通通道，而是老百姓用真情给我们铺成的绿色之道。如果再往前走上半步，感觉就践踏了老百姓对解放军的一番真情。于是，他双手并拢，冲着老百姓恭敬地作了一个揖，又大声喊道："乡亲们，你们买，我们只是来看看！"然后，他快速离开了菜市场。

马绍青永远记得自己喊出那声"看看"时的情景，完全是不由自主地，两行热泪顺着他的脸颊汹涌地往下滚落。那一刻，他很想再站一会儿，好好看看老百姓脸上那亲切温暖的表情。然而，他再也不敢站下去了，生怕自己激动得哭出声来。在那样一个年代，刚刚经历了大灾大难，各种生活用品极度匮乏，人民子弟兵怎么好意思和老百姓争购蔬菜？几十年后的今天，回忆起当时的情景，马绍青说，无论谁看到那种场面都会为之动容，都会不由自主地热泪盈眶。

还有一个"兰小玉洒水"的故事，采访中有好几个人对我们提起过，更是令人动容。

兰小玉是附近地方医院的一名护士。大地震发生时，她被砸在了小儿科的治疗室里，完全不知道日子已过去四天。后来她说，按照在黑暗中的计算，她感觉只过了两天。

第四天中午，身处黑暗中的兰小玉眼前突然一亮，一张年轻的脸和一身绿色的军装映进她的眼帘。她听到有人焦急地喊了一声："这里有个人活着，快来抬！"

兰小玉得救了，身上竟然一点伤也没有。被扒出来的那会儿，她一昂头，站起来简单活动了一下身子，惊讶地说："啊？俺还活着？解放军叔叔，谢谢你们！"

之后，兰小玉也投入到了抗震救灾中。再后来，她见有群众抬着水往旁边的村庄里跑。一打听，才知道有解放军在那里帮助受灾群众重建家园。因为缺水，战士们渴得嘴上都裂开了口子。兰小玉也赶紧抛下手中的活计，跑到医院废墟上找到了两个硕果仅存的陶罐，赶到几里路外的一处淡水管道口，小心翼翼地接了两罐水，用扁担挑着往独立舟桥团参与救灾的村庄里跑。可路太泥泞，水又太重，她挑着两罐水走到正在帮群众修建防震棚的战士们面前时，脚下突然一滑，身子一斜楞，“噗通”倒在路边的一片水洼里，两个陶罐也落在泥泞中，水洒了。战士们见状赶紧跑过去，要拉她起来。结果，在黑暗废墟里埋了四天都没哭的她，突然难过地哭出了声……

少女的哭声，给大家留下了极深的印象。许多人忆起当年，都说那哭声虽然很轻，但却有种撕心裂肺的感觉，大家太怜惜那姑娘了。

一个又一个的细节，已成为当年舟桥团官兵们永远不灭的记忆，也成为唐山抗震救灾心灵档案里留存的最动人的景象。

艰难困苦，玉汝于成。一位作家曾经说过，多难兴邦，多难砺党，多难强军。四十秒，一场大地震，一座百万人的城市，一个国家和民族的伤痛记忆。大地震留给我们的不仅是沉痛的记忆，还有深刻的教训和反思，更有让人受到鼓舞、感到感动的大爱和大勇。因而，接受采访时，老舟桥兵们的话语铿锵有力：“那样的伤痛记忆，是一种精神传承，更是一种血脉相连。”

19. 精神的馈送

这是一个镇子驻地。

这又不像是一个镇子驻地。

在独立舟桥团指战员心目中，镇子驻地绝不是这样子的：平房几乎全部坍塌，被夷为平地；楼房一塌到底，有的楼房整个一面墙倒掉了，露出每个楼层，一层楼板，一层家具，甚至可以从家具中看出主家的身份和经济状况。有的还有缝纫机，有的家里一看就很穷，房中间摆着一张八仙桌，旁边则是一把三条腿的椅子，还有一家也许是刚生了孩子，床头上悬挂着一只毛毛熊，风吹进去，毛毛熊荡来荡去，透出温馨的气息……

战士赵齐克收拾好一处废墟，准备给群众建一处简易防震房。这是他来到这里的第五天，加上在蓟运河上抢架铁路舟桥的时间，他来灾区已经是第 13 天了。这么多天，他没能吃上一口菜，更别说水果了。从第八天开始，他的牙龈开始出血，干着干着活，牙缝中就莫名其妙地渗出血来，一吐，就像一朵灿烂的罂粟花。这让平时喜欢干净的赵齐克很闹心。然而，这是在抗震救灾第一线，再闹心也得坚持。

“吐唾沫，是一口一口的血，恶心极了！”赵齐克逼着自己不去管它，不去多加注意，只拼命地干活，把所有注意力都集中到干活上去。

有一种现象，赵齐克说当时他想坏了脑壳也理解不了：地震中，全镇子的人几乎家家有难，人人有伤。但镇子上的人并没有陷入悲伤而不能自拔。相识的人见了，只会问一句“你家几个？”或“谁谁怎么样了？”或者说一句“老妈没了”“大儿子，老闺女没了……”那情景，像是在述说别人家的事，说完他们相互握握手，拍拍肩，便分手而去。没有哭泣，没有乞怜，也没有过多的诉说，人们看上去都是淡淡的，很平静。

镇子上的人，都在跟解放军一起收拾废墟上的东西。赵齐克干到第十天时，手指肚子出血了。开始时他戴着手套，后来手套磨烂了，被他扔掉了，他就干脆徒手搬砖。一天下来，他那双手估计搬了上万块砖。本来还挺粗糙的手，手指肚越磨越薄。如今回忆起来，他依然玩笑般地说：“细嫩的像个娘们儿，等到突破了薄薄的那一层，就不能不出血了。”

一位老大娘不经意间发现了赵齐克的血手，没有说啥。但是，老大娘却悄悄地跟几个邻居说这个孩子的手出血了，牙也出血，这是因为不吃蔬菜、缺少维生素的缘故，再加上天天搬砖和泥，手被磨坏了，咱们得想想办法啊。

第二天一早，赵齐克从临时宿营帐篷里出来，眼前的一幕让他惊呆了：一帮衣衫褴褛的人，静静地在营帐外面站着，没一个人说话，有点像不愿意说话或无话可说，似乎沉默对他们来说很舒服。看他们手里，没一个空着的，有的用草绳子穿着二两猪肉，有的捧着一颗小白菜，有的攥着三五棵菠菜，还有一位年迈的老妈妈，实在没东西可拿，手里托着半块疙瘩咸菜……

大家像排队买票一样，沉默着，把手里的肉和菜，依次摆放在赵齐克身边的一块条石上。然后，低着头，沉默着离去了。

赵齐克突然明白过来，眼眶里顿时涌满了泪水。他的胸腔就像风箱一样鼓荡，他却感觉憋闷得慌，那一刻，他太想大喊一声了，他想喊一声妈妈、奶奶、爸爸、叔叔或者大爷……然而，他什么也没能喊出来，只有眼泪像开闸的洪水一样，澎湃激越。

这是一种精神的馈送，所激发的是情感的力量。而情感的力量就像狂风，能把人的激情像沙尘暴一样撩动起来。赵齐克一下把平时左三层右三层的口罩扯了下来，撕成布片，缠在十根手指上，像疯了一般，不知疲倦地在工地上忙碌起来。

“当时，手磨得出血，却感觉不到疼。如今那么多年过去了，那些大爷大娘、爷爷奶奶们沉默地给我们送肉送菜的情景，还常在脑海里出现。每忆起那样的场景，我就止不住地流眼泪。灾区的老百姓太好了，他们把子弟兵当作最亲最近的人，当作自己的儿女……”

如今，赵齐克已经从当初的毛头小伙变成了子孙满堂的老人，每每提起这一段，他都忍不住泪流满面，甚至于哽咽不止。

“我常让孩子们在网上搜索唐山，并让他们把唐山的一些照片下载下来给我看。看着当年大地震的地方，如今一片现代化的情景，我心里感觉很温暖，毕竟当年自己曾在那里抗震救灾过啊！”忆起当年，赵齐克十分感慨，他说灾者，天也；授者，民也；吾中华泱泱大国，亿万民众，众志成城，抗震救灾，复之生产，复之建设，此民心之所向，是众志成城的结果。正因为有了全国人民的众志成城，有了人民子弟兵的身先士卒，每一次灾难，我们都坚强地挺了过来，并因此铸就了抗震救灾、抗洪抢险中的“铁血精神”。

第五章
精神永流传

20. “独立”的意义

有一首歌的歌词这样写道：“为什么战旗美如画？英雄的鲜血染红了她；为什么大地春常在，英雄的生命开鲜花！”英雄的精神，必定诞生在英雄的团队，必定在英雄的团队永远传承。

当然，每一个团队都有自己的基因，但基因和基因不一样，一个团队的伟大与否，起决定作用的正是这不一样的基因。正如作家都梁在小说《亮剑》中借主人公李云龙之口所言：“一支具有优良传统的部队，往往具有培养英雄的土壤。英雄或是优秀军人的出现，往往是由集体的形式出现，而不是由个体的形式出现。理由很简单，他们受到同样传统的影响，养成了同样的性格和气质。任何一支部队都有着它自己的传统。传统是什么？传统是一种性格，是一种气质，更是一种精神！”

1976年唐山抗震救灾中的蓟运河铁路舟桥大战，在最短的时间里连通了“京山”大动脉，而参与这场大战的铁道兵独立舟桥团，则在这场大战中给人们留下了最为深刻的印象。上至国家和军队的各级领导，下至唐山

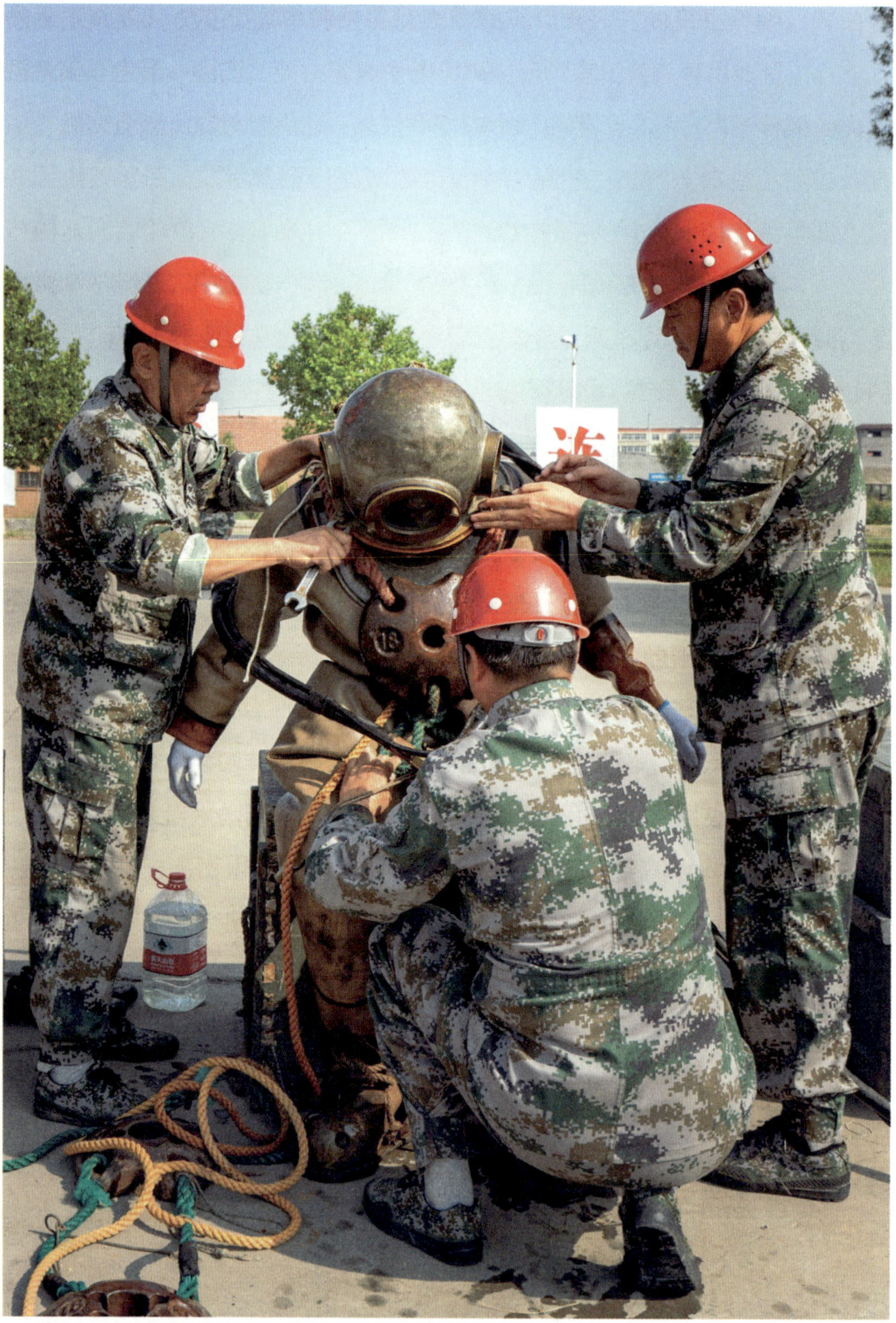

⊙ 铁路“蛙人”整装待发。拍摄：朱砚茹

地震灾区的黎民百姓，都对铁道兵独立舟桥团能在那么短的时间里创造出如此奇迹竖起了大拇指。那么，铁道兵“独立舟桥团”到底是怎样一个“团”？“独立舟桥团”为什么要将“独立”冠于“舟桥团”之前？在编制或者在舟桥的技术设备上，独立舟桥团又有怎样的秘密？如今四十多年过去了，这支部队的“铁血精神”得到了怎样的传承？

采访中，笔者十分注意挖掘这支英雄团队“铁血精神”的传承脉络，方知这是一支鲜为人知的舟桥部队。之所以说他们鲜为人知，就因为“独立”二字。47 年后的今天，一些原本是秘密的问题已经不再需要保密，如今，我们应该将当年的“独立舟桥团”大白于天下，更应该将“独立舟桥团”当年抗震救灾中的“铁血精神”“铁血意志”大白于天下。

当过兵的人都知道，舟桥部队是担负渡河工程保障任务的一类工程兵，基本任务是构筑浮桥渡场、门桥渡场，保障部队快速通过江河障碍。舟桥部队与工兵、建筑、伪装、野战给水工程、工程维护等专业部队共同组成了工程兵，是军队实施工程保障的技术骨干力量。而当年的这支铁道兵独立舟桥团，却有别于这类部队。之所以说“有别”，是因为其他舟桥部队都是担负一般渡河工程保障，而铁道兵独立舟桥团所担负的，却是铁路舟桥保障。他们无论是在蓟运河上，还是在黄河、长江等水系上所架设的各种舟桥，通过的都是一辆辆火车，而其他舟桥部队所架设的舟桥，通过的则是汽车或坦克，甚或是徒步过河的大部队。

其实，专业的说法中，舟桥是连接舟或浮体而成的浮桥。舟桥因其架设速度快，在战争中拥有独特的战略作用。在中国古代的很多次战争中，舟桥就发挥过重要作用。新中国成立初期，我国的舟桥装备主要依靠引进苏联的舟桥器材。1962 年，我国成功仿制出 62 式舟桥，这是我军舟桥部队装备的第一代制式渡河器材。这类舟桥通行能力大，但作业太耗费人力物力，而且目标大，容易被打击，因此一般在夜间进行架设保障通行，至拂晓便撤收。此后，我军又制造出了 79 式带式舟桥，该舟桥采用四折式设计，入水后方能自行展开，不仅结构简单作业方便，还不需要构筑码头，大大加快了作业速度，提高了保障能力。

正是因为舟桥在现代战争中所展现出来的重要作用，1964 年 7 月 10 日，当时的铁道兵党委呈文给解放军总参谋部，请示组建铁路舟桥团，列序为铁道兵第四师二十团。同年 8 月 25 日，总参谋部以参务字第 419 号文件批复，同意组建铁道兵舟桥团，其番号为“中国人民解放军铁道兵独立舟桥团”，暂归铁道兵第四师领导，代号称 8722 部队，并按规定授予团级军旗一面。

1964 年 9 月 9 日至 19 日，铁道兵司令部、后勤部、科研院和铁道兵第四师组成联合勘察选点小组，到拟定的独立舟桥团驻址山东省齐河县，进行社会政治、交通通信、气象水文、地方资源等情况的综合调查和实地勘察。

齐河县位于鲁西北平原，南临黄河，1964 年全县有 13 个公社，1208 个自然村，42.73 万人，人均土地 4.5 亩。据 1953 年至 1963 年统计资料记载，全县年平均气温 12.8℃，最高 41.2℃，最低零下 22℃。每年的七八月份为雨季，年平均降水量 689 毫升，最高年份 1190 毫升，最低年份 440 毫升。春秋两季多风，其中四月份风沙最大。黄河在全县流经 78.87 公里，且有河床高、河道窄等特点，河道最窄处仅 465 米，有“黄河咽喉”之称。境内黄河河道冬季有冰凌，夏季有洪汛，是黄河下游防汛防凌的重要地段。

1964 年 9 月 24 日，铁道兵时任参谋长何辉燕，在北京主持召开了独立舟桥团驻地论证会，确定独立舟桥团驻防山东省齐河县，团部暂设县委党校，连队借驻党校附近的邮电学校、机械厂等单位。当年 10 月 14 日，铁道兵时任司令员李寿轩、政委崔田民，根据总参谋部批复，签发了关于组建中国人民解放军铁道兵独立舟桥团的命令。据此，铁道兵独立舟桥团正式组建，第一批先行人员当年 10 月 18 日到达驻地齐河，10 月 20 日开始办公，同时启用印章。1964 年 11 月前后，铁道兵从所属部队抽调的 891 名官兵陆续抵达齐河。11 月 12 日，独立舟桥团临时党委召开会议，按照总参谋部颁发的《铁道兵独立舟桥团编制定员表》部署编制工作，全团设 5 个建制连队、4 个直属连队及卫生队、储备库、高射机枪排等单位。团机关设司令部、政治处、后勤处。12 月，根据铁道兵司令部统一部署，独立舟桥团首次组成接兵团，赴江苏省沛县和丰县接新兵 605 人。

1964 年 10 月 31 日，铁道兵下文规定："独立舟桥团驻防齐河期间，一切工作归铁道兵四师领导，人员、装备、物资外调须经铁道兵批准。"并确定了独立舟桥团由铁道兵和济南军区领导的双重领导关系。

1965 年 7 月 28 日，铁道兵四师从山东调往京原线执行铁路施工任务。8 月 10 日，铁道兵党委决定，独立舟桥团归铁道兵机关直接领导，解除同铁四师的代管关系。8 月 17 日，济南军区决定，原确定的铁道兵独立舟桥团由铁道兵第四师负责代管，改为一般性行政、党务工作由济南军区工程兵负责代管，后勤供应工作由军区后勤部直供部负责。

1975 年 8 月 1 日，中央军委颁布命令，全军部队代号由原四位数改为五位数。独立舟桥团的代号，由 8722 部队改为 89131 部队。

1977 年 5 月，独立舟桥团接上级命令，改称中国人民解放军铁道兵舟桥团。

"当时，全军有很多舟桥团，而称之为'独立'的，却只有我们这一个团。为什么开始称'独立'？因为其他舟桥团都是公路舟桥，而我们是铁路舟桥，公路舟桥上是跑汽车的，铁路舟桥上是跑火车的。全军只有我们这么一个铁路舟桥团，所以称之为'独立'。"接受采访时，原独立舟桥团副参谋长李兴元告诉我们，现在我军的舟桥部队虽然发展壮大了，机械设备和技术也都先进了，但却一直没再设铁路舟桥部队，直到今天铁路舟桥也只有这支曾经在唐山抗震救灾中大显身手的"独立舟桥团"，也就是铁道战备舟桥处。

"后来，我们舟桥团也随着铁道兵集体改工了，但却依然担负着铁路舟桥的战备保障任务，由此更能看出铁路舟桥在现代化战争中的重要作用。"李兴元说。

从李兴元的话中，我们感受到了一个英雄团队当年“独立”的意义，同样也感受到了一个铁路舟桥老兵掩不住的内心自豪感。他告诉我们，无论是干部还是战士，有过在这样一支铁路舟桥部队从军锻炼的经历，走到哪里都是“好样的”。

这是铁路舟桥兵的骄傲！

这也是铁血舟桥精神的展扬！

李兴元还告诉我们，独立舟桥团的干部战士，总是喜欢默默地做事情，从来不擅言说。有的干部战士，最怕的就是面对人群讲话，人越多，越像是面对着心爱的人，大脑里一片空白，不知道该说什么。用他的话说：“干可以，说不行。”

当一个人或一个群体把注意力集中于干事的时候，其实就已经走在了出众的路上。从当兵入伍训练的第一天开始，舟桥团的战士们就像老黄牛一样，负重前行。即便是休息日，大家依然挥汗如雨。

有句话说得好：“宁可千日不将军，不可一日不拱卒。”正是这样的铁血舟桥精神，培养出了全军唯一的一支铁路舟桥部队，才能在唐山抗震救灾中创造辉煌，创造奇迹。

据了解，铁道兵独立舟桥团自成立以来，除了完成铁路、管道、公路桥梁、浮桥架设等施工任务，还一直进行着铁路舟桥定型试验、单项试验、抢修器材试验等许多科目的实验和舟栈桥、轮渡等专业训练，以及新兵训练、游泳训练、野营训练等军事训练。

在应急抢险工作中，赶赴唐山架设蓟运河铁路舟桥，则是铁道兵独立舟桥团的第一次应急救灾任务。而正是这样的“第一次”，打通了全国人民赶赴唐山救灾的生命通道。可以说，在中国抗震救灾史上，他们书写下了浓墨重彩的一笔。

47 年后的今天，我们在和平安宁的生活中，再一次回想那座曾经架设于蓟运河上，累计通过火车 533 列，共计 20375 节客、货车皮的铁路舟桥，重新回放那段不寻常日子里的不寻常镜头时，禁不住会想起那些奋力拼搏七天七夜的勇士们。如今他们有的已经衰老，有的已经去世，但当年的独立舟桥团所彰显的“铁血精神”，依然激励着后人，正如当年官兵们在抢架现场所写的一副对联：

将士用命，正是军人本色；

沧海横流，方显铁血精神。

21. 改不掉的是精神

据《铁道战备舟桥处志》记载，按照铁道兵指挥部（1983）指人字 592 号文件《关于铁道兵舟桥团变更名称的通知》，从 1984 年 1 月 1 日起，铁道兵舟桥团更名为铁道部工程指挥部舟桥工程处，全团官兵随铁道兵并入铁道部。

这就是大家通常所说的“兵改工”。

而到了 1987 年 8 月，根据铁道部工程指挥部 224 号文件《关于舟桥工程处改称战备舟桥处批复》，舟桥工程处从 1987 年 9 月 1 日起，改称为铁道战备舟桥处。

说起“兵改工”，曾经铁道兵独立舟桥团的官兵们，如今依然是满满的一腔情怀。他们十分留恋当年的“兵生活”，十分怀念曾经的铁血时代。接受采访时，龙新莹和李兴元对我们讲述了唐山抗震救灾抢架蓟运河铁路舟桥的情景，又不住地感慨曾经的当兵岁月。他们说，“兵改工”让他们脱军装的时候，那种滋味很难受。虽然铁路舟桥兵很艰苦，但真要脱掉军装不再是一个兵了，大家却很舍不得。

“感情这东西是个怪物，常常自己都左右不了自己。”李兴元告诉我们，

⊙ 1984年“兵改工”前夕，潜水队全体成员合影。

脱军装时的情景他一辈子都忘不了。他说向军旗告别，摘下领章和帽徽的时候，每个人的心里都有一种强烈的失落感。感情的闸门一打开，一个个都忍不住流泪，饮泣，呜呜地哭！虽然手捂住了嘴，手绢却擦不净泪水！猛然间，似海潮澎湃，似汽笛长鸣，数千人的痛哭声惊天地、泣鬼神！

“那是军人的眼泪，也是男子汉们的悲号！”李兴元说。

李兴元和龙新莹还告诉我们，他们自感欣慰的是，正是这样一群曾经的军人，让铁道兵的铁血精神永远地传承了下来。

“‘兵改工’就像是突如其来的一件事情，虽然‘兵改工’后，无论干部还是战士，都有了工作，都成了铁路系统的一名员工，但大家血脉中储存着的精气神，却依然是一股‘兵气’。”龙新莹在部队一直干技术，退休时职务是铁道战备舟桥处总工程师。他告诉我们，一直到今天，他还从内心里感觉自己就是一个兵，无论走路还是做事，都以一个兵的标准要求自己，做任何事情从不拖泥带水，“兵有兵的干脆利落，腻腻歪歪永远不是兵的性格”。

英雄不言，山河作证。舟桥团官兵们对军队的依恋，是铁与血熔铸而成的情感。这支部队有着光荣的历史，自组建以来，在许多次抗灾抢险、支援地方建设和完成军事任务中，舍生忘死、浴血奋战，用血肉之躯铺就了“打不垮的铁血舟桥”。1976年唐山大地震发生之后，他们在抗震救灾抢建蓟运河铁路舟桥过程中不畏艰险、攻坚克难，其壮丽业绩彪炳史册，灿烂闪耀于历史长河中，但随着上级“兵改工”的一道命令，一个存在20多年的团队完成了其历史使命，两千多名官兵像威武整齐的雁阵，心怀忠诚飞离了军绿色的滩头，奔赴到了新的天地。

当然，时过多年，这支队伍的精神风貌早已从“兵改工”时的沉重、迷茫中转变了过来。绿色的军装不会再穿在他们身上，但被官兵们称之为铁道兵“兵歌”的《铁道兵志在四方》，却依然在他们中传唱着。李兴元告诉我们，每逢“八一”建军节，他们都要高唱这首歌；每逢完成一项任务转向新的施工场地，他们也要高唱这首歌；甚至离退休的战友们相聚，他们也经常会唱起这首歌。

背上了那个行装，
扛起那个枪，
雄壮的那个队伍浩浩荡荡，
同志呀，你要问我们哪里去呀，
我们要到祖国最需要的地方。
离别了天山千里雪，
但见那东海呀万顷浪，
才听塞外牛羊叫，
又闻那个江南稻花儿香……

这是一首钢铁之歌！
这是一支铁血劲旅！
其前世辉煌，其今生灿烂！

采访中，曾经的独立舟桥团官兵们，提起当初依然群情振奋，依然斗志昂扬。说起如今，他们同样豪情满怀。他们说，一天当过兵，一生为军人。军旅时光镌刻在心中，就有了一辈子的印记。在军营曾经百炼成钢，"兵改工"后依然本色不改，其薪火相传的铁血精神，经过岁月，历久弥新，像群山云海绵延不绝，像长江黄河滔滔奔腾……

"唐山抗震救灾中，抢建蓟运河铁路舟桥之所以那么成功，关键还是我们胸中装着灾区的人民群众，有铁道兵那股英勇进取、敢于奉献的精神做支撑。当然，也正是因为'兵改工'，单位没了原来的转业、复员，人都留了下来，铁血精神也就传承了下来。"当年独立舟桥团的领航员马绍青告诉我们，2014 年，战备舟桥处又到蓟运河参加工程施工，当地老百姓听说是当年那支抢架蓟运河铁路舟桥的部队，纷纷对他们伸出了大拇指。他们帮助建过抗震房子、帮助恢复生产和生活的一些单位的老员工，还专门找到他们叙旧，有的拉着他们的手说："见到你们格外亲，特殊时期建立起来的特殊感情，牢不可破。"

还是《铁道战备舟桥处志》记载，1984年"兵改工"后，舟桥处拓宽了平战结合、工训结合的路子，先后配合铁道部各工程局完成了商埠线、外福线、侯月线、丰准线、沪杭复线、天津南曹联络线等铁路线中桥梁的架设、打桩、围堰施工任务。除铁路工程外，舟桥处还完成了涉及管道敷设、房屋建筑、公路桥梁等建筑领域的施工任务。

"'兵改工'后我们不再是兵，但内心里的'兵精神'依然未失。每一次参与大的施工，我们都会像当年参与唐山抗震救灾一样，敢打敢拼，一直秉承着军人作风逢山开路，遇水架桥。"对于曾经的军旅生涯，如今的铁道战备舟桥处房建段副段长刘锡说起来就激动。他说自己还是一个新兵的时候，老班长就告诉他，当年组建铁道兵独立舟桥团是周恩来总理建议的，所以无论到什么时候他们都得发扬独立舟桥团的铁血精神，为了架桥修路，献出生命也在所不辞。

"听说过沪杭复线34号桥吗？那是'兵改工'后我们干的工程，如今提起来人们依然会伸大拇指。当然，我们只干了整个工程的一部分，但却延续了唐山抗震救灾时舟桥兵面前无困难的铁血精神。"采访中，笔者不断听到大家对于"兵改工"后一些施工任务的完成情况。每一次完成施工任务，他们都敢于攻坚克难，风餐露宿，沐雨栉风。

我们再一次翻阅《铁道战备舟桥处志》，其中关于铁道战备舟桥处参与沪杭复线34号施工任务的记载，让我们感受到的依然是勇往直前的铁血精神。

据了解，沪杭复线34号特大桥位于上海市松江县境内，1989年由铁道部第二十工程局承建，而铁道战备舟桥处承担了两个水中墩的管桩基础、一个水中墩的钢套箱下沉和水上架梁任务。

"单从文字上看，这样的任务好像没什么太特殊的地方，不就是一个工程的施工吗？的确，这就是一个工程的施工，可这样的施工难度大，技

⊙“蛙人”是一种奉献，也是一种事业。拍摄：朱砚茹

术要求高，而且颇具危险性。”一直陪同采访的铁道战备舟桥处工作人员赵天宝告诉我们，接受这个工程时单位“兵改工”时间不长，能够承接并很好地完成如此重要的任务，同样是一种奇迹。“因为突如其来的‘兵改工’，突如其来的工程施工，突如其来的走向市场，逼迫着大家从思想到观念再到行动，都得来一个大的转变，否则就难以适应市场，难以在竞争激烈的铁路施工中站稳脚跟。”

资料显示，沪杭复线34号特大桥坐落在钱塘江上，桥址处江面宽160米，水深3米，流速每秒0.5～1米，潮水落差1米，涨潮连续时间4小时，落潮8小时。大桥全长1979.42米，中心里程为K52＋904，有3个水中墩，为双曲线桥，总投资为4206万元。全桥设112个墩台，铁道战备舟桥处承担57号、59号两个水中墩的管桩基础和57号至59号墩上两跨各长64米的4孔钢桁梁的架设任务，完成投资706万元。大桥由上海铁路局勘测设计院设计，57号、59号墩为直径55厘米钢筋混凝土管桩，58号墩为钢套箱沉井基础。

“这个工程的施工，主要由铁道战备舟桥处的舟桥段三、四队承担，处里组织了一个工作组，由施工训练科科长董仁光任组长，我作为当时铁道战备舟桥处的总工程师，主要负责技术工作。”对于这样一个工程，龙新莹同样记忆犹新，他说，该工程1989年3月人员进场，4月开始施工，1991年2月28日竣工，历时23个月。57号和59号墩管桩施工，是用铁路舟桥器材拼成打桩船，使用D40型筒式柴油机，在水上浮吊配合下进行的。“管桩经甲方验收合格后，再用钢板桩围堰清基，两个墩共打围堰钢板桩240片，总延长3120米。59号墩的钢套箱下沉，运用浮运法一次下沉到位，其工法还获得了中国铁路建筑总公司科技进步一等奖。4孔长64米的钢桁梁，每孔重达203吨，拼架得利用潮水的涨落水位差实施。”

这样一项工程施工，述说起来没有多么复杂，与如今同样的工程施工相比，当年的技术含量也算不上太高，但龙新莹说，当时在施工现场，那可是要多紧张有多紧张，毕竟舟桥处是由部队“兵改工”过来的，参与地方工程施工没有多少经验，能够如此紧张有序地把这样一项重点工程保质保量地干下来，靠的就是部队传承下来的“铁血精神”的支撑。

这话一点不假。铁道兵的铁血精神，是如今舟桥人永恒的精神信念。“兵改工”以来，铁道战备舟桥处承担过很多国家重点工程的施工任务，无论遇到什么困难，每一次都能保质保量按时完成任务。

没有必要再详述铁道战备舟桥处建设过的大工程、参加过的大抢险，仅仅将其中的一部分简要地罗列于此，就足以让读者窥一斑而知全豹。

2002 年 6 月，蓝烟线孔家河铁路大桥出现险情，桥墩晃动，铁道战备舟桥处受令后迅速组织人员器材前往抢险，连夜奋战 7 个小时，有效保障了铁路桥梁的安全，受到了路局的通报表扬。

2004 年 1 月，邯济铁路洛口黄河铁路特大桥第 10 孔钢梁纵梁联结角钢出现裂纹，严重危及行车安全，铁道战备舟桥处临危受命，冒着零下 18 摄氏度的严寒，连续作战 7 小时 40 分，圆满完成了抢险任务。

2008 年 5 月 12 日，四川汶川发生大地震，宝成线涪江大桥受到堰塞湖泄洪的严重威胁，铁道战备舟桥处接到上级命令，立即启动应急预案，集结应急保障队伍，高效完成了抢险执备任务。

2011 年 7 月，一场特大暴雨导致山东省乳山市桃威铁路老清河大桥 2 号桥墩被洪水冲刷发生严重倾斜，铁路运输被迫中断，铁道战备舟桥处应急抢险专业保障队伍，携带器材设备迅速赶赴现场，连续奋战 24 小时，顺利完成两座临时支墩的架设，有效排除险情，使中断 5 天的桃威线全线恢复通车。

2012 年 3 月，京沪线小汶河铁路大桥第 6 孔拱圈砌石松动，严重影响行车安全，铁道战备舟桥处接到险情通知后，立即集结应急抢险队伍赶赴现场，利用八三轻墩在大桥侧面运用了拼组搭设钢塔架顶推横移就位新工艺，解决了因作业面窄给抢险带来的困难，出色完成了抢修任务，为保护国家和人民群众生命财产安全作出了突出贡献。

……

在这些工程和抢险过程中，无论他们走到哪里，都能留下自己的身影，都能将“舟桥人”几个大字深深镌刻在人们的心灵。

2009年，青岛胶州湾跨海大桥施工期间，笔者曾因新闻采访几次前去跨海大桥施工一线。走在伸入大海的那道长长的钢栈桥上，笔者就有些纳闷，几十公里长的钢栈桥，在波涛汹涌的大海上伴随着跨海大桥的施工进程，一直稳固地屹立着，无论是运输各种建筑材料的大型卡车，还是运输小型机械设备的车辆，都要通过那道宛如彩虹的施工钢栈桥，而且有的地方竟然能够错开两辆大型运输汽车对开。试想一下，在苍茫的大海上，这是怎样一种情景？

“走在蜿蜒如虹的钢栈桥上，就恍若走在将要建成的跨海大桥上。对于一般行人来说，这样的钢栈桥与跨海大桥又有什么区别呢？”

“区别当然很大，跨海大桥毕竟是一个举世瞩目的大工程，钢栈桥说到底还是修建跨海大桥所用的辅助设施，而且跨海大桥建成后这样的辅助设施必须要拆掉。”陪同笔者采访的山东高速集团相关领导这样说着，又称搭建这样一道辅助性钢栈桥也实属不易，唯有铁道战备舟桥处这样的“兵改工”单位参与这样的施工才令人放心。“因为青岛跨海大桥是一座横跨胶州湾的特大型跨海桥梁，施工难度极大，技术要求极高，质量把控极严，稍有差池就可能酿成难以想象的大事故。因此，前期搭建钢栈桥也必须严格把控好质量，才能保证跨海大桥工程的顺利施工。”

至此，笔者才知道“兵改工”过来的铁道战备舟桥处参与了青岛胶州湾跨海大桥的工程施工，而且在施工中给业主单位留下了深刻印象。山东高速集团的相关领导还称，即使到了施工市场竞争白热化的时候，“兵改工”过来的铁道战备舟桥处依然不改部队作风，身上永远流淌着军人灼热的血，面对挑战迎难而上，越走越强，敢打硬拼，能啃硬骨头，仍然是国家建设的排头兵。

22. 精神代代相传

一个团队，其实就是一方土壤。在这方土壤上滋生出来的精神之花，绝不会因为园丁的偶然更换，而改变它开放的姿势和状态。铁道兵舟桥团“兵改工”后，只有工作组织和工作形式发生了改变，而贯穿其间的铁血精神，依然代代相传。

采访中，笔者先后接触到几十名忙碌在各个施工段、各个岗位的战备舟桥处的员工，在他们的讲述和行动中，笔者切实感受到了永续的铁血精神。

山积而高，水积而长。高山伟岸耸峙，江河浩荡绵长。凡被人仰视或赞叹者皆始于积累，积累是一种坚持，虽遇万千苦难不改其志。自然界如此，一个优秀的团队也如此。选择了坚持，也就有了山的伟岸，水的浩荡，生命的力量深沉无垠。

这些年，铁道战备舟桥处涌现出许多精英人物，他们用行动书写了舟桥人生命中的山高水长，温润情怀。俗话说得好，大风大浪中方显英雄本色。采访中笔者听到了各种各样的故事，而这些故事中，贯穿始终的还是铁血舟桥精神的传承，笔者也由此生出一种王者荣耀、英雄图鉴的感觉。于是，我们在其英模人物谱上，撷取下几束花朵献给读者。

一位老兵的“标准军礼”

今年 60 岁的黄天军，18 岁入伍，1981 年结束新兵训练后，被分配到舟桥团四连当上了机动舟驾驶员。从此，黄天军与机动舟紧紧地联系在了一起，一干就是 36 年，2017 年才恋恋不舍地望着心爱的机动舟离开了那个岗位。

机动舟长 10 米，自重 10 吨，吃水浅，马力大，其机械、电子部件所具备的功能，以及发生故障后出现的状况和造成的危险，黄天军可谓如数家珍。他用鼻子闻、用耳朵听，就能辨别出机动舟出了什么故障。比如在舟内闻到焦味，十有八九是离合器发生了粘连故障，而造成粘连的原因，则是机动舟前进时突遇紧急情况需要后退，驾驶员直接把前进挡转换成了后退挡，正确的操作是先将前进挡置于空挡，然后再转换成后退挡。

架设铁路舟桥时，需要机动舟将边孔门桥从码头推动到指定河段。而边孔门桥重达200余吨，机动舟推动它就像一个小孩推动巨人。特别是在黄河上作业，对机动舟的驾驶技术要求极高。黄河水情复杂，暗流、漩涡密布，夏天河水暴涨，冬天经常漂浮冰凌。

黄天军驾驶机动舟经历过各种水情，不仅炼就了精湛的技术，还颇具胆识和经验。陪同采访的战备舟桥处领导告诉我们，截至2017年，黄天军仅夜间驾驶机动舟，就遭遇过七次险情。每一次遭遇险情，他都是沉着应对，化险为夷。

2006年1月，铁道战备舟桥处在滨州黄河段架设公铁两用桥。作业时，上流突然涌来了冰凌。为防止冰凌将输送物资的便桥冲垮，黄天军奉命驾舟破冰。破冰正有条不紊地进行着，机动舟突然熄火，漩涡、暗流推得舟身团团打转，眼看就有翻船的危险。黄天军瞬间作出判断：高压泵进空气造成熄火。于是，他迅速排尽高压泵内的空气，重新按下启动按钮，使机动舟再一次运行起来。如此三番，不仅排除了危情，还顺利完成了破冰任务。

还是2006年，秋末的辽宁盘锦渤海湾风大浪高，黄天军驾驶机动舟在那里参与深海管道铺设施工。一天晚上，他接到拖拉管道的命令，便将500米长的输油管道拖到了海里。但当施工人员准备将其埋入10米深的海底时，天空突然乌云密布，大海如同恶魔一般咆哮起来。领导随即下达命令，要求在海面作业的机动舟尽快将十几名职工运送到岛上避风。黄天军迅速驾舟出发，他迎着袭来的风浪，将手柄置到空挡位置，使机动舟随着浪头飘浮，避免翻船。一波风浪过去，他迅速驾舟前进。十几海里的路程，整整走了两个多小时，到达避风岛时已是深夜一点多。

2010 年 8 月，铁道战备舟桥处在黄河上进行百米舟桥抢架演练。其时正值汛期，水大、风高、浪急，黄天军目视前方，驾驶机动舟将一架边孔门桥平稳地推到两架边孔门桥之间，桥两侧的 32 个直径为 36 毫米的螺栓孔，正好紧密贴合在一起，工人迅速将螺栓插入……仅用 26 分钟，黄河上的百米舟桥便架设成功，比规定时间缩短了 20 分钟。

相关技术人员告诉我们，边孔门桥长宽高都达数十米，机动舟如果推动不到位，就将导致桥两侧的螺栓孔贴合不到位，也就会使螺栓不能插入，来回调整势必耽误时间。而黄天军一次推动到位，为演练成功立下汗马功劳。其时，观看演练的部队官兵和国家、铁路局领导报以热烈掌声。黄天军站在机动舟内，望着架设好的铁路舟桥稳稳地立在黄河中，内心激动万分。他双脚并拢，身体挺直，右手上举，对着冲他鼓掌的领导和同志们敬了一个标准的军礼。

这个军礼，使现场的许多人心潮澎湃。已经“兵改工”二十余年，为什么黄天军在这样一个时候给大家行了一个军礼？事后，黄天军告诉大家，军礼是军人魂魄的持续燃烧，是铁血精神的深刻遗传。他说在那样的时刻，唯有一个标准的军礼，才能真正表达一个老军人的内心独白。

是啊，从 18 岁到 60 岁，整整 42 个年头，黄天军从毛头小伙变成了半百老人，他额头上的皱纹中装满了辛勤的汗水和岁月的沉淀，也装满了面对困难与艰险时的勇敢和自信。

据不完全统计，黄天军安全驾驶机动舟 36 年，完成水上施工项目 30 余个，在全国水上工程施工行业打响了“铁血舟桥”品牌。为此，黄天军赢得了“老黄牛”的美誉，多次被评为先进工作者和优秀共产党员……

与设备“谈恋爱”

“细密之处见精神，蜗牛壳上做道场。应该说，这是当年舟桥团留给我们的另一种精神元素。”说这番话的人名叫于振堂。在“兵改工”后的铁道战备舟桥处，老于是出了名的“机电土专家”。而与老于患有同等“毛病”的，还有曹进才。每每提起他们两个人，大家都说他们喜欢与设备“谈恋爱”。

2017年3月8日上午9时，美丽的内蒙古乌海湖面上，阳光普照，春风荡漾，铁道战备舟桥处舟桥段乌海项目部的20吨浮吊，正在进行钢栈桥平台拆除作业。是时，工地上机声隆隆，人欢马叫，一番紧张忙碌的景象。参加现场作业的人员，个个身着标志服，一丝不苟地忙活着。眼看拆除任务过半，大家脸上都露出了笑容。而就在这时，施工作业中的于振堂，突然眉头一皱，脸色 “由晴变阴”。他急忙停下手中的工作，仔细观察了一会儿，右手向空中一举，大声喊道：“有情况，发电机油管破裂，快停工！”

发电机骤然停止了运转。老同事不满地问：“老于，搞什么名堂？发电机一直在正常运转，哪来的油管破裂？”

带班副经理同样如是询问，疑惑的目光直视着老于。

面对众人的质问，于振堂什么也没说，他默默地走到发电机旁，蹲下身来，顺着发电机进油管仔细寻找起来。不一会儿，在一个阴暗处，他发现发电机进油管已破裂5毫米，油料正一点一滴地往外渗漏着。

众人见状，有点难以相信自己的眼睛，可再仔细看看，进油管还真就是破裂了，如果电机继续运转，一定会酿成难以想象的事故。面对如此险情，带班副经理在排除故障后，对着于振堂伸出了大拇指，连声称赞：“老于，好样的！”

于振堂还是什么也没说，又默默地忙活去了。

1988年，于振堂参加了高考，成功被天津铁道工程学校录取。三年的脱产学习，使他积累了丰富的理论知识和实践经验，对国内各种型号的电机产品，都有了深入的了解。毕业后，他很快成为铁道战备舟桥处的生产骨干，对一些看上去有问题要被淘汰的电机设备，他总能手到病除，起死回生，有的设备至今还在施工现场发挥着作用。因此，于振堂被誉为“机电土专家”。

铁道战备舟桥处桅杆吊设备的电阻箱，都是在卷扬机附近安装使用的，但是现场连接电缆较多，设备分散，场面凌乱，电阻箱又经过多次安装、拆卸、运输，常常会造成不同程度的损伤，寿命也就会大打折扣。针对这些问题，于振堂反复研究摸索，于 2014 年对电阻箱的位置做了调整改动，将电阻箱位置改到操作包背部，并在背部底座上设计了一个小托架，集中组合安装，使之成为一个整体，既节约了耗材，又提高了功效。其对绕线式异步电动卷扬机电阻箱进行的改进，还在 2014 年度的单位合理化建议中，被评为了三等奖。

在苦钻技术方面成绩显著者，还有栈桥段机修厂修理车间的曹进才。他是一名地道的工人技师，但却丝毫不比科班出身的技师差。

走进栈桥段机修厂修理车间，便能看到一台台从工地上撤回的电动锚机码放整齐，正在等候“诊治”。而负责给这些机器“把脉会诊”的，就是 59 岁的曹进才。车间里的同事告诉我们，修理车间是曹进才的人生舞台，锚机是他一辈子割舍不掉的情怀。对此，曹进才微笑着摆摆手，谦虚地说：“我只是喜欢研究这些东西，至于对技术精益求精方面，还差得很远。”

老舟桥人都知道，锚机是舟桥设备中的主要动力之一，也是铁道战备舟桥处的专用制式设备，在使用过程中难免会出现这样那样的故障，而正是这些“故障”成就了曹进才，使他成了锚机修理的行家里手。

曹进才的同事告诉我们，他可谓是“锚机老兵”，虽然文化程度不高，可对技术的那股钻劲远近闻名。平时，他找老乡、托同学，弄来一堆电工理论方面的书籍，晚上在简陋的集体宿舍里抱着书本研究，白天在工作实践中对照琢磨，简直到了痴迷的状态。同事们开玩笑说他最爱和锚机“谈恋爱”，吃饭时想着锚机，走路时想着锚机，甚至做梦都能梦到锚机，平时念的还大都是与锚机有关的“恋爱经”。

正是凭着这份热爱，曹进才熟练地掌握了电工基础原理和维修技术，同时对卷扬机、浮吊操作室等舟桥动力设备的维修也研究得十分透彻，能精准快速处理这些设备使用中遭遇到的各种“疑难杂症”。

2016年的一次训练中，浮箱下水后，锚机便停了电，可当时电机还在运转着，连接钢丝缆绳的浮箱发生了位移，差点撞上正在作业的两名职工，幸亏他们反应迅速，才没酿成事故。这件事对曹进才的触动很大，他苦苦思索为什么锚机明明断了电，电机还在运转。对此，书本上找不到答案，他每天下班后独自留在车间，用一台废旧的锚机反复做试验。那段时间，他茶饭不思，整个人瘦了一圈。终于有一天，他紧蹙的眉头舒展开来，原因查明了，因电机线圈里的铁芯截面有污垢或铁锈，使得上下两块铁芯之间距离缩小，在这种情况下锚机即使断电了，但接触器还会产生剩磁，电机也就不会刹住。找到了根源，他便“对症下药”，在锚机保养时，用纱布蘸上汽油反复擦拭电机线圈的铁芯，做到铁芯截面不再有积垢。这样，电机也就不会在锚机断电的情况下继续运转了。

2016年3月，在齐河驻地的机修厂维修车间，维修人员正在保养一个振动锤，锤夹却始终打不开，维修人员里有的用大锤打，有的用撬棍撬，但都无济于事。曹进才下班回到家，顾不上换下沾满油污的工作服，就戴上老花镜反复查阅资料。熬了一个通宵，次日一早，他来到作业现场，按照资料的提示和自己以往的经验分析，对液压部件及油路进行了仔细的检查，发现是锤头高压阀密封垫堵住了阀口，清除堵塞后一开机，一切就都正常了。

在不断的学习、摸索、实践中，曹进才积累了一套“诊治故障”的秘诀，通过“问”“看”“摸”“听”，能快速准确地排除机械故障。每一次机械设备出现故障，他首先是“问”操作人员，大致就能判断出问题在哪儿；对于比较棘手的问题，则通过“看”机器外形，判断有无变形或损坏；通过“摸”机器外壳，判断有无不正常发热状况；通过“听”机器运转时的声音，判断有无部件运转异常。而大多数时候，他是闭着眼听出来的，如遇到电动锚机故障时，电动锚机光线头就有200多个，全部检查一遍既耗时还不一定能找准“症结”，可通过听声音，他就能准确判断出哪个挡位、哪个部件出了问题。

从事维修工作四十年来，曹进才修理过的机器不计其数，那些“怠工”“趴窝”的铁家伙，只要经了他的手，大都会乖乖“就范”。

曹进才以精湛的维修技艺在单位出了名，也因此付出了更多的心力，外委施工任务重的时候，他几乎常年在各工地“连轴转”，生性乐观的他戏称自己“打一枪换一个地方”。

2016 年 9 月，单位进行战备训练，桁吊大钩在吊 8.2 吨的钢梁时，发生了故障，只能下不能上，情况十分危险。紧要关头，曹进才主动提出爬到桁吊上面去看看。他爬上六七米高的桁吊，检查出桁吊限位装置的行程开关坏了，经过十几分钟的紧急抢修，桁吊终于恢复了正常。

两个“指不上的人”

1981 年参加工作的秦建军，现为轮渡段 90 吨吊车司机。参加工作三十七年来，他先后开过推土机、8 吨、16 吨汽车吊和 16 吨履带吊机。

为跟上机械设备更新换代的步伐，他通过自学考试，熟练掌握了 25 吨、50 吨、90 吨等大吨位吊车的操作技能，其中他现在开的 90 吨吊车，已经属于智能型吊车，操作系统全电脑控制，而他却仅有高中文化水平，他走的每一步，掌握的每一项技能，无不浸透着辛勤的汗水。他把说明书对着操作台反复摸索，搞不准的地方或在电话中反复咨询厂家，或上网查询。他几十年如一日，坚持勤学苦练，不断充实自己。在施工工地，他宿舍的床铺上摆满各种与吊车相关的书籍。他还给自己制定了学习计划，利用工余时间学习，要求自己“理论行车、安全操作”。

由于吊车司机人才缺乏，秦建军经常是这个工地刚撤场，又接着去那个工地，一年四季很少顾及自己的小家庭，而与亲人团聚的时间，也是少之又少。他妻子上班，小孩上学，家里还住着 86 岁高龄、生活不能自理的岳父，但秦建军却从没因为家里的事耽误过工作，只要上级一声令，他打起背包就出发。妻子说：“家里忙得不可开交，你就不能请几天假？”他笑着对妻子说：“咱工作职责在这里，不能随便请假。”

对于家庭，秦建军当然是个“指不上的人”，可对于工作，他却是个“靠得住的人”。他长年在施工工地上忙碌，即使偶尔回到住地，也闲不下来。因轮渡段分为两个小区，为减少机械转运成本和安全系数，90 吨吊车平时放在小区的储备库里，25 吨吊车则放在轮渡段办公区域的采石小区院内。两种吊车之间相隔近 5 公里，他经常是刚在这边吊上货物，又忙着到那边去卸货，骑着电瓶车两边疯跑，风雨无阻。

2016 年，在江西吉水工地施工期间，因防洪防汛工作需要 24 小时值班，工地上的人员三班轮流，吊车司机人员少，他经常一人顶上汽车吊、浮吊、面包车司机三个岗位。

2017 年，在安徽亳州施工工地，因工期紧，段领导要求他把 90 吨吊车从基地开去增援。为保证行车安全，他利用车流量小的晚上，连夜把庞然大物般的吊车开到了工地，第二天一早就投入到了吊装作业中。在一个多月的突击中，他白天干一天，晚上还要接着干到 11 点。对此，他毫无怨言，实在累了就靠在吊机上稍作休息，接着又投入到工作中。

三十多年来，秦建军就是这样默默地、一丝不苟地从事着吊车司机的工作。有领导对我们说，秦建军是在用心、用脑、用真诚处理着工作中的每一个细节，用信念和行动履行着新舟桥人“传承铁血精神，干好当下事情”的承诺。

相比于秦建军，栈桥段副段长兼总工程师张鹏，对于家庭更是一个“指不上”。

2016 年至今，张鹏一直任河南焦作项目部经理。两年多来，他一直坚守在施工现场。带领全段技术人员多次攻克施工技术难题，年迈的父母已好长时间没见到他了，妻子生产他也没能照顾，而对于襁褓中的儿子，他甚至都来不及多看上几眼。

“你什么时候能回来？都不想咱们的儿子吗？还有父母，时常在家门口远望，想从那条通向远方的路上看到你的身影……”这是妻子期盼他时写下的话，而此时他刚结束在河南的谈判，正坐在赶往山西的火车上。之后，他还要踏上赶赴安徽的行程。

两年多来，张鹏与栈桥段段部技术人员，放弃了无数个节假日，常年在全国各地奔跑着承揽工程，从来没因私事请过一天假。

张鹏告诉我们，在照顾家庭方面，这些年他所能交上的都只有一张空白的答卷，对父母，对妻子，甚至对幼小的儿子，他所付出的都是一纸空白，他内心十分愧疚，可又十分无奈。然而，在生活的另一个方面，他的生命却如玫瑰一般绽放：在他的带领下，焦作项目不到半年时间就保质保量完成了 8 米宽、1350 米长钢栈桥 1 座、32 米 ×36 米钻孔平台 10 个、钻孔桩钢护筒下沉施工 9 个、钢板桩围堰施工 7 个，拆除钻孔平台 1 个。施工产值达 1200 余万元，受到业主高度好评。全段所有在建项目中，张鹏项目部回款率最高，达到了 87%。

当然，对于舍小家顾大家的情况，铁道战备舟桥处的每一个人都心照不宣，这也成了铁道战备舟桥处干部职工自觉自然的行为选择。采访中，有家属就对我们称，这个单位里很多职工都是“指不上的人”。不过，小家“指不上”，大家却“离不开”。这是一种品格，也是一种精神，更是一种传承，对此，铁道战备舟桥处的领导告诉我们，时代变了，观念也要变，他们正在想办法采取措施，让每一个“新舟桥人”，成为单位和家庭都能“指得上”的人。

行走江湖的“舟二代”

人类在繁衍，事业在传递，精神在传承。近些年，铁道战备舟桥处涌现出一个“舟二代”新群体。这些“舟二代”的父辈——当年铁道兵独立舟桥团的老战士——被称为“老舟桥”，而如今的这些“舟二代”，自然就成了“小舟桥”。

在铁道战备舟桥处有很多“小舟桥”，他们大多都坚守在施工一线。我们所采访到的刘猛，可谓是这个群体的一个缩影。

刘猛父亲刘可涉是第一代舟桥人。1992 年，刘猛从洛阳职业技术学院毕业后，踏着父亲的足迹来到了铁道战备舟桥处。一转眼的工夫，如今已经 30 多年过去了，作为铁道战备舟桥处舟桥段的项目部经理，他已在舟桥建设“大江湖”里踏出了一条属于自己的路。因此，在领导和同事们眼中，他成了“小舟桥”中的佼佼者。每每提起他的施工项目部，无论领导还是同事，都会伸着大拇指说：“经理刘猛，他可是一个响当当的‘舟二代’！”

刘猛自小跟父亲生活在军营里，他是伴着嘹亮的军号声长大的，《铁道兵志在四方》那首歌，他至今熟稔于心。他不止一次地说，浓浓的舟桥情结，就像密码一样，被一下下键入了他的骨髓中。

刘猛经常对人讲述一个叫吕建国的“老舟桥”的故事。他说：“像吕建国这样的‘老舟桥’，在当年的舟桥团和如今的舟桥处还有很多，听着他们的故事，我感觉自己的步伐更加坚定，也因此决心做个优秀的新舟桥人，好好传承老舟桥人的精神。”

刘猛所讲的吕建国，1950 年 11 月随部队编入志愿军铁道兵团，入朝参加铁路抢修，冒着敌人炮火抢修桥梁。1952 年从朝鲜回国，1964 年调入当时的独立舟桥团任参谋长。1973 年到 1977 年，他负责北京密云白河大桥施工的组织与指挥。在大桥基础沉井、封底、架梁等关键施工中，吕建国坚持昼夜跟班作业指挥，其间因积劳成疾被迫住进医院，住院期间仍与探视官兵讨论一些施工难题的解决方案，病未痊愈即回到大桥施工现场。1977 年，在铁道兵党委任命他为独立舟桥团团长后，吕建国更是一心扑在工作上，经常深入连队，深入施工一线，长年带病工作。当医院确诊他患上肝癌后，他更不想多休息，总说能为党工作的时间有限，只有加倍工作，才不会辜负党的哺育之恩。1982 年 2 月，他病情恶化后，反复嘱咐家属死后丧事从简，不准向组织提任何要求，并请求组织将他的骨灰撒到李家岸黄河舟桥训练场。

“‘老舟桥’吕团长的事迹像小锤一样，时时敲击着我的心灵。作为一名‘小舟桥’，就应该成为铁血精神的传承者。”刘猛这样说，同时也是这样做的。他到铁道战备舟桥处工作不久，单位就承揽了修建香港新机场的任务，薪酬是当时职工收入的几十倍，许多人都争着报名。与此同时，单位还签订了西安康秧田湾大桥项目的施工合同。刘猛主动提出要上西安康秧田湾大桥工地，他说人不能光看到钱，要在最艰苦的地方将铁血精神灌进自己的血脉里。那一年，刘猛刚满 25 岁。

西安康秧田湾大桥工地，是离家最远的一个项目，往返一趟得一个星期。刘猛至今回忆起来，还充满激情地说：“当时，我想趁自己年轻，多熟悉一些舟桥专业方面的技术，等老同志们退了，这些技术还能够一点点地往下传承。很幸运，一到项目上，我就遇到了一批懂技术、肯吃苦的老同志，他们手把手教我掌握了许多舟桥方面的专业技术。”

这些年，刘猛先后在黄河上下游、京密引水渠、青岛小珠山水库、宁波杭州湾、天津渤海、山东微山湖、内蒙古前窑子水库等施工工地上工作，他从事的都是和水打交道的工作。

“在水上施工，我最关心的就是天气，因为天气直接影响着水情……”听着刘猛的述说，我不由得想起每一次走进铁道战备舟桥处驻地大门时，都能看到宣传栏醒目的位置上贴着当天的天气预报，上面用各种颜色的小圆圈标注着晴、雨、阴、雪等天气状况，因为，舟桥人“干活得看老天爷的脸色”。

2015 年，刘猛作为湖南怀邵衡铁路湘江特大桥建设项目部经理，想方设法加强施工管理，狠抓质量和进度，受到业主称赞，在湖南施工行业打响了“舟桥品牌”。

施工之初，刘猛发现原有设计偏于保守，不便于现场加工安装，便组织技术人员反复研究方案、论证数据，多次与设计单位沟通协调，用事实和数据说服设计人员对设计方案进行了优化，不仅使施工质量得到了保证，还大幅提高了施工效率。

由于湘江通航，江上往来船只比较多，下游不远处又是一座铁路大桥和一座公路大桥，施工中既要保证大桥安全，又不能耽误工期，难度相当大。刘猛晚上下班后就把设计图纸铺在桌子上，与同事翻来覆去地研究，对一些施工中的关键环节和细节问题，一遍一遍推算，一次一次研究。接受采访时，他说很多问题只有施工时才能发现，在图纸上很难显现，所以得事先预想一些问题出来，然后再想出解决的办法。有一次，因为上游持续强降雨，江水猛涨，严重威胁着施工安全。得知情况后，刘猛立即带人加固了锚锭套箱的钢丝绳，并安排专人 24 小时值班。次日半夜三点多，值班人员来电话告诉他水位涨得太高，定位船的一根钢丝绳已经被磨断，如不及时加固，锚锭套箱有被洪水冲走的危险。刘猛立即叫醒项目骨干成员，跑到现场，顶着猛涨的洪水更换了定位船被磨断的钢丝绳。之后，他又对所有带缆钢丝绳进行了仔细的检查，确定一切安全后天已经亮了，他又接着投入到了紧张的施工中。

怀邵衡铁路湘江特大桥项目施工接近尾声时，因刘猛所带领的项目部施工严谨，工程完成质量上乘，而且不拖工期，与其合作的中铁三局六公司领导找到他，主动把蒙华铁路项目水中施工任务交给他们。刘猛依然不负众望，十分完美地完成了钢栈桥及钢套箱施工任务，中国铁路总公司组织了 60 余家局级单位到现场进行观摩学习。

写到这里，笔者深深地感到，如今的铁道战备舟桥处，在中国可谓是一种独特的存在，一种从没有过的存在。自当年的铁道兵舟桥团“兵改工”撤编 30 多年来，他们依然雄风不减，军魂不散，精神永驻。因此，我们禁不住想起那首流传甚广的《舟桥兵之歌》。虽然这首歌并不是专门写给铁路舟桥兵的，但其中的词句却同样融注着敢于拼搏、勇于奉献的铁血精神。于是，我们很想放开喉咙大声歌唱：

大江翻滚卷巨浪，
舟桥兵飞水架桥忙；
狂风为我擦汗水，
暴雨为我洗军装；
驾着汽艇飞，
冲破千层浪，
快速铺桥板，
浮桥索大江，
我们是人民的舟桥兵，
胜利凯歌传四方……

歌词铿锵，乐曲雄壮。曾经的英雄舟桥兵，虽然脱了军装，但却军魂永铸，精神长青。47年前那场抗震救灾的伟大斗争，把我们的思想与觉悟空前地集中了起来，把责任与行动集中了起来，凝聚成了一种抗震救灾的强大力量。而这种力量，根植于我们与自然灾害长期抗争的实践，根植于我们党以人民为中心的发展思想。从这个意义上说，有了这种力量，我们就能不忘初心、牢记使命，就能战胜一切艰难险阻，创造无比辉煌的今天和明天。应该说，这也是当今铁道战备舟桥处所有干部职工的共同心声。